我的洋插队
魅力波罗的海

何 杰 著

仅以此书
献给我生命的另一半

天津出版传媒集团

百花文艺出版社

图书在版编目（ＣＩＰ）数据

我的洋插队：魅力波罗的海 / 何杰著. -- 天津：
百花文艺出版社，2018.5
ISBN 978-7-5306-7458-1

Ⅰ.①我… Ⅱ.①何… Ⅲ.①散文集–中国–当代
Ⅳ.①I267

中国版本图书馆CIP数据核字(2018)第008240号

责任编辑:郭　瑛
美术编辑:郭亚红　　　　封面设计:蔡露滋

出版发行:百花文艺出版社
地址:天津市和平区西康路35号　　邮编:300051
电话传真:+86-22-23332651（发行部）
　　　　　+86-22-23332656（总编室）
　　　　　+86-22-23332478（邮购部）
主页:http://www.baihuawenyi.com
印刷:山东临沂新华印刷物流集团
开本:880×1230毫米　　1/32
字数:150千字
印张:9
版次:2018年5月第1版
印次:2018年5月第1次印刷
定价:34.00元

何杰，南开大学汉语言文化学院教授。世界汉语教学学会、中国对外汉语教学学会、中国语言学会会员。

我们甚至没有婚礼，没有戒指，没有山盟海誓，但我们共一世风雨；同一生濡沫。我们用我们的真诚和生命的年华写的这本书。

王凤祥大使(左二)在中国驻拉脱维亚大使馆接见我们夫妇及赴拉
人员。

我身边是我的另一半，
大使馆全力以赴为他办的
赴拉签证。他也是作者，是
我生活大书的合著者。

拉脱维亚大学东亚语言系结业。我和学生及外教同行留影。主任请中国教师站在他的身旁。

拉脱维亚独立纪念碑。始建于 1931 年，是拉脱维亚追求自由永垂的纪念、碑上刻有"祖国与自由"女子手中的三颗金星代表拉脱维亚的三个历史文化区。

拉脱维亚首都里加。波罗的海枢纽港口。有"北方小巴黎"之称。老城多中古时期建筑，为世界教科文卫委认定的世界遗产。

这是拉脱维亚共和国独立后首任总统，贡蒂斯·乌尔马尼斯。是我回国时，由总统秘书转送给我的拉脱维亚共和国的礼物。小照上有总统亲笔签名。

序

  何杰是南开大学汉语言文化学院的教授，与我有共事之雅。她的专业是语言学，研究重点在语义、语用、词汇。但她除发表语言论著外，还在不断发表文学作品。她的第一本散文集《蓝眼睛黑眼睛——我和我的洋弟子》就叫人耳目一新，诚如一位评论家所言："书中扑面而来的是毫无矫饰的童真，和毫无学院气的鲜活。何杰始终像一个孩子般，对生活充满好奇和探究的热情。""她充满着激情地为读者打开一扇扇通向世界的窗。"她的第二本散文集《我的洋插队——魅力波罗的海》又将出版，我很乐于向读者朋友推荐。

  何杰从事国际汉语教学数十年，或在"小联合国"一样的留学生课堂，或去海外学术交流，或到国外生活、工作，一直处于多元文化的交会和碰撞之中，其经历、感受颇有独特之处。《我的洋插队——魅力波罗的海》便是她在异国"插队"生活感悟的抒写。

  何杰曾在拉脱维亚大学工作、生活了两年。拉脱维亚地处波罗的海沿岸，东、西、北欧文化交会，文化艺术气息浓郁。这些凝聚到何杰的笔下，展现得格外新鲜而斑斓。

  何杰是一个热爱生活又认真生活的人。在拉脱维亚的两年中，她结交了很多朋友，有拉族、俄族、茨冈族、犹太族，有男人、女人、老人、孩子。分手时朋友留言："你回国我们为你高兴，但我们也会哭泣。"何杰说，当时那感动深深地刻在了她的心上，历久而不稍减。而现在，正是这种情感注入了这部散文集，真切又强烈，我们读来，如见其人，如临其境。

  这样，《我的洋插队——魅力波罗的海》就不同于一般纪行逐异的旅欧散记，而是有着更深切的感染力，更深邃的意义。

何杰是个顽强又乐观的人。十六年前，她做过开颅手术，在生死线上走了一次。从那时起，她坚持冬游和冷浴锻炼，一直到今。她不但站起来了，还能坚持工作。而现在虽已退休，却笔耕不辍。《我的洋插队——魅力波罗的海》是她继已出版的《蓝眼睛黑眼睛——我和我的洋弟子》的第二本散文集。从2008年起她每月为《美文》杂志撰稿一篇。第三本集子《快乐走天下——我的洋游》也在整理中。她的短篇小说已经开始发表。她最为心仪的12万字的中长篇小说《爱在那个时候》也将送审。不久，商务印书馆还将出版她的教学法著作《一个国际汉语教师的札记》。

何杰喜欢写作。她说："写作是我生活的一部分，写作叫我快乐，我又希望别人快乐。当我真的有一天，走向天堂的时候，想想，我的书还能为人们做点事，多好！写作是我生命的延续。"

我佩服何老师强韧的人生意志，欣赏她独特的语文造诣，所以乐为之序。

陈洪　丙申初秋于南开园

陈洪：南开大学教授，博士生导师，原南开大学副校长，南开大学跨文化交流研究院院长，教育部中文专业教学指导委员会主任，天津市文联主席。

目　录

辑一　破晓的晨光

尕丹和尕丹妈

门德尔松的《仲夏夜之梦》曲调明快、欢乐。表现小精灵嬉戏起舞的小提琴顿音,拉得干净,激情。

鲍·尤利亚纳不大的音乐厅灯火辉煌。这里正举行学年结业汇报演出。今天能在这里登台的,都必须是操行分和专业分都是5分的学生。而这个拉琴的孩子才四五岁呀!叫人激动。

有人在哭!什么时候旁边来了一个少妇,她的一双眼睛专注地盯着舞台。灯光里晶莹的泪珠从她好看的面颊上一颗一颗地滚落。

哦,一个为人之母,一个为孩子操碎心的妈妈……

乐曲拉完了,一片掌声。台上,一个身穿白色飞边纱裙的小姑娘走到

我踢球的朋友。可别小看了这些黄毛鼻涕大酱们。人家会问你,巴赫有几首小步舞曲?答不上来,人家就会夹你个蓝眼。

前台,向大家行着优雅的屈膝礼。

呀!我才认出,尕丹!我怎么也没想到是她!小嘎蛋!我的小洋学生。我们可是老交情啦!

1

那还是我刚来拉脱维亚。出门,又回来拿东西,门没碰上。虚掩的门挤开一个缝,先看见一束毛发!哦,伸进一个圆圆的头,顶着毽子一样的小辫儿。黑头发、黑眼睛。心里一阵激动,难得见到的中国人吗?呃,高鼻子,茨冈人,最多四五岁。小家伙黑眼睛滴溜溜转,冒精气儿。

"借给我一支铅笔可以吗?"

说英语!一定上过贵族学校。这里的茨冈人,不是特别有钱,就是特别穷。

"给你。要纸吗?"

"不。"小姑娘拿笔不是写字,而是在她的左手手指上抹开了。直到除大拇指外,四个手指肚上都有了铅印,她还给了我笔。名字也不告诉我,说了声谢,就消失在门外了。奇奇怪怪。

又一天下午,我正在苦苦地想家。临出国时,幽默的大儿子塞给我一个礼物:那是泥捏的他自己。圆脑袋、圆眼,张着大嘴。脑袋下一个小弹簧,两只大脚丫。一按脑袋,圆脑袋摇啊,晃得叫你发笑。

顶毽儿的小茨冈人来啦,还带着小提琴盒子。她一进门就喜欢上那小泥人了。小茨冈人爬到大沙发上,把那小泥人拿到椅子扶手上,跷上二郎腿,叫自己坐舒服点儿。那意思大有待上一阵子之势。她一边告诉我,她妈妈怎么不叫她吃别人东西,一边把我的半盒鸟结奶糖一块一块都吃光。还不时地按一下那个小哥哥的圆脑袋,英俄混用问东扯西,毫不见外。

一下午,我知道了小姑娘好多遗憾的事:譬如,爸爸在爱沙尼亚卖衣服,总不回来。譬如,她没能看见外婆的婚礼,也不明白,外婆为什么从医院单单挑来这么一个多事的妈妈。

吃饭吧,妈妈说,不许不吃面包皮!不许自己不端牛奶!还要端给外婆。"洗自己的臭袜子!"她学妈妈的声调。她还没上学,可妈妈就有作业啦。对了,烧陶最有意思啦。

"妈妈说,要动脑筋。想捏什么,就捏什么。以后我一定也捏一个小哥哥。会和我玩的小哥哥。"

拉脱维亚有陶艺学校。那是培养孩子创造力、想象力的好地方。孩子们捏的有创意的作品,学校便给烧制出来。我在许多家都看见过孩子们的大作。

"嘿,爸爸就不多事。爸每次回来,都举起我,来一次飞行。可来劲儿啦!不过带的礼物,哼!妈都没收了。"

小姑娘用手指一下一下点着自己的脑门儿,学着妈妈的样子:

"你要自己努力,用好成绩来换。"

"唉——"

小姑娘长长地叹一口气。看看小提琴,又看看表。

那天,我才知道,小家伙在手指上抹铅笔印的秘密了。练琴,按琴弦按的呗。谁能想得到?小鬼头!叫什么名字呀?我问了几次,她才告诉我:

"尕丹!"

哈!嘎蛋!我一下记住了。小嘎蛋!都说茨冈人聪明,真是名不虚传。

下午四点半,小嘎蛋起驾了。临走,她在嘴上比画了一下,从这头儿拉到那头儿,说,拉拉锁,叫我闭嘴。然后抱着琴盒,美美地走了。毛毽子一样的小辫,在小姑娘那小圆脑袋顶上,一摇一摆地晃着。呀!她在逃课。我真笨!嘎蛋走了,我的小泥哥哥也不翼而飞了。

2

没多久,一天晚上,门铃响了。开门,呀!小哥哥回来了。正在地上晃着脑袋笑呢。没人呀!准是小嘎蛋。

果然,好一会儿,小姑娘蹭着脚,极不情愿地过来了。圆脸蛋上挂着两颗大大的泪珠。难得呀,这个小家伙居然能把拿走的东西还回来!我不由得想起我小时,为显摆自己有能耐,到小摊上拿了人家一个小纸手表。大姐差点打我一顿,一定叫我还回去。哎哟!那个难受哇!我至今记忆深刻。我也至今感谢长姐教我做人。我问:

"妈妈打你了吧？"

"没有。"

"那你怎么来啦？"

"妈妈叫我每天在楼下看阿姨。阿姨一个人在窗前走走走。阿姨想小哥哥了。"

天下父母心呀！我真不知她妈妈带她来了多少次，又站了多久，在冰天雪地里。小姑娘抬起头关切地问我：

"阿姨哭了吗？"

"想哭了，可是我知道尕丹一定会把小哥哥送回来。"

"为什么？"

"因为尕丹有一个多事的好妈妈呀。"

说心里话，我真佩服这个多事的妈妈。真想见见她。但没有。尕丹说：

"我以后一定不叫妈妈害羞了。"

是。孩子的奋发，需要孩子的责任感、荣誉感。

小姑娘顶着她的毛毽子，一蹦一颠地走了。走了几步，又蹦了回来。神秘地叫我弯下身来，俯在我耳边，告诉我一个秘密：

"我知道啦！你是大教授。嚯！中国大教授呀！我长大也当中国大教授。不当坏孩子！"

3

冬总不肯离去，挤得春没地方待。五月了，雪仍像棉絮一样从天上大团大团地扑向大地。房屋树木都包裹在厚厚的白雪里。电车停开，我的学生开车送我。

快到家了，窗外，一个小姑娘正站在雪地里，抱着个琴盒艰难举步。她摔倒又爬起来往前走。拉脱维亚的雪很厚，摔个跤就找不到你了。小家伙简直就像个小白熊。一会儿扎进雪层里，一会儿又手脚并用地把自己刨出来。好不艰难地向前挪动。

这么大雪！唉，这个孩子的妈妈也太……咦？这不是小尕丹吗？圆脑瓜，顶着个毽儿。现在那上面扎了一块头巾，小塔一样。尕丹见到我像见到老熟人,欣喜若狂。小姑娘穿着一双大套鞋,拉着我,转着圈地蹦。她去上课,我们说送她,她高兴地跟我挤进车,话匣子也就开喽:先问,小哥哥好吗?接着告诉我,坏尕丹跑了,现在她是好尕丹。而且她早就不在手上抹铅笔印啦,一定要得双5分(操行、学业分,拉脱维亚实行5分制)。

"得双5分才能参加结业表演呢!上台表演!"

妈妈答应,那时,就带她去爱沙尼亚看爸爸,而且,她现在不想换妈妈了。不过我倒还想问她:

"还逃课吗?"

"不。"小姑娘直起身来,黑眼睛一下瞪圆了:

"那是我卖花儿赚的钱。"

那天,我知道了,妈妈的作业又多了一项:卖花,存学费(拉脱维亚东西贵,学费低。一般2拉特/学期,合4美金)。我想说,你家不是挺有钱吗?但没说。妈妈的苦心呀! 我不由得跟我的学生说:

"看,小尕丹,多可爱,多好玩。"

尕丹忽然神情严肃起来:

"不能玩! 我是肉的! 我长大啦! 我不叫妈妈害羞啦!"

我想笑,心里激动得想掉眼泪。是啊,我们小尕丹出息啦。那个在雪地里站着的妈妈,要是知道这些,该多高兴呀! 但我一直没见到过她。

4

在大厅,我们终于见面了。尕丹的妈妈发现了我,一下扑过来,拥抱起我。像早已相识,我们谈了很久。

我说她漂亮。尕丹妈说,可漂亮不上来了。她现在累得像面包卷儿。小尕丹可是淘出尖来啦!

我说尕丹可变得不错啦;尕丹妈说,这个雪橇边上的小茸鹿,还没拉套呢,总得规矩着上道。不敢松手啊!

我问,是要尕丹成音乐家吗? 她说,不,只是叫这个小丑丫头知道点什么是美。

"幸福要辛苦呀!"尕丹妈感叹着:"美得拿本钱呀!"

我说孕丹妈是好妈妈。她说，她是穿线的木偶人，胳膊腿一块儿忙活。她还要工作：

"线都要拉断啦！"

我说她了不起。孕丹妈说，做妈妈的心是特殊的。

说实话，我在书里看到的新名词：

"科学母爱。"

"母亲的角色意识、责任意识。"

"孩子的生存本领。"

"孩子的道德修养、文化素质。"

…………

从这个年轻妈妈那里都得到了解释，心里真的生出了许多敬意。想起许多年轻妈妈，大夏天把孩子裹得洋白菜一样。

我说："我想，一个好母亲真应该像你一样。"

孕丹妈忙纠正："不，不，可别像我！"

她又起两只胳臂，围腰比画着用手转了一圈。哎哟，我可不敢当她面说出来：她真是有点儿胖，可她真的漂亮极啦……

我说无论怎么，她给了孕丹很好的教育。孕丹妈忽然像想起什么来，抓住我的手：

"小孕丹早就是您的学生了。"

因为她总打着中国教授的牌子来管教孕丹。她请求我一定要收孕丹做学生，教她汉语。将来也一定叫她出国，到中国留学。而且孕丹妈也要跟着一块儿学。这样，我又多了一位四岁的洋学生，还带着她的洋妈妈。

于拉大公寓

小天鹅玛莎

你见过吗？洋白菜自己会蹦。菜摊上的洋白菜像长了腿一样，蹦了两蹦，"骨碌骨碌"，自己骨碌下了菜摊。

菜摊木板底下，一个卷毛小丫头正舒着一只胳膊，用手指拨动那洋白菜……

我瞠目结舌，僵在菜摊前。卖菜大妈的目光冲我凝视一分钟。于是我看到下面的一幕场景：胖大妈怒不可遏地从菜摊后面蹿过来，舒开她那手指像小萝卜一样的大巴掌。一手抓过洋白菜，一手抓住一个小丫头，接着在那小丫头屁股上猛盖着掌印。

当然，最后小丫头挣脱了胖大妈的萝卜掌，跑了。小丫头蹿出不远，转身，站定。冲我挥起她的拳头。那时我才看清，卷毛小丫头瘦得小猴子一样。

哎哟，可别小瞧这个小卷毛猴儿。

不久，我的门铃会不断响起来。开门又没人。

不久，门铃响了，来了一群小客人。我还没来得及招待他们，冰箱就被他们一扫而空。继而，逃之夭夭。

又一次，我下班后，上市场刚买了一包面包干（他们的面包干非常好吃），来了一群小黄毛猴。他们"客气"地你一块，我一块，一下都"客气"光了。我正无奈，忽然冲出一个大女孩。她挡在我面前，双手叉着腰，一通俄语的机关枪扫射。小黄毛猴们缩头缩脑地逃了。墙角后，那个偷洋白菜的卷毛小丫头冲我，鼻子、眼睛、嘴巴一个紧急集合，发来一个警告令，也没影儿了。

从那天起，我有了一个保镖，兼俄语老师、汉语学生、好朋友。女孩十五岁，叫玛莎。

1

玛莎成了我的常客。帮我收拾房间,帮我上菜市场,也帮吃,帮喝。玛莎带我跟她的哥们儿打克朗棋。我请他们,大块吃冰糕,大杯喝格瓦斯(黑面包做的一种饮料)。好不快活! 一个人在外,能有这么一个大孩子跟着你,那种感觉真是"兔子骑骆驼——蹦着高儿地乐"。玛莎不但是我的保镖,也是我的智囊高参,当然也不乏给我出馊主意。

有一次,不知怎么说起,我想吃我们中国的蒜苗。玛莎来了灵感。"喊嚓,咔嚓"就把我窗子前鲜花木盒里的花草拔光了(拉大公寓的窗子台前都有一个长条木盒,那里种着鲜花),然后种上了洋葱头。告诉我:

"享福吧,洋葱头苗一定比大蒜苗好吃。"

可是我们还没来得及享福,楼下邻居就大声冲我们吼开了:

"脖热摸一! 卡卡节拉奇?(上帝呀! 你们在做什么呀?)"

接着就是一通连珠炮。玛莎告诉我,人家那儿下开雨了。洋葱头苗吃

一群小玛莎。好家伙,人家都九年级了,可是还过儿童节。

不成了。

又一次,我去菜市场,一只黑褐色的大狗追我,吓得我恨不得生出四只脚来。多亏玛莎跟着我,赶走了大狗。那天还惊动了玛莎的妈妈——达玛拉(我采蘑菇的朋友)。

达玛拉先是把我从头到脚查看了一遍,然后,用她一根纤细的手指戳着她女儿的脑门儿:

"你要咬死教授哇?!"

大概是说的这个吧,因为玛莎一劲儿偷着冲我做咬人的鬼脸。

这只黑褐色的大狗为什么追我?你们谁也猜不到。那还得从两天前说起。

长长的暑假,学生打工去了。一个人,又没书看,百无聊赖。玛莎特别关心我。一天,玛莎要去什么地方看她表姐。要走了,来安排我。

玛莎壮壮实实,1.45米高。她说她要长到1.85米高。将来长大当老师,谁不听话,她就猛踹他一顿。玛莎的大眼睛永远闪着亮花。她最爱做的动作是双手叉着腰。此刻,她就这样站在窗前,大眼睛一转,就把一个重要的决定给了我,俨然一个大人物,老有城府地说:

"这样吧,你等一等,保证叫你不会寂寞。"

第二天,我真的不寂寞了。玛莎不知从哪儿抱来一只小冬瓜一样的小黑狗。肉嘟嘟的,油光的黑毛,一对黑豆一样的黑眼睛,颤颤巍巍地爬这儿滚那儿地要吃要喝。可爱死了!我给它起名叫黑娃,因为它一刻也不停地竟像小孩一样"哇哇"叫。

一天一夜,我睡了没一小时的觉。黑娃在绝食抗议。牛奶也不喝,奶酪也不吃。这不,我找来玛莎,玛莎出主意叫我换奶粉。去买吧,半路叫狗给赶回来了。

狗真是神奇的动物。我要不是亲身经历,还真的不信。追我的黑褐色大狗竟是小黑狗的妈妈!达玛拉告诉我,那是因为我身上有她狗宝宝的气味。还说,那只狗也一定看我是中国教授,对我客气了。否则……我倒吸一口气。不过,我也因祸得福。后来,我经常去看黑娃,它们母子俩都成了我的好朋友。在我回国时,小黑娃一直追着使馆的车,送我,以致我差点哭了。

无论如何,玛莎是我的铁杆儿好朋友、好哥们儿(她拍着我的肩说的)。

2

玛莎是我住区的领军人物,不但身后有一群萝卜头兵,后面还有一群苗条和不苗条的、男的、女的、大个儿的、小个儿的狗。它们各属不同的萝卜头主人。玛莎说,它们也是教授的朋友。没办法。每次和玛莎及她的兵们相见,还得接受它们这些四条腿朋友的亲吻,一个个摇头摆尾过来蹭你、舔你。真受不了。

玛莎自己跟人家介绍说,她是中国教授的老师。真的,她给中国教授开的课可丰富了,也是我从没上过的。

她带我采蘑菇,也带我到大叔、大婶的菜园子去采浆果、醋栗果什么的。她领着萝卜头去采果子,叫我在后面牵着她的狗。采果子,当然是打过招呼了,每次都叫我和主人点点头,她和主人小声"咕噜"一阵。"咕噜"的什么,我不知道,听不清,但有一点,那一定说我是教授了。因为主人的脸上总有敬意和微笑。人家心里怎么想的,那是后来我才明白的。后来,认识了玛莎的妈妈,说起笑话,她告诉我,这帮馋猫都是打着招待教授的旗号去采人家的果子,叫我笑了好一阵子。人家准想:"这个教授,也真够嘴馋的。"

玛莎是个心地善良的好孩子。每次,她只允许她的兵采一小把儿什么什么果,而且不能踩人家的菜地。有时还要帮人家拔草、灌水。他们园子里都有一口井,井口有一个长长的压杆。我也爱压。一抬,一按,清清的水蹦蹦跳跳地就奔向垄沟,划出一条晶莹的小溪。

主家都挺高兴孩子们帮他们干活,也给他们拿来吃喝,当然都先叫我尝尝。

有一次却叫我目瞪口呆、大跌眼镜。

那一天,玛莎领我们东拐西拐,走了好一阵子,到一家很漂亮的花园。主人年轻,也很漂亮,只是见了玛莎,那张好看的脸上骤然来了点儿不自在。不知玛莎说的什么,也不知玛莎跟她的兵们发了什么号令,这帮萝卜头兵上了发条似的,一反常态,简直就是帮小土匪。猛摘,猛抢,用帽子猛装，拿头巾猛包。然后招呼也不打，扬长而去。玛莎拉着我，直跑到我们楼前的草地上。孩子笑得满地打滚儿，玛莎笑得前仰后合，一边捂着肚子，一边发着狠地说："可出口气了，可出口气了。"

为什么？很久，用玛莎的话说，我都在面包袋里……

3

有一天，我还在面包袋里……

我最爱游泳了。从小就在家乡大清河——白洋淀里游泳。在拉大公寓这儿，找不到游泳的地方。急死啦。我的高参把手挡在嘴边小声说：

"咱别告诉科西嘉他们。就咱俩，我带你去一个好地方。"

那个好地方，原来是里加城边的一个小村子。叫什么，没记住，但我却记得，走进村里，我们就像走进了油画一样。拉脱维亚的农村更漂亮。

无边的绿野上，路像一条单根的琴弦绷在原野上。我和小玛莎在那琴弦上弹拨着《快乐的波尔卡》。小玛莎就是琴弦上蹦蹦跳跳的音符。

行人不多，车更少。相隔很远才有一座农舍。对脊的三角大坡顶，低矮的门窗。玛莎说那些房子，都比她的爷爷的爷爷的爷爷大了。农舍外是树枝编起的栅栏。栅栏里有干草堆，屋前堆放的桦木段都显示着原始、古朴、宁静。那和我在德国、法国农村看到的整齐得像沙盘制作一样的景色截然不同。

那是一种不经意的艺术，一种没有化妆的清雅，一种散淡的自然美……

看这儿，看那儿，看不够。我又到人家农户里去看，去聊，还想吃人家的烤肉。那烤肉，国内绝对没有。用一种树叶包上，糊上泥，埋在地里，用一种什么树枝烧烤。可惜，"熊掌难熟"，没吃上，也没了时间游泳。当我们把面包、奶酪、鸡蛋都吃光时，我们想，一定得赶车去了。

落日藏进了树丛里，把醉人的玫瑰色抹在一条弯曲的大路上。夕阳在召唤我们回家。

我们在一个小车站等待回城的公车。车站有遮雨厦子，有长凳。坐下后，刚想舒展一下我那叫苦的腿脚，身边挤过来一个干瘦的小老头儿。小老头儿衣着质地一般,却是新的。难得看见这里的男性穿这么整齐(街上常看见醉汉)。老头儿嘴上留着一行短刷子一样的胡子,像刚刷过酒瓶子,上面都是酒的泡沫。他身边停着一辆旧的自行车,车的前后和车大梁包里都是酒瓶子。此刻,他牙签一样的瘦脖子已撑不动他的脑袋了,但他举着个酒瓶子还在喝。与其说喝,不如说倒。他坐下,立即"吭吭悠悠"地转向我:

"中国人,漂亮。哦!有钱。哦!我没钱,没钱。"

"老婆不要我了。我去死,没钱,没意思,我去死……"

"喝酒!伏特加!喝酒!"

是俄语,简单的句子我都能听懂。

他一边说,一边把他那布满红丝的眼睛直凑到我面前,把酒瓶子举过来,非叫我喝。我忙向后躲闪着。站在我身旁的玛莎一步过来,把小老头儿往边上一推,一屁股坐到我俩中间,像座小山。她扭身捏着拳头对着老头儿的鼻子说:

"你敢碰我老师一下!我打扁你!"

哎哟——我高兴得心里那个温暖呀。一下想起,我年轻时,刚会迈步的儿子,帮我使劲拉着粮食袋:"叫我扛!叫我扛!"汗滴禾下土啊,总算长出了小苗苗。而这个小姑娘,我没洒什么汗水呀,居然是棵可以遮风挡雨的大树。我真幸福啊——

我还没来得及幸福,小老头儿用一个酒瓶子"咚咚"敲自己的头。我急忙抢过他的瓶子。小老头儿真叫人可怜。看他穿戴的那样整齐,真的是准备去死吧。我对玛莎说:

"他要自杀,劝劝他吧。有时,一句话,也许就能救人一条命。"

玛莎一下扭身向我:

"他是兔子!都死了才好!"

"兔子!都叫他们死!都叫他们死了!"

按错了哪根弦?我从没有看见过玛莎生那么大气。她声音很大,显然,她是故意说给老头儿听的。

拉脱维亚人把抛弃老婆的人叫成"兔子"。

小老头儿听了玛莎的话，一下像坐在了弹簧上，弹起来：

"是儿子的老婆不要我了，我早没老婆啦。我又丢了工作，我没钱！"

"我没钱，我都喝了它！我死了也不给他们留！"

哦，弄错啦，不是兔子。

玛莎缴械投降了，撒了气的气球似的。她温和地请老人听她说话。于是我们劝他，玛莎不断地用俄语帮我忙。我们两个人恨不得把世界上的"死"都给掐死。

最后，从来不喝白酒的我，也破例让人家灌了几口伏特加，脑袋像顶了水斗儿一样。那里的人有意思，你不喝，就跪下。这个老头儿更厉害，你不喝，他就说去死。谁扛得住？结果我和玛莎为此还错过了一趟车，差点没留在老头儿那儿。晕晕乎乎的我似乎还神志清醒：

"玛莎今天怎么啦？发那么大脾气？头一次见。"

有一天，我终于明白了。

4

一天，玛莎红着眼睛冲到我房间，叫我从窗子赶紧向外看。我窗前的小路上正走着一个壮实的男人，四十多岁，一头鬈发，一撮很帅的小黑胡子。

玛莎躲在窗后，用手比作手枪，嘴上发出"啪啪"的声音，一边向那男人开枪，一边说：

"打死你！兔子！打死你！兔子！"

那是她的爸爸。

那天，玛莎在我家哭了。我知道了玛莎家的许多事。我从玛莎的面包袋里出来了。明白了玛莎妈妈为什么总失眠、胃痛（我的药盒都给了她）。明白了玛莎妈妈为什么那么忧郁、瘦弱。还有，那次玛莎为什么发着狠地摘人家的浆果。那家女主人正是她的后妈，而且还是她妈妈的老同学。

人心竟这样难测……

我第一次知道了玛莎，这个十几岁的女孩，心里的苦痛……玛莎说过，她永不嫁人……

那天，玛莎告诉我，她要和妈妈去俄罗斯西伯利亚了。妈妈是俄罗斯人。她的外祖母、姨妈都在那里。玛莎说她愿意走，又舍不得走。玛莎告诉我，她好不容易有一个我这样好心又能和她玩到一块儿的外国教授。玛莎妈妈说，我是上帝赐给她们的一颗星星，是上帝给她们的补偿。我心里既高兴又难过。真想把她们带回我的祖国，但我不得不与我的好朋友分开，分离得又那样遥远。

"多情自古伤别离"，没想到，一个十五岁的小朋友，这样叫我难以割舍。

5

去送行，心里隐隐地痛。玛莎的爸爸也在那里。他默默地一趟一趟提着包裹，连同他的愧疚都放到车上。因为我看到他的眼睛里也装满了痛苦。玛莎的妈妈临开车，才走出房间。她在极力地演绎着微笑。玛莎最终也没有去拥抱他的爸爸。在她的眼里，我看到的一个孩子最复杂的目光。玛莎临走跟我说：

"人为什么要变？我要像你一样当老师。我要教男生，叫他们都要像齐格弗里德王子那样，不当兔子……"

齐格弗里德是柴可夫斯基的《天鹅湖》中那个忠贞不渝的王子。玛莎带着一个纯洁少女的梦走了。

我送玛莎一个玉石镯子。我知道小玛莎喜欢玉的纯洁、石的坚强。小玛莎送给我一对玻璃小天鹅。她在告诉我，那是她的向往。至今我放在床

这是小玛莎送我的礼物，这里有她的梦。

头柜上……

后来,我回国了,没几年,玛莎给我来了信,告诉我,她终于找到一位和齐格弗里德一样的王子(俄罗斯人结婚早)。他们还有了一只可爱的小白天鹅(小女儿)。

小玛莎长大了。

我求上天,永远保佑我纯洁可爱的小玛莎。

一稿于拉大公寓

小雨沙沙

天下竟有这么巧的事,我自己都不敢相信。

1

国际语言培训中心,汉语大赛预赛将在这里举行。我应邀前去帮忙。真是同行见同行"话岁月,话麻桑"。正说得热闹,一个进来的小伙子不断飞眼看我。同行打开了哈哈:"哈,还真是魅力不减,美女评委……"

我笑着说:"什么魅力,春光不再……"

真正有魅力的是那些学生的表演。就是那个小伙子,他的表演特别吸引我。他是俄罗斯留学生,细高的身材,一头金黄的鬈发。他参赛的篇目是《汉语中的谦用语》。

> ……有一天,德国学生迪特去参加他一个中国朋友的婚礼。新房里,宾客满座,热闹非常。新郎新娘格外青春、靓丽。迪特向新郎道贺,夸耀新娘:
>
> "啊,你的新娘真漂亮。"
>
> 新郎忙回答:"哪里,哪里。"
>
> 迪特一时糊涂了:"你不知道你的新娘哪里漂亮吗?"
>
> 新郎惊讶……
>
> 大家都惊讶。

"你的,你的大作。我喜欢你的幽默……"

同行在用胳膊肘捅我。

哇——真的是我写的。那是我的教材中的文化参考趣闻。

我激动得心里像忽然蹿进了个小兔子,"突突"地跳。谁能知道,我编写这部教材的辛苦,光收集的资料就是两大纸箱,多少年的积累。

酷暑时节,我趴在地板上写我的教材。背上趴着个要赖的小儿子,面前站着吭吭咧咧的老大(要我带他们去公园)。我一个字、一个字地爬格子。

那真是"汗滴禾下土,字字皆辛苦"……

听着并不是自己的学生读着自己的文章,在这全国性的比赛上,真是一种更有味道的幸福。

北京,金秋十月,眼前一片钻天的白杨树,硕大的杨树叶在风中翻看着太阳的光亮。小树林那边是一片绿野。我忽然觉得自己就像一头小毛驴,在这片广漠的语言大地上,昂首阔步,抛洒汗水。在金秋的时节,早已忘记了耕耘的劳苦,终于换来沉甸甸的收获,我沐浴着暖暖的阳光,走在人生广漠的田野上。

惬意啊……

散会,我站在大厅门外的台阶上,欣赏着眼前的美景,叫自己清凉清凉。没想到,就在那时,我又收获了更大的喜悦:"老师,您还认得我吗?"

学生在叫我,是刚才朗诵的俄罗斯男生。我在自己满天下的桃李之中,急忙细看。这是哪块田亩中的收获?

"我是南开大学经济学院的学生(学生表演只报地区,不报学校)。"

啊!我们竟在北京见面!(我是南大的)。

"我们早就见过……在拉脱维亚,在电车上……"

那个有点儿得意,瘦瘦的,卖报的小沙沙吗?

噢——我真不敢相信。沙沙一下把我送回了我在拉脱维亚的一日……

2

周六,照样出门。上哪儿? 做什么? 都不知道。只是出来转,安抚一下我苦苦思乡的心。那颗不肯闲歇的心一到闲暇,就被远在祖国的千丝万缕的牵挂一块儿拽着发疼。小儿子正在考学呢。

上车,5路电车像一个得了关节炎的老奶奶,一路慢慢腾腾,"咣咣当当"地进了城。车过了道加瓦河大桥,上车的人多了一点儿,但依旧静悄悄(绝不像国内开锅一样)。忽然,我听到一个奶声奶气的声音,有许多拖音,是拉语。抬头,看见一个高高的瘦瘦的男孩儿,把一份报纸托在我面前,正躬身向我问话。他声音不高,人也彬彬有礼。不知为什么,我真的想买一份,但那时我看不懂拉语报。我用英语说:

"对不起,我不懂拉语。"

"噢,有俄语的,还有英语。"

嚯——这时,我才发现这个小家伙,用不大的工夫,早已把车上变成阅览室了。拉脱维亚人工资不高,一份报纸20萨梯姆(人民币3.20元)等于花去他们一天的牛奶钱(1公斤17萨梯姆)。小家伙还真会推销。我来了兴致。我用英语问那孩子,多大了。他竟也会英语:"十三岁。"

哈,十三岁个子真高! 我又问他,上学了吗?

"当然,八年级了(相当我国初二)。"我忽然奇怪,他怎么没去上课? 小

自己种的花参赛,还有收集的石头。小姑娘看行情呢,自己赚学费。

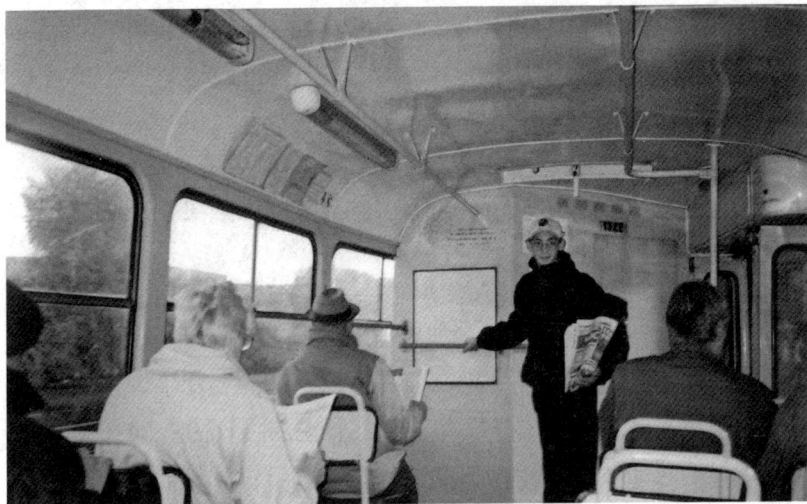

在车上经常看到卖报的孩子,而且车上的人都在读书。

家伙笑了:"今天是星期六呀!"还说,这是他的工作日。他卖的就是周末版。我也笑了。我和孩子开起了玩笑:"嚯——了不起!你是小工人了。"

孩子却不同意地摇头说:"我不是小工人,我是老工人。我都有五年的工龄了。"

呀!八岁就工作啦!我好奇地和小家伙聊起来。心里嘀咕:这准是个没爹的孩子(拉脱维亚有许多只有母亲的家庭)。谁知一问才知,小家伙被爸爸妈妈、爷爷奶奶、姥姥姥爷一圈亲人包围着,还是个独生子。这在拉脱维亚太少有了(一般都有三个孩子)。在拉脱维亚,学生打工很普遍,但中学生不多。于是我问了许多问题。小家伙一手抱着报纸,靠在车门旁,像答记者问一样,郑重其事地一一作答。

3

原来,小家伙叫利彼施斯基·阿辽沙。他告诉我们,他的爱称叫沙沙什卡;沙沙,可大家都叫他小泡泡,因为他随时都能生出一个愿望来。比如,他想有一个可以套在小狗身上的神奇罩罩。进出校门时,那个刺头的乌里什柯爷爷就看不见他的小狗了。哈,他的哥们儿奥里克(小狗)就可以有好多朋友了。还可以跟他一起上学，一起回家。

"我的学校里有我们的朋友园。那里有小刺猬、大鹅、小羊、火鸡……"

"我的奥里克可以当它们的司令，保护它们。"

"乌里什柯爷爷就是不让进。说进去，就不能再带走。"

小泡泡一口气说了一大堆，最后向车窗外使劲地眺了一下下巴颏儿。

"哼——死脑筋！"

接着他又说了他的又一个泡泡：他要发明一个特别的表，能悬在达莎老师面前，提醒她早点儿下课，免得每天饿得肚肠子都差点搅在一块儿。那天，我明白了，我的学生一到要下课时，举手为什么总把手表冲着我。

小泡泡还说，他喜欢科学研究。接着，他说了一个他成功的发明：

那是上钢琴课。老师伊莉莎从不认真听他们的回课。他们弹琴时(汇报作业)总是臭美的她便去教室的跨间，去抹呀，涂点什么香的。小伙伴们弹琴没长进，回家又要挨揍。

一天，小泡泡终于不负众望，为伙伴们搞出一个发明：他在老师的什么香的膏里调上了胶水。那科研成果可想而知了。像每天一样，抹上什么什么香膏的老师怎么都觉得脸上不对劲。不一会儿，臭美的老师再也美不起来了。伊莉莎本来就多皱的脸上，不大的工夫就变成了核桃皮。因为这一项发明，沙沙的屁股差点被爸爸打成四瓣儿。

我开怀大笑，车上的人们也都笑了，因为小家伙不但用英语，还不断插拉语。显然他愿意大家都听到。他一会儿卖报，一会儿又站到我们面前，不紧不慢地说着他的泡泡。

小泡泡的泡泡不但多，而且五颜六色。他说，他还想进木模班。因为他想做一个木质的滑车。可以踩着滑车去上学，省车费。我知道拉脱维亚森林资源丰富，森林面积占国土面积的47%。市中心都有大片的树林。中学都开有木工课，男生做木工；女孩学编织。我表示欣赏，小泡泡却撇撇嘴不以为然："不，那是我小时候的事了。小孩子的事。"

我又想笑，但忍住了。他告诉我，他现在在学小提琴，已经一年了。他现在的愿望是要自己存钱，买一把德国的小提琴，去拉巴赫的曲子。还有一个最大的愿望是他要考飞行学校。说着，他看看周围，竖起一根食指，放在嘴上"嘘——"了一声,小声告诉我:"这可是秘密。那是军校。"

连他最要好的朋友——爷爷都没告诉。我有点儿肃然起敬了。我想到了素质教育。

在拉脱维亚,没有像国内那样戒备森严的中考、高考。他们的普通教育包含了我们的小学、中学、初高中1—12年级,是一贯制。义务教育,不交学费。每个孩子都是就近入学。和我国不同的是,他们还可以同时上不同的学校。如:民族舞蹈、芭蕾舞、音乐、体操、油画、手工工艺、航模、飞行、陶艺、编织、外语……谁想学什么专业,就到什么专业学校去参加考试。没被录取,还可以当年考别的学校。考试方法也五花八门,各有千秋。这类学校多在下午或周日上课。考试时间都不同,大约有一个月的时间,可供考生选择。学费2拉特(32元人民币)。钢琴、小提琴较贵,要4拉特(64元人民币)。我拉脱维亚邻居的孩子,我从没有看见过他们关在家里写作业,他们总是参加各种活动,忙着自己的各种技艺。学校还有小动物角。小动物都是孩子们送去的,也由他们负责照顾。

我还知道,我的学生几乎都会一种乐器。在里加城,我去朋友家做客,吃过饭后,一定要听他们演奏:钢琴、小提琴、萨克斯或听他们唱歌。俄族人还一定要跳舞。

这种艺术修养,显然是高考指挥棒指挥不了的。说实在的,我真羡慕人家的这种艺术素质教育。和那些孩子接触,真得小心,3岁的孩子会忽然问你贝多芬。很小的孩子也有一种气质,真的不能不叫你折服。对小泡泡我也就格外地感兴趣。

看得出,小家伙能用英语跟外国人交谈也颇为得意。因为他在和我谈话时还不时瞥一眼周围的人,然后摇头晃脑地侃侃而谈。小家伙自豪地告诉我,工作都是他自己找的,而且换了好几个了。

4

有一次他还差点吃了鞋底子。那是因为他在送牛奶的半路上,看见一个可怜的小狗,他忍不住把牛奶给小狗喝了。而那只小狗是主人家故意饿一饿它,叫他去拿耗子的。小泡泡说,他自己成了狗拿耗子。

还有一次,更倒霉。一天,他送牛奶,一个金发阿姨接过了牛奶。第二天,换人了,是一个栗色头发的胖阿姨接过了牛奶。胖阿姨问:

"昨天你怎么没送牛奶?"

"不对呀,送啦。是一个金头发的阿姨接过去的。她还穿着睡衣。"

接着,就发生了一件他当时怎么也不明白的事:胖阿姨抡圆了手臂,扇了她身边刚探出头来的男人一个大耳光,然后冲小泡泡气急败坏地说:

"走开!"

这还算客气。

第三天,小泡泡又来送牛奶。接牛奶瓶子的人又换啦。这回是那个挨了一个大耳光的瘦男人。瘦男人倒不是气急败坏,而是狠狠地说:

"滚!滚开!"

从那天开始,小泡泡再不能送牛奶了。那时,他才8岁。

我笑开了。小家伙似乎得到了很大的鼓励,更兴奋了。他告诉我,他得到卖报纸这份工作更是不容易。他一边叹着气,一边不紧不慢地讲着,而我像看无声电影一样。

隆冬,黄昏,一个瘦弱的小男孩儿在报社门前,神情沮丧地坐在台阶上。因为报社送报的工作都有人做了,但男孩儿没有回家,他执拗地等着什么。

一小时,两小时,夜色降临了,天拉起了紫色的幕布。周围的房子、树木都融入浓浓的夜色中,只留下黑色的轮廓和天地间弯曲的曲线。

果然,有人回来了,送回了没有卖出的当天报纸。男孩儿找到报社,就差把上帝请来作保了,这才要来了那沓报纸。于是,男孩儿旋风般地跑旅馆、车站、咖啡店,硬是把人家剩下的二十多份报纸给卖出去了。那天,当男孩儿回到家的时候,已经是11点多了,而他困得在等开门时竟睡在了门前的小狗窝里。

5

对外国学生的自立,我早有深切的感受,但面前这个孩子也只有十三岁呀!我说他太瘦了。小家伙看看自己细脚麻楞的胳臂腿,叹口道:

"妈妈,总说我像个亚麻秆儿。哦,对了,我叫麻秆儿'利得(lead 领导)'。我的部下,哈,三个了:瓦洛加、米萨、拉申卡。他们的工作,都是我担保的。每次,由我来分报。报社夸我们,我们做的是国家大事。我们几个的报,送得最早,我们最有礼貌。最重要的是,我现在也是班里的 lead。我门门都是 5 分(满分)。"

小家伙像钻到我心里一样,一下解开我的心结。我就是担心孩子们做什么会影响功课。

小 lead(音:利得)扬扬得意。我不由得又想起我的小儿子,小时候也总这样,自我感觉良好。

记得,有一天,有人敲门,找老邢(我爱人姓邢)。开门,没有大人啊。

"是我。我找我们老邢。"

低头才看见,哇!萝卜头呀!

小儿子总是说,他是老邢,他是领导。"有使命感"。嚯!真不得小视。

哦——我不由得感慨起来。此刻,我嘲笑开了自己,因为我上了中学的小儿子每一次来信都说:

"我长大了,我自己能管好自己。放心吧,我当班长啦。"

我坐在车上,不肯把视线从小家伙身上挪开。小儿子也跟这个小家伙一样瘦高、漂亮、帅气。是啊,他也是那样自立。脸上一本正经,却又总泄露着掩抑不住的稚气。

是啊,说实在的,看着眼前这小家伙,我一直打着疙瘩、捆着捆儿的心放平了。我不由得怀着一种莫名感激的心,端详起眼前的这个孩子:白皙的脸上还有一层细细的茸毛,像一只刚刚出壳的小毛鸡。可他那一脸文章的样子,又像一个小博士。小博士站在我面前文文静静,说起话来却是眉飞色舞、脆锣响板。此刻他正数着报纸。车驶进了市中心,小家伙忽然跳起来:

"坏啦!我忘了下车了!"

车停了,小家伙跳下车。又折回来,伸头向我道了一声别。在人们赞赏的目光中他猴子般蹦蹦跳跳地跑了。

6

车外，雨还在下着。小家伙把报纸藏在他的夹克衫里，挥着一只手，驱赶着头上的雨水，撒开脚地跑。他瘦弱的身影在人群中、在那细密的雨帘里若隐若现，最后消失在人群中。

窗外，雨依旧不知疲倦地下着。那小雨滴一排接一排地冲到车窗上，汇聚成一股一股的小水流，然后甩到车窗后，汇入急雨之中。

道边一片片的草地在雨水的洗涤下，越发显得精神抖擞，碧绿欲滴。风一会儿把雨拉成丝，一会儿织成网。小草在斜泼的急雨中，一会儿埋下身来，一会儿又很快直起身，舒展它们的腰肢，摇头晃脑，得意非常，仿佛在说：

"我不怕！看啊！我又长高了。"

是啊，小雨沙沙，美妙！像《马刀进行曲》，像《骑兵交响乐》。不知为什么，我不讨厌雨啦。

小雨沙沙，仍然细雨漫天，可是在我的心里，却升起了一道彩虹。

7

在我的生活中，有好几个是因为我而改变人生的人。沙沙说，就因为那天和中国老师的见面，他决定要学汉语，而且一定要来中国。原来，沙沙是俄族人。后来，他回俄罗斯了，在彼得堡上了大学。现在他又来中国留学，读经济。小沙沙长成了大小伙子，瘦瘦的，高高的，但我依旧能辨出那个小沙沙的模样。静静的，带着一点儿得意。

那天，没有下雨，但我在那蔚蓝的天宇里，好像又看到一道虹霞。

于北京

走进童话丑小丫

"一定得去柴西斯(Cesis)。我就不信,不会拉语就不能旅游!"

校长(我爱人)跟谁赌气一样,把吃喝一样接一样地塞进旅行包里。

我也说:"谁怕谁呀? 走,去柴西斯!"

柴西斯城很小很小,历史上却是拉脱维亚最悠久的古城,在欧洲都很有名。那里至今保留有中世纪的城堡、中世纪的露天歌舞场、中世纪的房舍……许多历史记忆。

可是话又说回来,语言布满了沼泽、荆棘。在城里还走丢,现在可是出城啊!柴西斯距首都里加九十多公里,得坐火车。而我们,拉语一点儿都不会,又不想学(回国就没用了)。俄语吧,也不知谁是俄族人,谁是拉族人。跟俄族人说俄语,人家高兴;跟拉族人说俄语,人家反感。再说,俄语吧,倒还会的不少,可大多没用。校长就记得:

"已急切皆打死克(俄语音:到黑板前来)!"

"斯大林乌拉(万岁)!"

我还能背歌词:"瓦斯多克,咋瓦裂了(东方红,太阳升)。"

可是跟银行呀、车站,这样的国家单位交流,当然得说拉语,人家的国语嘛。

难死啦!

最后,猛翻了一阵汉俄词典,又翻俄拉词典(没有汉拉词典)。抄了一个小条,连写带画,再带上证件。

豁出去了,出发!

天上掉下一个小毛茸茸球

第一关,自己买车票。

售票员从窗口把我推进去的小条推出来。

"怎么没有去柴西斯的票呢？"

我惊奇地回身瞧着校长，校长惊奇地瞧着我。我举起小条叫他看。校长没来得及看，他身后钻出一个毛茸茸的头。毛茸茸的小帽边露着毛茸茸的一圈卷发。我们身后排队的一个小姑娘跳起脚"嘶——"很麻利地把条抽过去了。抻过小条，她看了看，便和小窗子里的人"巴里巴啦"一阵拉语，回身，笑开了。接着对我也一阵"巴里巴啦"拉语，我摇头。她又改为"叽里咕噜"一阵俄语，还不时得意地带上几句英语。

噢，好不简单。我明白啦。我的小条画了两个并排的小人，抬着脚去Cesis。

小条横着给她看的，我的画技又不高，售票员以为我要买卧铺票。

我和校长都笑了。毛茸茸球一样的小姑娘帮我们买了票，得意地递给我们。火车票是打印出来的纸条，一张票才 1.86 拉特。高兴！便宜！姑娘要过去我的小条，在我那两个小人的对面，又画了两个小人朝回走，呀！是往返票。一趟票才相当人民币 7 块钱。便宜！小姑娘表示这还是涨了一倍的，贵多啦！

拉脱维亚正在变革之中。我到拉，市内电车票 0.14 拉特(人民币 2.24元)，姑娘说以前 0.07 拉特。（现在是 0.40 拉特，合 6.8 元人民币）不管怎样，我们还是高兴。更高兴的是，小姑娘一直把我们送到去柴西斯的进站口。要知道，那可是一个大通道，有许多进站的拐口，不认识拉语，谁知道拐哪个口？

唉，不知道那些文盲怎么活着。刚想对小毛茸茸说声谢谢，小姑娘却转身往回跑。干什么去？

我只看见小毛茸茸球的两条小细腿飞快地闪动着(她穿筒靴)。

"我忘买票啦"！

小毛茸茸球是小天使

小姑娘跑了，留下一阵温暖。

我们看着小姑娘的背影，这时候，走过来一个胖大婶也跟着我们驻足巴望。拉脱维亚人可不像"我们那疙瘩",芝麻大的事都好奇,他们总是一脸冰霜,目不旁视。

胖大婶凑什么热闹?

不管怎样,第二关总算顺利。多亏了小姑娘。

进了站台,这里可不像国内的车站那么热闹,竟没几个人。没有检票口,没有检票员。社会主义的自觉,在这里充分显示。自己找车上就行了。整个站台冷冷清清,只有一列好像我国五六十年代的火车。

老旧的车厢。老旧的车门。还有我久违了的五六十年代的人心……

上了车,我俩猛嘀咕,对吗?这是去柴西斯吗?心正吊着,蹿上来了一个小姑娘。小毛茸茸球!真是吉人自有天相。小毛茸茸"叽里咕噜"一阵俄英混用,像老朋友相见。毛茸茸一样的头晃了晃,那意思:别担心,我包了。老朋友!

小姑娘放下书包,坐在了我们对面。她叫我们放心,她也去 Cesis(柴西斯城)。悬着的心终于也落了座。

天使是个小丑丫头

坐定后我开始细细打量小姑娘。小姑娘顶多十二三岁。穿着一件灰色的短大衣,蹬一双半高的筒靴。和我在电影看到的苏联女孩装束一模一样。只是那大衣袖子有点短,靴子也旧了。家里一定拮据。

小姑娘摘去她那毛茸茸的小帽。一个金发小刷刷辫子弹出来,撅撅在脑后,像举起的小墩布。小脸一露出:哟——这是个小丑丫头哇。圆脸庞上,鸭子一样的小噘嘴,没开口也像"呱呱"。

整个一个丑丫头。小丑丫一双蓝眼睛,可惜还有点斗眼。不过这个"小丑鸭"可一点儿也不害羞。说话、办事,"干巴利落脆"。此刻,她正在公开打量着我们俩,眼睛里跳动着狡黠的光点。

不知是我们俩有从教的职业特征,还是因为我们心里还对这个孩子盛着感谢。小丫丫精准又得意地猜:"你们,中国人。温暖。爷爷说中国人好。"

我们点头。小丫丫神采飞扬接着猜:"你们慈爱。你们是老师。"

不过小丫丫说,她不愿当老师。她现在有好多顶要紧、顶要紧的理想。譬如:她要当品尝师。吃好多好多好吃的东西。(唉,他们不富裕)。小丫还想当送生婆。我光听说过"接生婆",没听说过"送生婆"。

"哼,我那个送生婆可不怎么样。也不征求我的意见,就把我送给了一个瑞典妈妈。"

我知道,历史上,瑞典也占领过拉脱维亚。我去瑞典时,同船就有瑞典籍的拉族人,拉籍的瑞典人。拉脱维亚不仅是一个多民族国家,欧洲人也不少,你根本分不出来。拉的历史、国情、人情都很复杂。

小丫的鸭鸭嘴,一会儿就把她不想告诉任何人的秘密,都"呱呱"地说给我们了。

丑小丫也住在冰河

小丫的妈妈,苏联解体前,在一家俄罗斯人的企业工作。苏联解体俄国人撤走了,小丫的妈妈没了工作,回了瑞典。小丫爸爸在爱沙尼亚的一个锯木场。爸爸不去瑞典。他们"切奶酪"了(大概是分手了)。

多好的比喻词。奶酪比喻婚姻:经过多长时间的混合、发酵、酿造,有酸,有甜,最后凝聚成香甜、意味无穷的一体。

(原谅,我这搞语言的,语言敏感。跑题了。)你们不知道那小姑娘说话用词有多么生动,神情有多么可爱!

"哼,瑞典有钱。我爸爸没钱。"

"谢尔盖,那个干棒槌。说我是斗鸡眼,我妈不要我了。呸——"

小丫丫冲着窗外,狠狠地"呸"了一声:"干棒槌,你妈才不要你呢。"

"爷爷说,我就在拉脱维亚。我是拉脱维亚的芽芽。"

小芽芽晃着脑袋向上拔着身子。说完,小姑娘忽然像瘪了气一样,一脸痛苦:"我想妈妈。妈说,以后等我长大点儿,不怕疼了,给我治眼睛。"

真心疼这个孩子。我们忙拿出苹果给她吃。可她说什么也不要。她说,她最爱说话了。老师们总叫她闭嘴。看来小姑娘憋了一肚子话。

"干棒槌叫我'斗鸡眼'。哼,奶牛屁股蹭了他的嘴。奶奶说,叫牛牤叮他。我才不理他呢。干棒槌,烧火棍,什么都不会,考试就看人家的。我都是 5 分(5 分为满分)。"

"干棒槌他们还叫我'牛屁股插管子——爱吹牛''话罐子',说我是从鸭妈妈那儿捡来的,一天'呱呱'没完。"

"就我爷爷奶奶说,我是他们的宝贝。"

我们立即确定:"小姑娘,你真的是宝贝。不单是你爷爷奶奶的宝贝,也是拉脱维亚的宝贝。"

小姑娘像打足气的气球一样,浑身来了力气,小鸭鸭嘴"呱呱"地更有劲了。

我们很快就知道了,女孩是里加一所技术学校的学生,十三岁,专业手工编织。拉脱维亚有许多这类的技术学校,陶艺、木雕、琥珀制品、编织。他们有非常漂亮的手工艺术品。小姑娘脱下大衣叫我们看她的毛衣。她说,那是她的作业。真的,那图案很有民族特色,色彩鲜明,很像我们云南的编织。小家伙太棒了,才十几岁,就能织出那么漂亮的毛衣。终于有机会给小丫丫一点儿鼓励了。我们连声称赞她,给她鼓掌。

小丫丫却又轻轻地叹了口气,垂下长长的睫毛,连比画带说的。说的都是我从没听说的。

冬天是寒冷的

苏联解体了。他们学校的产品原来可以卖到俄罗斯,现在人家不要了,而且动不动就制裁他们。这次,就是停了卡斯(天然气),拉脱维亚的天然气都是由俄罗斯供给。现在分家了,人家想停就停。我在拉大,也赶上过。我睡觉连椅子都扣过来当压脚被。你在国内有过这样的感觉吗?冻得连胃里的吃喝都觉得变成了冰块。

"学校冷得上不了课,放假一周。这样的事好几次了。"

小丫丫说,大家一听说放假,特别高兴。可第一天高兴,第二天高兴,第三天就想回学校了。

我正说着,小姑娘的话像断了闸,眼睛一下盯着眼前的什么,骤然不转了。我忙回头,看见来了个卖面包的。

我在邻居的孩子们那见过这种眼神。如果你不到那里,你一定不相信。国内的孩子们,巧克力都不屑一顾。而在这儿,我真的看见了,那绝对是食品不足造成的效应。

我说,小姑娘一定没吃早饭。她有气无力地点点头:

"我的钱只能买一样:要么面包,要么车票(学生半票)。"

我心里忽然一下热起来,觉得眼前这个小丑丫头这么漂亮!因为我知道,有的人并不买票,因为那里没人检票。那真的都是靠社会主义的自觉性,他们只是偶尔有查票的。小姑娘忽然害羞起来,她低下头小声说:"如果我回家,我知道有烤胡萝卜、烤土豆等我。我一定买票。去学校,没有面包时……"

小姑娘用她的靴子尖涂着脚下的车板,不好意思再往下说了。

可爱!

校长捅我,我立即明白了,赶紧掏出包里的糖馒头托在手上,慢慢送到她的眼前。小姑娘伸着头,盯着那白馒头,在胸前画着十字,嘴里"咕哝"着什么。后来我才弄清:"善心,一定有面包相报!"那大概是他们的俗语。

我赶紧又掏出我们的自制腌蛋。来时,还犹豫半天,多亏最后带上了。那可是我去乡下过夏至节被评出的最佳中国奶酪。拉脱维亚没有腌蛋。

孩子大口大口地吃。那天,我们俩看着,都觉得特别的香甜。我们告诉她,中国也有句俗语:"好人有好报。"

丑小丫真的是只小天鹅

"好人有好报"。可有时也有危险。不信,往下看。

说着,高兴着,忽然来了个卖报纸的胖大婶。她"叽里咕噜"地嚷嚷着什么,上前就要去抓小姑娘。小姑娘直躲。

丑丫头怎么招惹人家了?

胖大婶掏出一双毛手套,举着,"叽里咕噜"地更厉害了。小姑娘丢了手套了吗?

小姑娘推托地说:"不用了,不要了。"

我们莫名其妙。

胖大婶还没完没了。

小姑娘又说："是我的。是我的。"

我也忙向那个大婶证明，小姑娘是个好孩子，还把孩子帮我们买票的事告诉了她。

胖大婶又摇头，又点头，继续"叽里咕噜"。反正，折腾多半天，糊涂多半天。最后弄明白了。一次大雪天，哈口气就能冻个冰雕。一张嘴，舌头都冻得不转了。胖大婶卖报，举着报纸晃，却没戴手套。手指头真的会冻掉的！

一个戴毛茸茸球帽子的孩子给大婶塞了一双手套。胖大婶脸都没看清，孩子就消失了。今天可找到了！

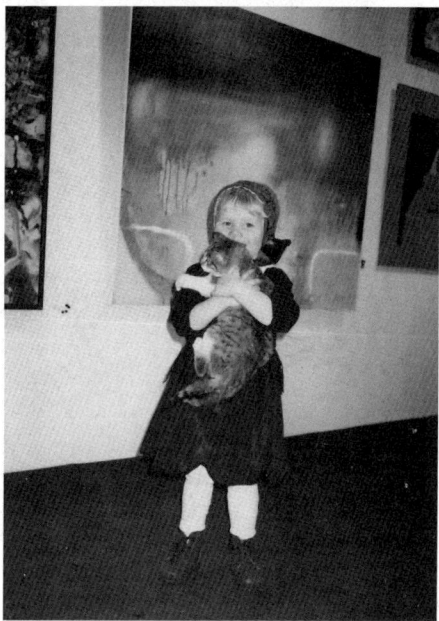

这也是个丑小鸭。人家是画廊的老观众。她叫我给她的猫妹妹画像。她说她要为猫妹妹办画展。了不起！

哈，我说，这位胖大婶刚才就在进站口凑热闹。原来她在找小丫呀。

孩子不好意思地推托着。胖大婶"欧琴欧琴，普利牙疼哪（非常高兴）"叫着，只见她一只胳膊夹着报纸，一只手扳着孩子的头，狠狠在孩子脑门儿上亲了一口，又使劲地一把将那小豆芽一样的孩子，搂进她那胖胸脯里。

天啊！我站起身来，校长也站起来。胖大婶挺着的可是两个棉花包一样的胖胸脯！说实在的，真怕胖大婶把这个小芽芽给憋死。那可是只小天鹅！

一稿草于 Cesis

辑二　永久的文化

天上掉下来的婚礼

天上有时真会掉馅饼。

跟着我的学生拉塔亚去她农村的家，一下车，竟掉进了接亲的队伍里。

还没站稳，就有人给我和拉塔亚送上巧克力和红酒。拉塔亚高兴地蹦着高对我说：

"幸运呀，我们遇到接亲的队伍啦。快接过来！"

没明白是怎么回事，又是一杯伏特加。我哪能喝白酒，拉塔亚忙劝我：

"这酒可不能不喝。这是婚礼喜酒，喝了，交好运。快喝吧！我们这儿有风俗：接亲的队伍遇上的第一个外族人，就是上帝派给他们的贵人。"

上帝这么喜欢我？我正巴不得呢。

一杯白酒下肚，我就觉得脚踩的地是空的，也忍不住地跟着人们笑起来，瞎唱起来。

接亲的队伍中有人拉起手风琴。那是一个很小的纽扣键贝式琴。琴拉得干脆、清亮。欢快跳跃的乐曲，一曲一曲鞭策着人们蹦啊、跳啊地前行。人们唱啊、蹦啊，在田间的小路上播种着喜庆和欢乐。

六月了，绿不再像三月那样犹犹豫豫，慢慢腾腾。绿在微风中荡漾着，滚动着，撒着欢儿一下就绿出了茫茫一片，无边无际。更叫人动心的是，一畦畦的燕麦地在那绿色之上，又都顶着太阳洒下的金色，和着我们的欢乐，得意地摇呀、晃呀，一起表演着大地的华尔兹。

1

穿过一片燕麦地，我们在一处院落前停下来。那景象随即真跟展开的油画一样：一圈树枝搭成的参差不齐的栅栏。大院子里，一幢大坡顶的木屋藏在枝叶茂盛的绿荫中。孩子们像梨子一样挂在树上，一见来了队伍便

"噼里啪啦"掉在地上。庭院里挤满了欢乐的人群。两拨人相见都发出"噢噢"的叫声。

欢喜呀！欢喜得爆出声响。

新郎在几个姑娘、小伙子们的簇拥下去接新娘，房屋的门却是紧闭的。门里、门外，一阵交涉。我的学生告诉我，他们叫新郎展示他的才能和真心，新娘满意了，才出来。新郎大展歌喉，歌唱得真不错！门开了，人们簇拥着新娘走出来。

呀！一个头扎三角巾的胖老奶奶！

我知道这里有娶比自己大十岁新娘的风俗，可这也太离谱了吧。开始我还真以为是真的呢，后来才知道，他们在故意逗新郎。

胖老奶奶扭捏作态，要拥抱新郎，新郎吓得极力躲闪。人群中爆出一阵阵的笑声，捂肚子的、擦眼泪的滚成一团。

没办法，新郎又跳了一段舞。出来的是一个扎纱巾，套了个大裙子的瘦老头儿。新郎当然不要。瘦老头儿却不肯罢休，追得新郎到处躲。大家跟着哄笑着。我觉得我都要笑断了肚肠。第三次出来的，我以为这回是真的新娘了。那姑娘既年轻又漂亮，可仍然不是。原来那是为了考验新郎变不变心。最后，新郎献上他带来的礼物：一对小羊羔和一大陶瓷罐蜂蜜。新娘终于出来了，真新娘也漂亮极了。

下午，新郎终于把新娘接回了家。没有车，也没马。一曲曲欢畅的手风琴声把人们送到了又一个沸腾的大院前。进院时要穿过两道门，再进一道门。同样有一番仪式，不过接受考验的不仅是新郎，还有新娘。

第一道是两个小女孩拉起的彩带。新郎新娘穿过那道门，表示向童年告别。在门前他们一起深情地唱了一首歌，深情地向年长的父老乡亲表示谢意。唱完，新郎向长辈乡亲恭敬地鞠躬；新娘行着优雅的屈膝礼，感谢长辈乡亲对他们成长的关怀。

第二道门是两个姑娘拉起的彩带。新郎新娘穿过那道门，表示向青年告别。这时站在两旁的都是新人的伙伴们。年轻人在一起，永远像上了发条一样，连蹦带跳。新郎新娘光行礼是不行的。新郎把一个篮球投在草篮里，把球送给了伙伴。新娘吹了一段长笛，然后把那小竹笛送给了姑娘们。

新郎新娘被伙伴们拍打着、搂抱着过了那道门。学生告诉我,新郎新娘表演什么,送什么都没有特别的规定。只要表示他们和旧友的情意,能表示他们留恋那段充满朝气的生活就行了。

第三道门是大叔大婶拉起的彩带,表示新郎新娘要开始婚姻生活。那道门前摆着各种各样的花草。新郎新娘选了玫瑰,他们希望生活美好。大叔大婶帮他们掰掉玫瑰枝上的刺,他们希望新人未来的生活少些困难。

然后,就是大叔大婶和新人的热烈拥抱,那意思:"来吧,你们也要变成大叔大婶啦!"

婚礼要开始了。司仪一张嘴,人们哄然大笑。我丈二和尚摸不着头脑。学生一通翻译,才知道,主持老汉大概没开宴,就喝醉了酒,把人家儿子的婚礼宣布成老爸的了,难怪新娘家人,个个变脸变色,直脖瞪眼。也怪拉脱维亚人的名字附件太多,有老爸的姓吧,还得带上老爹的名。串珠子一样,让人分不清。

交换戒指的仪式是庄重的,由村里最有威望的老人主持。

说的话和在教堂举行仪式的话差不多。但有一句却叫我深深地震撼。老人问新郎新娘:

"在我们国家危难的时候,如果有一方背叛祖国,你怎样选择?"

新郎新娘一起背出了几句诗句:

"生命诚可贵,爱情价更高,若为自由故,二者皆可抛。"

那是匈牙利爱国诗人裴多菲的绝句。我感动不已。

结婚仪式后,新郎新娘在鲜花和亲友们的簇拥下上了一辆彩车。因为他们听说我是中国来拉大支教的教授,我受到格外的招待。我也被邀请作为长辈,上了车。我是"兔爷坐驴车——美颠颠"外加"老虎上灯台——巴(扒)不得!"我正想知道他们去哪儿,做什么呢。

车原来去的是城里自由纪念碑广场。

2

里加城是拉脱维亚的首都。城里,有一个非常重要的建筑物,那就是1935年由公众集资建成的自由纪念碑。碑是由花岗岩建成的。碑的底座,四面都刻有历史事件的浮雕。顶部是一位站立的自由女神像。她高举着三颗星，代表了拉脱维亚三个地区，Kurzeme、Vidzeme 和 Latgale，表示着拉脱维亚不同民族的联合。碑上题写着拉脱维亚文字：

"为祖国和自由。"

拉脱维亚国庆节的时候，拉总统就在这里检阅他的三军将士。我来到拉脱维亚，接我的拉大的师生，带我参观的第一个建筑就是自由纪念碑。后来国庆节，我应邀也在这观看了他们的阅兵式。

纪念碑前站着两个雕塑般的士兵。他们昂头凝视，荷枪守候着他们祖国的过去、今天和未来。

那天，两个新人走到碑前，一起献上了他们的鲜花和敬意。他们静静地站在那里，许久。不知他们说什么，但从他们脸上的庄严和凝重，我能猜出，那是他们对自己的祖国和他们的爱，郑重的承诺和誓言。

拉塔亚告诉我，在拉脱维亚，结婚新人不是到自由纪念碑前，就是到西古达尔去献花。我的学生伊莉达带我去过。

西古达尔有一座简朴的墓碑，里面埋葬着一个只有十八岁的姑娘。1620 年，德国入侵拉脱维亚。姑娘面对一个德国军官的威逼利诱，拒绝了富贵和强权，从容地选择了坚贞和死亡。人们珍爱她，敬慕地叫她 Roza（玫瑰）。姑娘纯洁的心和高贵气节为后世留下真爱的旗帜，也感动了无数人的心。至今，结婚新人都要到那里献上他们的鲜花和崇敬。

拉塔亚向我强调，拉脱维亚的婚礼，不一定去教堂，但一定去自由纪念碑广场或是西古达尔。

拉脱维亚人欢乐之中的这份庄严，叫我感慨万千……

是啊，为祖国和自由。

3

从广场回来，我以为婚礼到此结束了，哪知庭院里更加热闹。

到这时，新娘才可以入洞房。下车，新郎抱起了新娘，来到新房前。新房门外，地上摆放着一个瓷碟子。我正奇怪，人们扶着新郎一下子跳到碟子上。碟子碎了。新郎没站住，摔了个屁股蹲儿。新郎还抱着新娘呢，两个人，八脚朝天。人们赶快去扶，一边扶，一边争着说着什么。我不明白。叫学生翻译，她除了笑得直不起腰来，一句也翻译不了。事后，她给我写在纸上。我猛查了一阵字典，原来也是一句吉利话："蹭蹭蹭，长长长，生个大胖胖，生个大壮壮。"语言竟还押韵！真是神奇！我们汉族摔了东西，也要取个吉利，说"岁岁平安"。人们的文化心理竟也这样相近！

那天，人们扶起新郎新娘，又都围过来数那碟子碎了多少片：

"一个、两个、三个……九个！生九个孩子。九个！"

"祝贺你们！"

我的学生曾告诉我，拉人口每年负增长 7%。年轻人现在都不愿意生孩子，老人也没办法。一个国家，人口才 270 万，而我们一个天津就一千多万！我真想叫我们国家和他们均乎均乎。

新郎新娘进屋了。等在屋里的公婆立即端出了牛奶和蜂蜜。他们叫两个新人喝牛奶，又叫他们吃蘸了蜂蜜的面包。两位老人还不断说着吉祥的话，祝福新人以后的日子甜甜美美。然后，新娘从嫁妆里拿出给公婆的小礼物，恭恭敬敬地捧上。那礼物一定要有坚果，没牙的老公婆才能笑得张嘴豁口的。那是希望老人牙口好。礼物里还有玩具。我问，是叫老头老婆玩吗？回答：是。老小孩，老小孩。而且也告诉婆家，新娘能生宝宝。

接着新娘就把从娘家带来的水罐、围裙摆在桌上，表示她告别了少女生活，开始为一个新家操劳油盐酱醋米面茶……

女孩还真是不长大的好。

4

院子里也是一通紧锣密鼓。人们摆起了长长的长桌，盛大的宴会就要开始了。那时我看表，快 7 点了，天仍是大亮。拉脱维亚的夏天，白天长，晚上 11 点还有太阳。

此刻，太阳高兴地涨红着脸不肯离去，劲头十足地挂在青蓝的天空上。当然，有这样的大宴，谁还想走开？

我好奇，看不见在哪儿有做饭的，这么多人，怎么吃喝？可工夫不大，餐桌上摆满了好吃的。原来，客人来祝贺也同时带来了吃喝。我提来的那

快乐真会传染,幸福会召集这么多人呀!

把香蕉也摆放在长桌上。长桌上,草莓果、樱桃、橄榄、李子各种水果。醋梨果酱、蔬菜拌的沙拉、各种各样自家烤的甜点、面包。自制的熏鱼、肉肠、奶酪,各种大小的蛋。整个的洋白菜、生辣椒、酸黄瓜,还有主人家的大块烤肉和大罐格瓦斯酒(一种用黑面包自制的饮料)。丰盛得不能再丰盛了,几乎摆上了大地对他们的所有奉献。我觉得那不仅仅是一桌美食,而是一种心愿的展示和欢乐的庆典。

我不好意思使劲盯着桌子看,却还是拼命记下了都有什么美味。没有煎炒烹炸的劳累和紧张,都是农家日常自制的食品。绝对都是绿色的。学生告诉我,那桌食品大有比一比厨艺的意思,特别是奶酪的制作。只可惜,我吃哪种奶酪,都像是吃馊奶。人家问我,我又怕扫人家的兴,一律说好。直到两年后,才吃出不同奶酪有不同的甘香,可我该回国了。

那天,更为精彩的是盛宴后的舞会。我敢说那是我看到的世界上最风趣的跳舞,舞姿五花八门,不拘一格,不分男女老少,都在尽情欢乐。

胖老奶奶,瘦小老头儿……奇怪!我在拉脱维亚农村,看见的大都是老奶奶胖得木桶一样。老头又瘦又个小，像拔了毛的瘦鸡，可个个精神矍铄。我还发现一个乐事：一个瘦老头儿，居然喝下了比他腰还粗的一大罐格瓦斯酒（可能度数低），我的学生说那太平常了。瘦老头儿还说他没醉，然后他们请我吃鹅蛋。天啊，那是我见过的最大的鹅蛋，足有手掌那么大。我发愁怎么吃。但在他们的刀叉下，鹅蛋顿时变成了盛开的花瓣。我吃了一瓣。奇怪，怎么鹅蛋有点甜？还有点酒味？瘦老头儿晃着他架在细竹竿一样脖子上的秃脑袋，隔着一个人，探过头来告诉我：

"那还不知道呀！有点甜，那是一只用蜂蜜腌过的母鹅下的蛋。"

啊？……

瘦老头的蓝眼珠，冲我滚上了几滚，肯定地说：

"不明白？有酒味？哼——她才是喝醉了呢——喝醉了酒，才下的蛋。我没醉，我没下蛋！"瘦老头儿说话一本正经。

……………

哎哟！瘦老头儿还真没醉？还没等我惊奇完，他又去跳舞了。他跳的竟是当地有名的踢踏舞（年轻人的舞）：蹲下，起来；伸腿，屈腿，瘦老头像踩了弹簧一样，秃脑袋蹿上蹿下，连弹带摇。我整个看傻了。我真是一个惊讶接着一个惊讶。更惊讶的是这里的人都能跳。胖的瘦的、男的女的、老的少的。壮壮的男子汉配着一个卷毛小丫头在跳；木桶一样的胖老奶奶，在一个细脚麻棱的小男子汉的陪伴下在跳……

我敢说谁看了也会是"鸭子听雷"……

那架小手风琴，一边十几个纽扣键子，在主人灵活的手指下，一刻不停地发布着愉快的指令。人们在魔幻乐曲的驱使下，尽情抛洒着欢乐和醉意。

九点了，晚会没有结束的意思。学生告诉我，婚礼要用通宵。我们悄悄地告辞了，但欢乐还是一直簇拥着我们。

5

路上，我不禁感谢起上帝。上帝恩赐给我这样的机会，叫我了解一个民族的婚俗——原汁原味的婚俗。拉塔亚却说：

"您要感谢，就感谢您的研究生春香吧。"

我大为惊奇。春香又在给我惊喜吗？

我的研究生春香，名字是她要求我给她起的。她文静、含蓄。上课，一双大而含情的目光，好似要把老师印在她的记忆中。这叫我讲课格外带劲，灵感不断。她总是一字不落地做笔记，也从不出声，提问也总写在纸上。她在教室和她不在教室都一样。然而她却总给我惊奇。

期末的结业宴会上，她抿着嘴笑着，捧给我一大束鲜花。我接过鲜花，那后面竟藏着一个极漂亮的小娃娃！一头卷发，可爱死了！她知道我最喜欢孩子。最叫我惊奇的是：小娃娃是她的女儿！

这里的女孩儿结婚后，一生孩子身材就会变得水缸、木桶一样，但春香苗条、优雅，有一种东方女孩的美。她也从没缺过一堂课。那天，她还带来了她的丈夫——一个英俊的小伙子。他只是站在门口，远远地向我微笑致意。

我真想知道他们的婚礼是什么样的，立即向春香提了要求。要知道，拉脱维亚的一切我都想了解。

"老师，今天就是春香叫我带您来的。她抽不开身。新娘是春香的堂妹。春香叫我告诉您，她的婚礼就是这样的。"

哇！我大梦初醒。我说，难怪这么巧呢。春香又给了我一个惊喜。

一样的事，如果你事先不知道，哎哟！那份喜悦，真能叫你醉上几天，还更有说不尽的感动。我说出了这种感觉。拉塔亚说：

"还有叫您感动的呢。"

拉塔亚说，春香是个高尚的姑娘，她的心像清亮的湖水。她的丈夫是一个在一次车祸中，为救助别人而残废的军人。她是在那个青年最为困苦的时候，向青年许诺终身相伴。

我想起结业会上，那个远远地站在门口，冲我微笑致意的青年……

那天，我真的对一个学生肃然起敬了。心若有弦，我真想弹奏一曲最美的赞歌给我的学生。

6

回城路上，我不由得贪婪地看着夜空。

夜，拉脱维亚夏天的夜有一种奇特的美。你们见过吗？太阳和月亮同时升在天空上。

太阳向大地播洒了一天的光和热，像是倦了。骄阳散尽，只有淡淡的白光。然而他执拗地留在西边的天际，似乎还有许多恋情，许多要说的话……

东边天空上，一弯新月羞涩地挂在一片云海之中，若隐若现。她辉映着一弯柔美的清晖，因为她接受了太阳的给予。青蓝的苍穹浩瀚深远，白昼般的夜显示着一种特别的肃穆、静谧。

我看那遥遥相对的太阳和那弯新月，他们就像一对立下生死誓约的情人，远远相望，相对无言，却又在诉说曾经的温暖，不尽的情长。他们默默守候着分别的无奈，品尝着相思的苦味，不离不弃。他们相距遥遥，心在咫尺，两情脉脉。他们用生命的每时每刻在兑现着他们的承诺："生死契阔，与子相悦；执子之手，与子偕老。"（《诗经·邶风·击鼓》）

世界因为太阳而生机勃勃；人间因为月亮而富有诗意；天宇因为日月同辉而辉煌壮丽……

我还想起我们的古诗："上邪！我欲与君相知，长命无绝衰。山无陵，江水为竭，冬雷震震，夏雨雪，天地合，乃敢与君绝。"（汉乐府《上邪》）

那是从我的祖辈心窝中流淌出的真情实意，几千年了。我也想起我拉脱维亚学生的爱，想起他们在自由纪念碑前献上的鲜花……

我忽然明白了，爱的坚实、巨大。那是用生死去定义，用岁月度久长；无国无界，无古无今。无论尘世变迁，时光流逝，爱却是亘古不变的人生主题。

于拉大资料室

波罗的海的歌

"第十届国际唱歌节在首都里加城隆重开幕！"这条每个字都洋溢着喜悦兴奋的消息，一下席卷了整个拉脱维亚六百多万平方公里的大地。举国上下，从城里到乡村，处处都翻滚着欢腾的热浪，响彻着热烈的歌声。

我和我先生都被这骤然降落的欢乐惊呆了。往日寂静的拉脱维亚大学公寓，大门"呼呼"地推开又合上。邻居进进出出，打招呼的声音都提高了调门。拉国的人总是面部严肃。此时冰冻的脸也突然开化了一样，每个部位都飞扬着喜悦。没弄明白怎么回事，我们已被赶来的学生大呼小叫地拉上了大街。

哈，大街小巷都在鼎沸，真有火山骤然喷发的感觉。我的心也随着欢乐盛开。

欢乐可以传染。

奇怪的开幕式

进老城，在伽利次大街，彼得大教堂一侧，我们的好朋友韦大力和学生帮我们爬上一堵围墙。学生还用我教他们的歇后语说："小兔子骑骆驼——乐颠颠。"

哈——我赶紧说，我们这可骑在墙头上。欢乐从心里往外流溢。

居高临下，对面街口拥出的队伍便一览无余了。唱歌节的入场式这样开始了。

歌手的洪流正从一条不宽的街里拥出。挪威、瑞典、丹麦、瑞士、德国、英国、俄罗斯十几个国家，还有拉脱维亚各民族的歌手：男的、女的、老的，连同孩子的队伍。他们穿着各国的民族服装，鲜艳、热烈，既古朴又奇异。他们满载着笑声、歌声、乐器声，从四面方向这儿拥来。

上天怎么一下抛扔下来这么多人！我来拉脱维亚一年多了，这可是从来没有的！

　　人们手里拿着彩带、花束、乐器……奇怪！竟有人抱着石头、拿着斧头……干什么？

　　在街的入口，有一道用鲜花和树枝编起的大门。

　　学生们忙着给我解释：

　　来这儿的赛歌队伍都要过三道门：第一道门是里加的幸福门。把在门口的人会问你：

　　"你怎样过里加的门？"

　　拿着斧头的人回答：

　　"把坏心肠丢在门外，只有好心肠才有幸福。"

　　我们看见，拿着斧头的人一边挥动斧头，像把什么妖魔赶走，一边跳着舞蹈。当大家看着，满意了，高兴地为他们鼓起掌时，把门人才叫他们通过。

　　第二道门是用石头摆起的门，叫健康门。人们带着石头走过来，存放

入城的歌手按传统风俗带来石头和花种

在那儿。

学生们告诉我,里加从前只是个小渔村,都是低洼湿地,人们在穷困和疾病中挣扎。后来人们每出去一次,就带回一块石头。来里加的人也都带块石头回来,慢慢铺成小巷、小街。从那时起,人们开始建城堡,驱赶疾病,抵御敌人。

如今,里加老城的条条大街小路,都是石头铺就。那磨得锃光瓦亮的石头无言地诉说着它们久远的历史,告诉外面的人这里的人们像石头一样坚强地活着。

第三道门是挂满彩灯的门,叫光明门。人们拿着花环,捧着鲜花。进入第三道门后,就把鲜花铺在路上,这时才戴上花环。他们咏唱着,表达他们永远崇敬太阳。他们对太阳顶礼膜拜,象征把黑暗留在身后,前方永远是光明。

开路的队伍走过,后面的队伍就是各国的歌手。每个国家都有一个旗手高举着国旗,雄赳赳地走来。

他们边走边唱。每到大街中心,就表演起他们自己国家的歌舞。唱着、跳着。每个人的心都在乐谱中跳跃。这里响起的歌,每一首都迸发着激情和欢乐。

高兴的时刻倒哭了

我和学生随着音乐高兴地哼唱着,开始数着国旗,想知道有多少国家与会。

有红地白十字的旗飘过,那是瑞士的。蓝地边上有个黄色十字,那是瑞典的。我们发现北欧国家芬兰,还有丹麦都和瑞典的构图一样,只是颜色不同。有英国的米字旗,德国的是横着的三色条旗,俄罗斯、拉脱维亚也是构图相同,只是颜色不一样……

忽然我的眼睛凝固了,心在激跳。太久没见啦!大红底色,醒目的黄色五角星。

中华人民共和国的五星红旗,最为鲜艳。

我们的国旗,我祖国的国旗!

浙江少儿歌唱团来了，我们意外地看见我们久违的国旗。

五星红旗后面，走着的是中国浙江少儿歌咏队的孩子们，我祖国的亲人。

我和我爱人一下激动起来。我们很久都没看见自己国家的国旗了，我们很久都没看见自己祖国的亲人了。眼一下模糊了，只觉得热血在周身奔流。

先生很长时间都在部队，是个坚强的军人，我从没看他掉过眼泪。可是那天，我们两人竟不顾学生就在身旁，一起哭起来。

我们这一代人和新中国一同成长。战火纷飞的年月，我们在母亲的怀里，是无数先辈用生命和鲜血保卫了我们。艰苦恢复建设的艰难中，我们长大了，我们抛洒汗水，收获心酸也收获坚强。在那风风雨雨的日子里，我们和祖国一样艰难。我们有过冲动，有过困惑，有过埋怨，然而在远离祖国的异国他乡，才知自己对祖国的爱是那样刻骨铭心，肝肠寸断。那爱是从我们小时，祖国用血和汗水，还有痛苦和灾难就种在我们心里的。

没有离开祖国的人绝不知道思念祖国的滋味。都说出国才知更爱国，真是如此。

那天，我们就站在墙头上，听着久违的乡音：浙江少儿歌咏队的孩子们唱的《春天多美丽》《茉莉花》《小蜜蜂》。这些歌在国内也听，却从未感到那么亲切、温暖,令人激动……

那天,真是群情热烈,人们一直给我们的歌咏队鼓掌。孩子们唱了一遍,又唱了一遍。最后,当孩子们唱起"让我们荡起双桨"时,我们也忍不住大声跟着祖国的孩子们一起唱了起来。那是我们做孩子时就唱的歌。

从小唱的歌就像藏在你的灵魂里。唱啊,世界的歌唱节也是我们的节。

回到家,说起此事,我们大家都笑了。我们站在墙头上,竟唱起了"让我们荡起双桨",我和先生还不由自主地做起划船的姿势。学生和我的好朋友韦大利都说,他们真怕我们掉下来。而当时,我们周围的人,都先是瞠目结舌,然后竟在胸前画起十字。

学生说,歌唱节的第一个节目就是中国人唱的,歌的名字叫"中国心"……

学生说:"我们也感动了,也想掉泪。"

歌可以不分国界,不分肤色,不分年龄,一样融化人们的心。

那天,我忽然明白了,无论命运把你抛到哪里,无论在什么时候,祖国都在你心里。祖国就是你生命的根。

高兴的时刻倒哭了。

新鲜的事还有呢。

唱歌节没有"民歌"

学生跟我说的。后来知道,我弄错了。不是唱歌节没有"民歌",而是拉语没有"民歌""音乐"这样的词。我说,那也是新鲜的事。语言现象是反映客观现实的。拉脱维亚没有"音乐""民歌"吗?

学生跟我卖起了"关子"。学生说叫我也研究研究拉脱维亚语。古拉语中有许多有意思的语言现象。

那时,我到拉脱维亚时间不长,我还不知道,波罗的海语言中心就在拉大,我更对拉语一无所知。

那时也不明白,拉的人口不多,拉语言,却有许多语言学家关注。后来我参加了欧洲语言会议,才知道拉语属印欧语系(汉语属汉藏语系)。拉语有悠久的历史。在过去的一千多年中,变化很少。拉语在印欧语系语言中,是保存的古代因素最多的语种。

一个民族的民间音乐一定反映它语言的特点。和许多保存古代特点的语言一样,拉语中没有"音乐""民歌"这样概念的词。和"声乐"有关的词只有两个:"芝达特"和"噶为勒特",意思是"歌"和"喊"。

拉脱维亚人有许多仪式的唱曲、抒情曲子等,就是拉脱维亚所说的"歌"。他们的"喊"则是渔夫和农牧民的劳动号子。

我上班时每天都过道加瓦河,我的邻居大婶告诉我,她小时还有纤夫,现在没有了,也听不到纤夫号子了。他们拉族人的号子,音符很高,音域广阔。

我小时在我家乡大清河边,常听船工号子。那伴着他们沉重的脚步,从他们胸腔里发出的声音,总是一下就拨动了人的心。我现在想起来都觉得叫人感动。

音乐是加了音符的语言。

我是搞语言的,到哪里,凡与语言有关的都深深吸引着我。

那天我特别注意听拉脱维亚人的演出。真的,他们的歌真的都有一种"喊"的感觉,很少有音符的变化。而"喊"的却叫你感到那样悠长、辽阔、宁静……像看到无边的山丘、原野和蓝天……歌是直接反映生活、直抒胸臆的。你们有过这样的感觉吗?你在听歌,却仿佛可以看到一幅幅你从没见过的优美图画……

拉脱维亚的"音乐""民歌"有一种久被压抑而呼出来的独特。它真的不同于任何一个与会国家的音乐。言为心声,歌更是心声的宣泄。

我真庆幸我赶上这里四年一次的唱歌节。我能听到世界鲜有的这样有个性的歌。

德语的歌铿锵;俄语的歌辽阔;瑞典语的歌绵长……

各民族的歌像灿烂的云,磅礴的雨,变幻的霓裳,真有一种看一个巨大的万花筒的感觉。

都是歌手

从未看到过的表演,也从未见到过人们这样快乐。

那一天,我们的一个最严肃的邻居爷爷,邻居大妈说他是管飞机螺丝的(估计是机械师),外号叫"奶酪"(大概是凝固的意思),也笑得在草地上四脚朝天。我的学生笑得就差打滚儿了。那天就像加热后的爆米花锅一样,笑声从人们的心里阵阵地迸发出来。

你不信?我说了,你也得笑。不过你先等等,我先说我的感受。

那些天的唱歌节(一周),每件事都是我从未看到过的。

从未看到过那么多国旗;穿那么多样民族服装的人;从未听到那么多种语言的歌⋯⋯从未看到过的火热。那是真正的全民的、世界的。演出也不是只在一处。老城、新城、郊外,连我们附近的库库莎山,那几天也在欢腾。

库库莎山有一个很大的露天演出场。就着山丘的土坡修建的一排排的座席,坐满了欢乐的人们。我真是奇怪,这些人像是从天上掉下来的。平时这里很少见到人影。

台上挤着各种年龄的歌手,各种体形的,男的、女的。在穿着上,无论是女人的大裙子,还是男人的衬衫、裤子,都有非常漂亮的图案,特色鲜明。虽然我分不清是哪个国家,哪个民族,但有一点最清楚:那就是,无论哪个节目,都是在最自在的状态。

自在得谁想唱,谁就可以上台,挤上去唱。他们的表演没有什么队形,反正是一大堆人;也没有人报幕,一拨下来,又挤上一拨。

那天,更有意思:演着演着,几个在台下的孩子大概觉得还不够尽兴,于是一个接一个地往台上爬,他们最多也不过三四岁。大木台前的台阶需要他们四肢并用。于是观众们看到如下的情景:前面的男孩爬上去,后面的女孩上不去,赶忙去拉前面男孩的短裤。聚精会神看演出的观众看到了什么,就可想而知了。不能不大笑的是,几个孩子一个拉一个的裤子,如法炮制⋯⋯

哎哟,这群小可爱,叫我们看见了最可笑的演出——一串两瓣的白屁股!

这不,那一天,不但我们,而且我们叫"奶酪"的邻居爷爷也无法"凝固"了,笑翻在草地上。我和先生还有学生们笑得肚子疼了好几天。

我还要特别说明,那几天,我的同行,拉大教授斯达布拉瓦也来和我们一起参加节日。斯达布拉瓦是拉脱维亚著名的汉学家,永远是正襟危坐。我很少看见她的笑模样(不像我,爱说爱笑)。那天,她自己笑得眼镜找不到了,笑得擦眼泪了呗。我们大家赶忙一块儿在草地上找。找来找去,后来竟发现就顶在她自己的脑袋上。学生说,这回可有了词,见到教授时再害怕(学生都怕教授),就提起这段。看他们老师还那么严肃不?

大家这通笑啊。笑可以合奏。

那天,最叫我骄傲,叫大家最感动的,是我们中国浙江少儿歌咏队的孩子们。他们不但唱了许多中国歌曲,最后他们竟能用主办国的拉语(拉语很难)唱起了拉脱维亚的儿童民歌《小蜜蜂》。嚯——全场一下欢腾起来。那简单欢快的曲调打开了全场人的歌喉:

　　　　小蜜蜂呀,小蜜蜂,
　　　　你飞到西来,飞到东。
　　　　高兴呀!
　　　　快乐呀!
　　　　嗡嗡嗡——
　　　　嗡嗡嗡——
　　　　你采来甜蜜,
　　　　放到我心中。
　　　　嗡嗡嗡——
　　　　嗡嗡嗡——
　　　　你采来甜蜜,
　　　　放到我心中。

草地上,树杈上坐着的;台上,台下;老人、孩子;男人、女人都在使劲儿地拍着手,摇晃着身体忘情地大声唱……

从没有过这样的节日,从没有!

不用等某些总爱迟到十几分钟的领导,不用等什么名人,也没什么极浪费的剪彩,更没那些懒婆娘裹脚布似的讲话、祝词……有的,就是自在的表现,自在的高歌,自在的欢乐……

　　快乐的音符,在美丽的波罗的海海湾跳跃;国与国不同语言的歌,在心与心中间画着优美的五线谱。

　　歌可以穿越时光,可以跨越国界,可以融合民族的心。人们要唱歌,天下人们的心都向往着欢乐……

一稿于库库莎

拉脱维亚的仲夏节

你们叫狗舔过吗？我叫狗舔过。那真是心惊肉跳，浑身冰凉。

我在拉脱维亚过的仲夏节，就这么惊心动魄又难忘地开始了。

那是在拉脱维亚的乡下，萨拉茨戈特渥小村，我学生阿娜达姐姐的朋友家。阿娜达是拉大生物系的学生，是我在楼道聊天的朋友。她会英语！在一片拉语之中，能说上英语，那也真有一种在沙漠之中，忽见绿洲的感觉。

夏天来了，学生说他们最享受的日子到了。

一天，阿娜达来电话，叫我去汽车站，带上毯子、雨衣、一个人的食品。她要接我去乡下，过亚纳斯节。我高兴得从心里往外跳，大概早已忘了年龄。蹦啊，跳啊，出了公寓值班室的门，连一向板着面孔的管理员，她的胖脸也笑成了菊花（她给我送的电话）。她说，今天，那可一定得到乡下去。因为这个节，就是要走回大自然。

大街上空无一人，原来人们早就如浪如潮，一股一股地卷到乡下去了。

什么节日这么重要？

1

原来，从6月23日到24日是拉脱维亚最为火热的仲夏节，也就是夏至节。和我们不同，拉人都有两个生日：一个是出生日，一个是命名日。古拉人将凡是6月23日出生的男孩都命名为亚纳斯，将24日出生的女孩叫利果。

夏至节又叫亚纳斯节，也叫利果节，它是拉国家和民间最为重要的公共节日。

那个重要性，一进六月，你就会感觉到。节日气氛满街飞扬。路旁出现了好多挂满花草的售货车,到处都卖一种橡树叶编的花环。那花环可有妙用,那是我到了乡下才知道的。现在先不告诉你。

还有卖各种曲奇饼干的。商场更是奶酪成堆成山(当然不是大山啦。)学生带我品尝,味道还真是香得不一样。一向脸部严肃得像冰冻过的人们,脸上也绽出了笑容,连那到处可见的狗朋友们也格外欢实。我出国时,国内大城市还很少有狗。到拉脱维亚那真有点像到了狗博览会:苗条的、肥胖的,矮小的(小到像大腊肠),高大的像小毛驴儿,各有精彩的品名。

当阿娜达把我带到乡下,刚到主人家的庭院,第一个冲出来亲吻我的就是一只长脸大花狗。大花狗足有半尺长的大舌头,"吱溜"一下从我的下巴颏儿一直舔到我的脑门儿,凉飕飕,湿腻腻的,我差点休克。多亏主人及时赶到,我才幸免后面至少还有三位狗先生、狗女士的热烈欢迎。

主人的欢迎可不像小狗们那么火热。在我看来,她更像一位心理平和的女教师。

她叫奥里亚。拉脱维亚人看上去总有点冷若冰霜的感觉。她倒不是冰霜,可也不热情。只是礼貌地和我贴面致意,便安静地站在一旁,像在等待学生的交卷。阿娜达叫我带一个人吃的,多亏我还多带了一些。一看主人身后还有好些人,我心里有点打鼓——不够分的。

阿娜达却是牛牛的。她说,她的朋友们都很羡慕她,因为她有一个中国教授朋友,而且能请来和他们一起过节。教授在拉脱维亚很少,又是中国的,那可都是他们的第一次。阿娜达一边冲我牛气地晃脑袋,一边拉我进庭院。

庭院没有围墙,只有一排排鲜花和野外的草地相区别。院内有一栋两层的大房舍,墙上爬满了像爬山虎一样的植物,门和窗子都嵌在花草中。进了楼,楼下好像是一个大活动室,屋内有一个台球桌,墙边有大垫子,还有许多干草,但很干净整齐。屋子的一头是一个厨房和卫生间。楼梯很窄,但屋内空间很大。

"这里冬天很长,主要在屋里活动。我们就睡在干草上,好舒服!"阿娜达这样回答我惊异的目光。

主人带我们上楼,这是我第一次看到的、最美的花草的房间。

屋里没有豪华的家具和装饰，但叫你觉得格外舒适。那是大自然的精致。

家具简单又雅致，都是本色树木做的：一张床、一个长桌、几把椅子。它们都非常懂事地、协调地放在自己的位置。花草们却很张扬得意，占据了屋里几乎每一处显眼的地方：挂在墙上，站在窗台上，插在桌上的花瓶里，吊在楼梯上……凡是能展示它们的地方，鲜花、草束、大把的枝叶、野草树叶编的花环，都在伸胳臂舒腿地做表演秀。许多花草都是干的，可是看它们的姿态，都好像在说："看我，别有一番风韵哟！"真是漂亮啊！

花啊、草啊散发着浓浓青草味。特别的清香，特别的清爽，给人完全是一种特别的舒畅。

我突然感觉，原来真还有这样一种活法——一切都是大自然的给予，一切都那么自然。太好啦！

2

节日，人们的装饰也是大自然的给予。老人、孩子们都戴着花环，姑娘们身上缀着花瓣，男人耳朵上夹着花。他们说，今天都要亲手编织花环。姑娘们戴上它，会一夜之间变得如仙女般漂亮。

我一到，大家像等我一样，放下行装，立即就到野外去采花草了。

在毫无修饰的大自然中，我感觉人有时真是多余，任何人为的装饰都会破坏那种自然美。人就是自然的一员。

小孩子们像散了包的豆儿，一下就撒到了地上，乱骨碌，乱蹦。大一点儿的男孩爬上树，采树枝。远处还有几个年轻人在翻跟斗。女孩拉着帮地唱。主人奥里亚一脸平静地说：

"憋了一冬的劲儿。"

大地也像憋了一冬天的劲儿，努力地绽放它的活力。

一条小河"哗哗"流淌着，太阳的金色光芒在河面上跳跃。河水不偏不倚把大地划成左一片、右一片：一边是金黄的燕麦，一边是漫无边际的野草野花。主人告诉我，右一片在晒地（轮休）。

我真羡慕人家。我家乡的地累死啦！哪有晒地的空儿？现在更不必晒了,都种上了房子,种上了人。真不知道以后用什么喂养我们的子孙?

我去瑞典,看到那里的绿地要比房子贵。

真想要一片大地,带回祖国,绽放四季的繁荣;真想要一片蓝天,带回祖国,书写斑斓的梦。

不说啦,羡慕人家呀!

3

主人采来树枝、树叶,招呼我说,都要自己亲手编织花环。阿娜达告诉我,拉脱维亚人用歌声迎接夏至节是古老的传统。节前,村里的年轻人晚上就到村外去唱歌。夏至节这一天更热闹。姑娘们头戴花环到村头唱歌,如果看上了哪个小伙子,便把花环抛给他,像爱神的箭。小伙子中意,他们便一块儿掉入爱河。所以编花环是必要的。我说,我已有爱人了。大家笑起来,说:

"夏至节,人们都要互赠花环,祝福一生幸福平安。"

"这些花冠还要挂在屋前屋后,以此祈求全家安康。"

因为古拉人知道野草花木都是药材。那天,我一口气编了8个,分别送给聚会的7个家庭。留一个,多想寄回我的祖国,我的家。

阿娜达姐妹编花环非常起劲。我和她们开起玩笑,问她们,准备给哪位"达罗果依"(亲爱的)。两姐妹一下都把两手放在肩上,表示太遗憾啦!真希望很快找到男朋友,爸妈都快把她们赶出家门了。拉脱维亚男性比女性少,嫁闺女难极了。

阿娜达姐妹编的花环,圈大,主人说那为了嫁出去。我不明白。

晚上,姑娘们要聚在大树下唱歌,然后把头上的花环往树上抛,如果花环挂在树枝上,那么这位姑娘今年就能嫁出去。我给俩姐妹各自编了个大圈。大家又"哈哈"起来。那花环必须自己编。谁编的,挂上了,就嫁谁。天啊,老爱知道一定不乐意。

更有趣的是主人奥里亚姑娘,刚编好的花环叫小狗叼去了。大家这个笑啊,"哈哈"着,我们又满处去追小狗。

民俗总是取吉利又取乐的。

4

民俗也总离不开吃。民以食为天嘛。

在主人家做客的几天里，我几乎吃遍了拉脱维亚的奶酪。因为来这儿聚会的每个家庭都带来自己做的食品，还有同村送来的。而他们一定叫我这个中国人尝尝。而我的每一次品尝，都成了众"目"之的。一桌人甚至停住嘴，等待我的回答。我心实。开始，好吃，我便说，"我喜欢。"于是"哇——"满桌皆大欢喜。我说，"我不喜欢。""咳——"满桌大失所望。后来我才知道，原来他们年年都借此评比出谁是奶酪高手。今年来一个中国人，在他们这个小镇，那是头一次。我成了他们关键一票。阿娜达告诉我，来前，主人半夜还打电话，问她，为我这个中国人准备什么。真叫人感动。还问，我爱吃哪种奶酪。多亏他们不知道"对牛弹琴"这个成语。其实我吃了半天也分不出来，也真不好意思把谁评下去。于是每叫我尝，我一接过来，就先说："我喜欢！我喜欢！"大家忍不住地又都"哈哈"开了。

后来我还知道，他们为什么叫我吃那么多奶酪。因为在夏至节，奶酪吃得多，明年才能交好运。好心的人们！

去乡下过亚纳斯节。奶酪、黑面包、熏鱼，现在想起来都馋得慌。

不过那天"奶酪高手"竟评的是我。因为匆忙,我只带了一把香蕉和一饭盒煮咸鸡蛋。拉脱维亚根本就没有咸鸭蛋、咸鸡蛋,是我自己腌的。他们怎么也弄不明白那蛋黄怎么会出油,而且那么香。说实在的,在吃上,外国人真不如中国人。大家叫它"神秘奶酪"。我得了大奖:中国人聪明啊!

下一个奖项,我得的可不怎么样。

5

夏至节的黄昏真是变幻莫测,气象万千。

天很美,无边无际,抚平、舒展着你的心。在天地相接的地方,迟迟不肯退去的落日,此刻像害羞的情人,红透了脸庞。你可看到她红着脸,迅速地躲进地平线,而天边随即映出一片粉红色的彩霞,宛如天空中绽放出层层波浪。一层一层的白云也都镀上了一抹亮边。连远处的河水也流淌着霞光,像一条晶莹透红的玉带,在绿油油的大地上,蜿蜒舒展地流向远方,倾诉着人们的故事和期望……

天际一片玫瑰色。那是幸福的颜色,快乐的颜色。

主人奥里亚又忙活起来。她招呼着众人搬床垫子,拿毛毯,抬着大克朗棋盘,上面放满了吃喝。大人孩子一同忙活,小狗们也不甘寂寞,在腿下乱窜。它们懂事地叼着树枝,跟着大家。孩子们告诉我,小狗们知道树枝的用处。大人们削好树枝,插上香肠或小鱼,在篝火上烤着吃,可香啦,当然也有小狗们的份儿啦。

我们很快就到了河边。男人们在那儿架起篝火。学生告诉我,天一黑,就要燃起篝火,唱歌跳舞,品尝奶酪。要彻夜不眠,迎接新的一天。用橡树叶子编织花冠和篝火都是夏至节必不可少的。用结橡树子的橡树叶子编织花冠,是为敬献给生育之神,祈求人丁旺盛(拉脱维亚的人口每年都在减少);点篝火,象征对太阳的神往和感恩。我发现他们在做这一切的时候都一脸虔诚。

人是要有敬畏之心的。去过欧洲很多国家,总感觉那里的人们对自然有一种特别的尊重。因此,人们也得到了大自然的恩宠:蓝天、白云、绿地、带着青草甘醇味道的空气……羡慕、留恋悄悄漫过我的心……

夜幕垂下了,四处的篝火像天上落下的繁星。我甚至产生错觉,不知在天上还是在人间。远处已分不出天地相接的地方,天上的星、地上的篝火都在闪烁。

我的学生拉着我从一堆小篝火上跳过去,再跳过去。大人抱着孩子,抱着小狗也这么跳。学生说,这可是重要的环节:因为它可以去掉一年的灾祸厄运,换来年的顺利、健康。我来了劲头,也愿意蹦,可后来的跳舞,让我硬头皮了。

跳舞开始了。手风琴扯着嗓子,欢快、清脆地高声唱着。一曲又一曲地鞭策着人们欢跳着。篝火红透了的火苗也撒开欢儿似的跳舞。男女老少、胖的、瘦的、高的、矮的……我怎么觉得他们一跳舞,就不要命一样。最不爱跳舞的我也不能不跳了。开始跳集体舞还不错,可后来跳双人舞,我的面前至少站着三四个大男人、小老头儿(他们大概都没见过中国人)。人家邀请,没办法,跳吧,可也不能没完没了呀。我向我的学生喊救命了(用英语)。阿娜达姐妹忙跑过来,在我耳边一阵叽咕:

"拒绝邀请是不礼貌的。"

"假如你吃东西,人家就不好意思打扰你。"

主人姑娘也跑过来,给我端来一大方盘吃喝。

"放心吃吧。打扰你就是不礼貌。"

哈!天下真有两全齐美的美事! 奥里亚用削好的树枝串上小鱼,在篝火上烤,递给我。哇!你们谁都不会知道,有多香!什么作料都不加,真正的鱼味,还有点甜头。于是我就一条一条(当然,都不大,要不,我真成大肚汉了)、美美地慢慢地品尝起来。一来人,我就在眼前晃那小树枝,再微笑欠身表示一下歉意。邀请者在我面前,耸肩、摆手,一脸无可奈何,咕噜一阵,走了。学生给我翻译:

"名不虚传! 中国人真爱吃!"

不过最后一句还找回点面子:

"遗憾! 黑头发,黑眼睛。吃东西都优雅。"

"中国人太美啦!"

…… ……

6

最美的是睡上一觉。

夏至节这一天是一年当中白昼最长、黑夜最短的一天。我亲见了大自然那壮丽的景象。

仲夏夜最多也没有一小时。我觉得我只是迷糊了一会儿。当我惊醒时，天的一边扯开一道缝隙，一道清亮的寒光，分出了天和地的交界。那鱼肚白色的光亮闪烁着拉开巨大的天幕，青蓝色的天穹和苍茫的大地中，出现了一道光的利剑……

北极光！我差点喊出来。

后来知道，其实不是。黎明正在气势磅礴地到来。

新的一天来了，天地一片淡青色，那样柔和又那样壮美。白夜！那就是我年轻时，看俄罗斯作家陀思妥耶夫斯基笔下的《白夜》时就渴望的。

而更美的是这里的人：主人奥里亚姑娘不苟言笑，总是安静地站在一旁。此刻，她肩头披着一块麻布编花披肩，拿着一根长树枝，站在将熄的篝火旁。身旁是她家的大花狗。这一边，便是她家滚在毛毯里、横躺竖卧的客人们。

呀，她在为大家守夜！这里有狼。因为不远就是森林。

姑娘真漂亮！我刚来，第一眼见到的奥里亚：

颀长的身材，穿一件撒花连衣裙。一条仿佛随意系在腰间的束带，勾出姑娘优美的身姿，一头栗色的头发系成一个粗粗的大辫子，搭在肩上。不知是她那一双沉静的蓝眼睛，还是她那条我在国内都难以看到的大辫子，我觉得她有一种说不出的淳朴美，像田野上亭亭玉立的一株小白桦。

这里的大自然，这里的人都没有涂脂抹粉，却都那么美。

自然美……

认识美丽是认识心灵的开始。

遥远的拉脱维亚仲夏节，叫我至今都有长着翅膀的怀恋。

　　　　　　　　　　　一稿　于萨拉茨戈特渥小村

圣诞老人的别样圆舞曲

圣诞节在拉脱维亚也是孩子们最愉快的节日。可是他们哪里知道，给他们送礼物的圣诞老人有多么辛苦。其实，如果我不在那儿，不认识一个叫巴卢达的人，我也不知道。

1

拉脱维亚独立的时间并不长，全国一半人在贫困线下，十万人靠捡垃圾生活。然而，无论谁，都在竭尽全力地为孩子过好这个节。巴卢达就常说"为了孩子……"

巴卢达是我特殊的学生，也是我的老师。我们的友谊开始于我的歉意：

拉脱维亚大学公寓后面不远，有一个叫库库莎山的地方，非常美，我经常去那散步。

金秋，大自然把所有的颜色都涂抹在这里。山丘青色的石阶，黄色的枫叶，苍翠的柏树枝，绿中带黄的小草，淡红的野花……而天，瓦蓝瓦蓝的，蓝得高远无际。蓝天上的云，就像怒放的巨大白色花团，在蓝天上变幻着无尽的遐想……

我仰着头，贪婪地看着大自然梦幻的画布。

"砰"，我竟把一个小老头儿撞趴在地上（他背对着我）。

"褐老鼠（何老师）——你——号（好）！你——号！"

小老头儿趴在地上，也顾不得起来，抬头只是惊叫。后来我才纳过闷来。他只会说一句汉语："你好"。细看，他也不老，四十多岁，却长了一脸胡子。巴卢达，是拉语胡子的意思，我给起的。他的名字特别难记。原来他是我朋友韦大利的朋友。朋友让他来找我。

很快,我们商定:我教他汉语;他教我拉语、俄语;外加一块儿跟我的爱人学拳练剑。我们又多了一个朋友。

大家凑在一起说笑、锻炼。巴卢达是我们最忠实的弟子。他每天火烧火燎地赶来,又急三火四地离去,天天不落。可一进11月,他就再也没来。

2

可想而知。圣诞节来临了,人们都像上了弦。做父母的就更多一层劳苦。巴卢达有三个孩子呀!

过圣诞节,要做的事可真多呀!

原来,圣诞老人都是家长轮流扮演的。家长们不但要到处奔走买礼物,还要聚在一起,找出扮演圣诞老人的最佳人选,然后再分头去准备圣诞树、彩灯、装礼物的大口袋,还有圣诞老人的袍子、帽子、胡子、鼻子等等。这些事情都要背着孩子秘密进行,包括孩子要的礼物,都是家长在平日里不露声色中了解的。

我在那儿真的是感觉到,人家教育孩子特别用心。我说:

"天下父母心。都是恨不得拧出水、榨出汁……"

他们说:"不,我们像酿葡萄酒汁。"

真的,他们不只是"给"……

过节那天,那些圣诞老人最为辛苦。他们首先要把各家的礼物收集起来,装进大袋子。然后,按照和各家商定的时间,像跑接力一样,一家一户给小朋友们送礼物,还要对孩子说上家长们事先嘱咐的话。譬如:

"睡觉时,你要念叨:撒尿,要自己下床。"

"你的小荷兰鼠,不能放在奶奶的套鞋里。"

"你不能在外公的睡衣上画小乌龟。"

……到谁家,送什么礼物,对小朋友说什么,都要事先做好准备。那工作做得既要周密,又要细心,出不得半点差错。

然而,烤面包也有烤煳的时候呀。

3

圣诞节,我和我爱人被邻居们邀请去他们家。

一通新奇的庆祝:那可不是光吃火鸡、奶酪、喝伏特加,孩子们必须表演他们特别为家长准备的节目,节目还一定是孩子们自己编导的。

萨尼亚表演给外公梳大胡子;拉伊达表演灰姑娘打扫尘土;小妮妮表演自己上小床睡觉……每一个都有舞蹈动作。大一点儿的孩子都会跳芭蕾,男孩儿跳王子,女孩儿跳天鹅。有的还演奏钢琴和长笛……

拉脱维亚经济拮据,但对孩子的素质、品德培养,明显反映他们的重视。使馆有材料显示,他们的教育投入,比例最高。那里有各种艺术学校,而且艺术学校都有品德分。孩子们的艺术素质很高。我知道,那都是平民的孩子。

孩子们的汇报表演之后,就要等待和圣诞老人说悄悄话。再然后,就是孩子们最盼望的事了。盼了一年,得到圣诞老人给他们的礼物,那是怎样的美事呀……

我和我爱人回家。出了大楼的门房,看到三个圣诞老人。一个是韦大利,我们的朋友。另一个不认识,再一个竟是巴卢达!

久违的巴卢达一身圣诞装,帽子和胡子都抓

小姑娘怎么也不能明白,为什么圣诞老人竟戴着爸爸的手表?

在手里,一脸无奈和沮丧。还有几个家长一块儿吵吵着,好像发生了什么大事。

巴卢达告诉我,他们的圣诞老人当砸了:几个门栋的礼物袋拿混了,结果按号发的礼物便都"猴吃麻花"了。

韦大利无奈地耸着肩,摊着两手:"砸了! 砸了! 冰激凌掉在了奶锅里。"(意思同我们的"泡汤"。)

"砸了! 砸了! 什么粥也煮不成啦。"

韦大利还告诉我,为了礼物,巴卢达在大街上当了两个多月的演员。

<h2 style="text-align:center">4</h2>

好久不见,原来巴卢达去打工了! 我忽然想起逛老城。

圣诞节的里加老城,文化气息格外浓烈。不管什么商店都长了精神,大有料峭争春的感觉。寂静的小街一下平添了朝气。空地上立起了圣诞树,抖掉隆冬的严寒,告诉人们圣诞节的来临。素来古朴的礼品小店,重回豆蔻年华:门廊上挂满了小靴子、小铃铛、松枝、彩带……姹紫嫣红,琳琅满目,大有刘姥姥满脑袋插花的感觉。

拉脱维亚的圣诞节和其他欧洲国家不同,一定要有面具表演。最盛大的面具表演活动是在圣诞节前后。表演者身穿彩衣,戴着各式传统面具。什么熊、鹿、鹅、狼、羊、高个子女人、矮小的男人,还有吓人的骷髅。表演者们由一位牧师带领、挨个儿来到村落,给每家送去祝福。

我下班遇见过他们,但不知是在过圣诞节。而且,在我们住所周围楼里,不断有人把破桌子、板凳从窗子扔出来(他们那儿到处是木材),还有什么旧物。当时,我们还说,不富裕的拉脱维亚人真不会过日子,不知道节俭。后来才知道,他们在抛扔晦气,祈求明年的好运气。

最叫人惊诧的是在大街上表演耶稣诞生的故事。有真的羊圈,真的羊。除了厩槽里的孩子(耶稣)是个大洋娃娃,圣母和牧羊人都是真人扮演。

风雪里,牧羊老头儿弓着背,满脸的胡子挂着冰碴儿,鼻子冻得红红的,老人不时擦着清涕。我觉得有点儿面熟,总想看清脸,不过那牧羊老头儿总是背对着我。我怎么也不会想到,那牧羊人就是巴卢达啊。

5

巴卢达那天晚上最心疼。他给三个孩子买的礼物,分别是细脚的舞神爱利丝、灰姑娘的金车,还有一个青蛙王子。嚯!那价格都绝对不菲(都过了百美元)。说实在的,我在那里被视为富人,但买玩具,这样的价格也绝不敢问津。而他们宁可不吃不喝,也要给孩子送圣诞礼物。

为了告诉孩子:你们努力了,乖了,圣诞老人都看得见……

可怜天下父母心啊!可惜,礼物号弄错了。

那时,我才忽然醒过味来,晚会上,发完礼物,为什么一阵混乱。好几家的一大群孩子糊涂了好一阵子:

"上帝啊!我们做错了什么,我们的祈祷怎么没有一个能如愿?"

这些孩子无论如何也不会想到,为了他们的祈祷,他们的圣诞老人真是呕心沥血。

那天,我禁不住也向上帝祈祷:

"上帝啊!也爱一爱您的使者,圣诞老人吧……"

巴卢达揪着粘在胡子上的棉花,冲我苦笑:

"他们都是希望。为了孩子,值得。一样,一样……再买,以后……"

以后,巴卢达又很长时间没来锻炼。听说巴卢达,还有韦大利又去打工了,除了他们的工作之外。

其实圣诞老人还有一个烦恼呢,那是后来我知道的。

6

春节,我和我爱人参加中国驻拉大使馆招待会,回家时迷了路。晚上,路上没人,只好就近进了一座楼,敲一家人的门。

门开了一个缝,伸出一行4个头。哈!上面那个真漂亮!典型的俄罗斯女人,一头金黄的鬈发。下面的一样漂亮!都是一头金黄的鬈发,一个比一个小。(我在拉很久。我知道俄族、拉族通婚很普遍。拉人头发是直的,他们混血的孩子却大多是鬈发。)

还没醒过味来，巴卢达出来了，一下把我们拉进了屋。我们都是喜出望外。喜出望外之后，又是惊奇。

我们只知道我们的朋友，韦大利有三千金！不知道巴卢达也这么富有。可巴卢达却一脸无奈，他摆着身子：

"何止何止……"

哇！身后整整一串：

漂亮！号码齐全的美女：巴卢达一个个介绍：一个老婆，一个老婆的妹妹，一个老婆的妈；外加一个大女儿，一个二女儿，一个小女儿。

我们掉进了女儿国！

定睛：巴卢达的房间一厅三室，都不大。原来，我们七十年代的老单元房的格局就是学前苏联啊！虽没有一件高档家具，但房间布置得自然又雅致，还保留着圣诞节的装饰。

拉脱维亚圣诞节的装饰很特别：家家户户都用花草树木美化自己的家。

巴卢达房间的各处都摆放着桦树枝、云杉、野花、芦苇，还有非常像花的木卷刨花，都饰以彩色的丝带，成了非常有品位的工艺品。他们叫那些饰品为蒲祖力(puzuri)、鲁克图力(lukturi)(拉语)。小姑娘们得意地说，那都是她们自己做的。

真是花草的世界！连同巴卢达的女人们，都是满头金黄的鬈发，像盛开的金百合，一朵一朵散坐在房间的各处。

她们的目光和我们一样惊诧。我们都是第一次见。她们说，从没见过真的中国人。难怪我坐车，总有老太婆小心地摸我的腿，说我的肉滑滑的(她们的腿上有很重的汗毛)。

那天特别有意思。巴卢达说，他们的圣诞节还没过够。一家子见来了这么特别的客人，一下子就兴奋起来。女主人说，她刚刚烤了姜料曲奇饼，叫我们尝，还招待我们喝一种树叶加上蜂蜜泡的茶。饼干有点姜味儿，好吃；茶带点苦香，好喝。巴卢达说，那些都是圣诞节食品。

一提起圣诞节，孩子们高兴得调门都变了。我们也特别想知道圣诞节的事，于是，七嘴八舌的一家人叫我们过了一次耳朵瘾。

拉脱维亚的传统圣诞节在 12 月 22 日，冬至日(和夏至、亚纳斯节相对)。

冬至那天夜最长、白天最短。

白天,大家聚在一处,唱歌,做游戏,加之各种乐器伴奏。女人带上她们的编织物:麻编的披肩,羊毛手套什么的,展示她们的编织技艺(拉脱维亚的手工织物非常棒。不仅好看,还都是纯毛、纯麻。朋友给我的手套、毛袜、毛衣我至今保留着)。那天,男人们则比赛拖拉圣诞节原木——大块的桦树段。用绳子拉,看谁力气大。奖品是圆圆的大奶酪。

我住的拉大公寓就在树林里,到处都是树木。他们的菜园子,也都垛着桦木段。他们的老房子都烧壁炉。

过节那天,最后,大家一块儿焚烧圣诞节原木,烧掉一年的麻烦和烦恼。

那天,最必不可少的就是盛大的宴会。宴会上最有特色的食品是用捣碎的大麦一起烹煮的猪头,放在一个大圆盘里。还有弯成圆形的大麦肠、豌豆、大个儿圆面包,祈望来年有好收成。这些东西都是圆形,是祈望太阳啊!

在拉脱维亚,我最苦恼的是总见不到太阳!

人们珍惜太阳!

7

巴卢达还告诉我们,拉脱维亚人口少。真的。我去农村,隔老远,才有一户人家。平日里寂寞,都渴望聚会。

一过节,到了晚上,大家凑到一块儿,带上吃喝,用点燃的蜡烛点缀杉树。大伙一起猜谜、讲神话、说鬼故事,喝自家用黑面包酿造的酒,一块儿祈求来年的好收成,祈求来年心想事成。说够了,就唱歌跳舞,一起庆祝冬至日。

圣诞节,历史上就如此。巴卢达的女人们告诉我们,一定要跳舞庆祝:那是她们女人们最不可缺少的节目,而且一定有人点上烛火。

巴卢达的女人们,无论老幼,这时特别来劲儿,一块儿拍掌说:

"点蜡烛!点蜡烛!跳舞!跳舞!我们是太阳少女!"

我和老爱都有点儿糊涂。

巴卢达说，大家难得一聚，就一块儿接着过圣诞节吧。全家邀请我们一块儿跳舞。

老爱原为部队教官。他官说，在部队时，就是心花怒放，目也不敢斜视。这回，掉入女人堆里，早晕了菜，死活不肯跳，也不会跳。我更是什么运动都喜欢，就是不愿跳交际舞，喘气不自在。没办法，我们随着录音机拍掌助兴。

结果，巴卢达的一个小个儿男人，不得不一会儿蹲着，陪五岁的小女儿跳，一会儿又跷脚仰头，陪高大壮实的丈母娘跳，还有老婆、老婆的妹妹、大女儿、二女儿。

一边跳，一边气喘，一边诉苦：

"愁死啦！愁死啦！嫁不出去呀——"

我们以为他在说笑，是指他老婆的妹妹。谁知，他不仅在说那妹妹，而且用下巴颏点了老婆的妈妈，还连同他那一群卷毛的小丫头。

我早知道，我的邻居、朋友，许多都是单身女性。

那天，才知道，拉脱维亚原来还是世界上，最愁嫁女儿的国家！

8

绝不是女性们不够出色。巴卢达寡居的老丈母娘是前苏联彼得堡大学的高才生。只是那里男女比例相差太大，名列世界第一。拉脱维亚这个波罗的海美丽的小国还是有名的女儿国！我第一次知道。开头，多见女性，只是纳闷。

是啊，我的拉大学生，两个年级，都是9个女生，1个男生。难怪，那娘子军党代表的头，永远像掸了水的青菜——支棱着。而拉脱维亚的女性，好像比男人都能干。

我在那里，经常看到开电车的女司机，当车停了，她自己脚踩着两个车厢壁，从车厢缝，上到车顶，去拉天线。我上学时，就知道，前苏联女子崇尚具男性美。

那天，我和巴卢达掰着手指算我们一起锻炼的朋友。韦大利3个女儿、尼古拉3个、拉娜2个、因娜2个……整个儿一个女子军团。

有报道,"拉脱维亚满大街的金发碧眼的单身姑娘……"其实不,纯拉脱维亚人,头发多淡棕色,眼睛也多棕色。真正叫人惊奇的是:隆冬,满大街的姑娘,上身着皮衣,下身着皮裙,脚上蹬着皮靴。膝盖的一段,却齐刷刷冻在外面。女人呀,为了美,苦真多!

专家分析:这个波罗的海小国的水土和气候,可能更适合于女性胎儿和女婴儿的存活和成长,长成的大姑娘自然就成了圣女(剩女)难嫁啦。

巴卢达的女人们问中国。当他们知道我们有两个儿子,而我老家的表亲、侄男、外甥女,生的净是秃小子。巴卢达的老少女们一块儿喊:

"丫一错,丫一错(俄语音:鸡蛋)煮熟了(定型了,后悔的意思)。"

我们有点儿傻眼。

巴卢达告诉我们,那天过圣诞节,大家去教堂是去祈祷,求上帝保佑实现来年的心愿。

基督教的传统中,圣诞节是上帝儿子的诞生日,但在传统的拉脱维亚,圣诞节则是太阳少女获得重生之日。

噢——

难怪巴卢达的女人们,无论那个姥姥,还是最小的小丫头,刚才都说,她们是太阳少女。

她们喊完丫一错(鸡蛋)煮熟了,又嚷嚷:

"我们要重生在中国。"

上帝啊……

我们已有13亿人啦!再来点儿光生闺女的基因。我和教官都倒吸了一口凉气。

多亏圣诞节那天,我们没跟着去教堂,没多嘴。

一稿于里加

辑三　爱在荆棘中

隆德拉宫的羞涩

　　隆德拉宫(*Rundale Palace*)，那是我一到拉脱维亚，就听说的著名王宫建筑，是拉脱维亚最重要的历史遗迹，早有小凡尔赛、小冬宫之称。国家首脑到拉脱维亚，必到隆德拉宫，而且是首先到。可是直到夏天，我才如愿。显然我做不了首脑。

　　隆德拉宫坐落在距首都里加城七十多公里的郊野。冬天，汽车挂上防滑链都很难开。听说，总有车滚成雪蛋蛋，于是去隆德拉宫的事，总是念叨念叨，过过嘴瘾而已。

　　那可是盼望啊。

1

　　拉脱维亚的夏天来得磨磨蹭蹭。好不容易，当大地换上一片绿装，我们终于高高兴兴向隆德拉宫进发了(我们一行五个人)。

　　隆德拉宫是皇宫贵族的夏日别墅。在一片无垠的绿茵之上，豪华又幽

隆德拉宫是拉脱维亚著名景观。夏天，这里经常举行音乐会。

雅。我的第一感觉就是,欧洲的皇室贵族比中国的皇室贵族会享受多了。这里太美了。

关于隆德拉宫还有许多故事。

隆德拉宫始建于俄罗斯帝国女皇安娜·伊凡诺夫娜(Annas.Nfanovna)在位期间。拉脱维亚在历史上被俄罗斯占领过。安娜是俄罗斯第四位皇帝,第二位女皇。1730 年 1 月 4 日,安娜作为皇后加冕,其皇冠价值之昂贵,使整个欧洲皇室瞠目。安娜皇后冠由金银、钻石、红碧玺制成,冠上缀有一颗 100 克重的红宝石。而那红宝石是 1676 年,俄国大使从中国所得。中国,宝地啊!

安娜女皇在位政绩寥寥。她的统治权实际在其宠臣比伦手中,有"比伦奇政时期"之说。安娜女皇一生极尽享受。虽结婚不到三个月,丈夫逝去,她也终生未嫁,但女皇从未寂寞过。安娜以风流著称于世。

说隆德拉宫,之所以提到女皇安娜,那是因为没有安娜女皇的风流,很难有隆德拉宫的建造。

解说介绍:隆德拉宫的建造经费,就是安娜女皇给她情人的赏赐。我们一行人的见解可以说是五花齐放:

"这点和中国的女皇武则天杀'面首'相比,好像人性了一些。"我说。

"当然脸皮也就更厚一点儿啦。"我的那一半,大男人说。

同游,中国留学小男生说:

"哇!女皇年轻,做这个情人还真不赖。不用为买房闹心了。"

拉族学生说:"俄罗斯女皇占天下就是靠情人。叶卡捷琳娜二世的情人可不是一个,而是一帮。"

俄族学生才大一,她是用俄语说的。意思是俄族人从历史上就比较聪明。她没说比谁。我明白那弦外的余音。

后来我才知道,在拉脱维亚,俄族、拉族对他们的历史看法从来不一致。我还知道,欧洲上层贵族女性,如果没有几个异性追随者,那才叫没面子。

东西方价值观真不一样。

没办法,我们每看一处,都是赤橙黄绿,有的还会南辕北辙。下面,不能都一一描述，只能捡每人参观时的重要感受说了。

2

先说隆德拉宫：

隆德拉宫的主人是毕若恩斯公爵（*Kuizeme.Emst.Biron*），他先后两次施工：1736年到1740年；1763年到1768年。1740年停工是因为安娜女皇辞世。俄罗斯皇室发生宫廷政变。靠山一倒，毕公爵站不住脚了。当年10月，他则被流放到西伯利亚。我从飞机上看见过西伯利亚，只有茫茫一片冰河雪原。听说在那儿，只有土豆吃，因为寒冷，什么都不长。

1763年大赦，毕若恩斯公爵23年后得以返回，才开始重建工程。5年后建成这座皇宫贵族别墅。

隆德拉宫建造艰难，建成后又演绎了许多奢华逸事。关于隆德拉宫还有许多闹鬼的传说，真叫人好奇又多思。拉族学生伊罗娜从参观资料给我们翻译：

传说，有一天，一个秃头瘦老头儿，他是来隆德拉宫做客的一个俄罗斯大公（拉学生插话："耗子给奶酪站岗"），忽然他从宫里张皇窜出，一边没命地奔跑，一边向他遇到的所有人鞠躬，而且不住地哈腰保证：

"我再也不来了，再也不敢来了！再也不敢来了！"

人们问他，他失魂落魄地说：只要他一进屋，就有人摘走他的眼镜。那眼镜在空中飘呀飘，他却怎么也拿不回来。

"哼——吃蜂蜜的狗熊，本来就不应该来。"拉学生插话。

从此，那个俄国秃老头儿，真的再也不敢在这里露面了。

还有一个传说。有一天一个俄罗斯公爵（拉学生叫他"俄国佬"），乘车回隆德拉宫。他坐的是六匹马拉的豪华马车。马车快到宫殿的路上，驭手看到路前方有一个小女孩正蹲在路中央玩，便大声招呼小女孩躲开。可是孩子好像根本没有听见一样，仍然蹲在那里不动。驭手便停下车来。公爵见停车了，问明原因，便怒冲冲地下车，给了驭手一个耳光。接着他拉下驭手，自己赶起了马车。他竟然径直赶着马车，向那个女孩儿冲去。眼看惨剧就要发生，说时迟那时快，驾车的六匹大马却齐唰唰地收起前蹄，立起身来。接着拉着车绕过女孩,翻到路边沟里去了。公爵被摔得鼻青脸肿,浑身是伤。当他被抬回屋时,他说他见到了鬼魂。说完,他就死了(拉学生插话:活该),而路上真的没什么女孩儿。

那时,拉脱维亚完全在俄罗斯帝国的统治之下。

我想,这些故事显然源于民族的结怨,要不就是那些不堪劳苦、重负的被奴役者们的希冀。

学生说,这是拉脱维亚独立后才公布的资料。

3

随着历史更迭,人世变迁,隆德拉宫也几经易主。在革命时代,还曾变成学校。1972年才开始修复为博物馆。

隆德拉宫建造时,其主人先后两期施工。第一期工程中请意大利建筑师设计,第二期请丹麦建筑师设计。所以隆德拉宫既有意大利建筑特征,又有丹麦建筑特征,而建筑结构仿法国凡尔赛宫。

隆德拉宫共两层、138间房间,有玫瑰白厅、花岗岩大殿,装饰华美。

我们参观时,一个房间、一个房间地看。他们皇宫贵族的建筑几乎都是这样的。我终于明白了,我上大学时,看电影《战争与和平》,女主人公娜达莎去见从战场归来的皮埃尔,为什么是从一道一道的大门冲出。

我参观过俄国的冬宫,法国的凡尔赛宫,建筑辉煌无比。可是总觉得建筑的结构并不复杂。隆德拉宫和冬宫、凡尔赛宫的结构几乎大同小异。大楼成凹形,两边是大厅。说来有意思,中间一段像一个巨大的长方形盒子,中间隔开。两边就是一个一个的房间。你要到最后一个房间去,就得从第一道门,一个一个穿过去。现在我也明白了。看电影,有什么人去朝拜俄皇,就得穿过一道大门,又一道的大门。俄民谚:"见皇帝就得走折腿。"此话不假。而在我国,见皇帝,就得跪折腿。看来,无论哪一国,皇帝都不好见。

参观时,我不是见皇帝,是去见历史,也得一个房间一个房间地穿着过。

展出的多是贵族卧房。我有些奇怪:他们的房间都是开放的,怎么睡觉呀？后来我想明白了。难怪外国人搂搂抱抱，在哪儿都没事人一样。

房间内的展品不算多。餐桌，直背的座椅，餐桌上的瓷器造型极富艺术感。

瓷器的质地非常细腻、洁白，刀叉都是金银制品。想起在他们民俗博物馆看的百姓屋中的瓦盆、木碗、陶罐、木勺，王公和百姓的生活真有天壤之别。

那天给我印象最深的是房间里造型各异的壁炉。那壁炉不像电影中卧在墙中。而像大立柜一样立在墙角，而且都是瓷质的。壁炉造型各有变化，还有各种图案或彩色浮雕。那是我见过的最大的瓷制品，非常有特色，但在拉脱维亚并不稀有。我后来在中国驻拉脱维亚大使馆参赞的办公室里也看见过，蓝白花图案非常漂亮。

拉脱维亚的烧瓷、烧陶业至今发达，而且成为一种艺术。拉脱维亚的商店无论卖什么的，都摆放着几个陶质花瓶，插着鲜花，吐露着一种古朴的雅致。

4

参观时隆德拉宫仍在重修。庆幸的是，玫瑰白厅正在举行音乐会；更庆幸的是不必再买票。音乐会门票在城里很贵。拉脱维亚的古典音乐，我一直没听过。这一次遇上真是一种享受。

拉脱维亚的古典音乐旋律并不复杂，舒缓、回环、复沓。有一种悠扬的古典韵味，一种散淡千年的旧式情怀。

那厅中没有扩音装置，然而，却感到声音扩大许多，又不失真。参加演奏的大都是弦乐。我特意看了，管乐只有一支黑管和一支长笛。但黑管的柔美，长笛的纤幽、辽远，提琴弦的颤音都清晰可辨。如诗，诗意绵长；如溪水，涓涓流淌，叮咚清脆。

音乐是为你展示的画，如漫山遍野的青草、野花。你似乎能嗅到青草、野花淡淡的清香，听到野菊花下小河的歌唱。

音乐是天籁之音，甘露清醇。真是让人，身也醉，心也醉。太阳西斜了，我和我的同伴们才走出玫瑰白厅。

我不由得感慨："真的，整个身心都如同被洗涤、净化了一次。"

我的老爱从不听音乐会，偶尔去也是舍命陪君子。无论钢琴、小提琴的演奏会，我听着听着，一会儿就会掺进了呼噜声，那是老爱演奏的。

这次他却一直正襟危坐。老爱颇为惊奇地说："啊！我知道了，什么叫入境。"

音乐是融化人心的。来隆德拉宫，真的不虚此行。

5

我们要打道回府了，又说起了女皇安娜。话题自然转到了一起来的同胞留学生小 Q 身上。

小 Q 小个子，爹妈的基因不作美。生为男人，身材真的像个"Q"。

缺少男人的身姿，男人的心却一点儿也不小。这次出游，平日省吃俭用的他，却专门出资邀请了他心仪的姑娘作陪。

可那姑娘却一直躲着他，总是粘在我的身前身后。姑娘和女皇同名，也叫安娜（俄族学生）。她很有意思，参观时，一说到安娜女皇，她就说一次："啊，对不起。那不是我。"弄得我忙去安慰她。

此刻，她又在说"对不起"。小 Q 要凑过来说话，安娜却向我身后躲。

小 Q 瞥一眼依在我身边的姑娘，一脸沮丧地说："真不如买几斤排骨！唉！这回，起码得勒几天裤腰带了。"

老爱说："我看你，还是先别说勒裤腰带啦。眼下可真是'马尾勒豆腐——白使劲了'。"

我们都哈哈笑了，只有还不太懂汉语的安娜一脸迷茫，睁大了眼睛，转过头来看着我们。

落日熔金，斜阳的余晖给姑娘披上一层柔和的玫瑰色。姑娘优美的侧身，金色的鬈发，鲜明的五官，连那长长的睫毛，都勾着亮光的曲线。姑娘的身后衬着淡米黄色的隆德拉宫。隆德拉宫在熔金的余晖里，也披上一抹淡淡的玫瑰色。

小 Q 又发了感慨："哎！饱饱眼福，有时真比饱饱口福强啊！"

是啊，美多么奇妙！

市郊的阿格罗纳大教堂

在这无际的绿野上,隆德拉宫静静卧躺在玫瑰色的晚霞里,散发出迷人的中古时代的气息和古韵,仿佛仍在向人们诉说着什么,表述着那数百年间,时代更迭的沧桑,还有那无以掩抑的情爱的悠长。

喔——隆德拉宫并不辉煌,却又有经年不减的璀璨和诗意。你见过吗?实在应该去看。

隆德拉宫是因为情爱而建的。一种情怀,无论是在阳光下的,还是密室里的,竟都是那样无法阻拦。难怪,无论何时何地爱都是人世永恒的主题。

一稿于里加

甜菜大叔的玫瑰恋

"爱是一种甜蜜的痛苦。哽喉的苦味,沁心的蜜糖。真诚的爱情永不是一条平坦的路。"

——莎士比亚

我爱人在国内是领导几千人的专业学校的校长。出国,现在只领导我一个人了。为了找点上班的感觉,我叫他校长。他呢,自己也提笔写点什么,增加点时间的含金量。有段时间,我们竟对同一个人产生了兴趣。

我常看见那人捡垃圾,就叫他"垃圾老头儿"。后来见老头儿长得有意思,谢了顶的头,几撮头发却顽强地立立着,像个带叶的甜菜头,于是给他起名叫"甜菜大叔",要不就叫他"甜菜老头儿"。反正他不懂汉语。先看看我写的吧。

一、何杰写的"甜菜大叔"

在我的印象中,"甜菜老头儿"一点儿也不甜,总是气哼哼的。他走起路来,脚步就像夯地。脸上扫把胡子,扇面一样的多多着,像有发泄不完的怒气。你问他多大岁数,他气哼哼地说:"十八了!"

问他生活得怎么样,他气哼哼地说:"还活着。"

问他的名字, 他仍是气哼哼地说:"垃圾老头儿。垃圾了。没人喜欢了。"

"垃圾老头儿"名副其实。我觉得他一年四季,都仿佛穿着一件又旧又不怎么干净的棕色外套。他也总在垃圾箱的四周忙这忙那。我和"垃圾老头儿"的友谊也是从垃圾箱那儿开始的。不过那是打出来的交情。

那还是我来拉脱维亚大学不久, 我的学生送给我一样礼物——一只小猫，他们怕我寂寞。可小猫来了不久，就谈起了恋爱。学生说，那是只小公猫。我希望它在家里，可它总往外跑，去找它的"恋人"，回来时，又弄得脏兮兮的。

一次，我刚开门进屋，它就借机夺门而去。我忙去找，找了好久，才看见它和大概是它的"女友"正在垃圾箱里吃着什么。呀！太脏了！我忙叫它，它不理我。我气得拾起一块小土疙瘩，就向它扔去。两只猫恋人立即消失了，可箱子后面"呼"地冒出一个头："你不尊重人！"（是俄语）随即，我看见一张怒气冲冲的脸。那脸上满下巴的胡子像通了电一样多多着，眼睛圆瞪着，令我马上想起发怒的张飞。我忙向他表示道歉。那时，我们国内对动物的意识不强，而这里的猫、狗和人，绝对是平等的。

记得还有一次，我在一条不宽的道上，看见一只像小驴一样的大狗。不知为什么，它不高兴地横卧在路上。结果一行四辆小轿车停在那里，等待它的起驾。我好奇地站在那里观看：第一辆车的司机把两手掘在头后，靠在车座背上，静静地等着。几个好心的孩子和一个大胡子的老头儿围着大狗，和狗心平气和地谈判。足有十几分钟，那只大狗才怏然不悦地一步一颤地走开了。四辆小轿车也才鱼贯而去。

现在，我对上了号。那个大胡子原来就是"垃圾老头儿"。那天老头儿真是一脸慈祥，跟此时简直判若两人。记得，他抚摸着大狗，嘴里不断说着："亲爱的，我的，可爱的……"我当时真觉得好笑又新奇。此刻，真没想到这老头还会这么凶。

后来，不知是因为我向他表示了歉意，还是我的小猫也来向他表示歉意，老头儿的脸变得温和了。他看小猫在我腿上蹭来蹭去，笑了。我觉得，他笑得特别生动。从那，我们成了打招呼的朋友。我叫他"甜菜大叔"，也开始注意他了。

"甜菜大叔"真是个垃圾老头儿，几乎天天都在垃圾箱旁忙活。我看他有时拿着锯和斧头，把垃圾箱附近树木的树枝弄下来，捆成捆。有时把人们撒落在箱外的垃圾收进去；有时把人们送到那儿的杂物，分门别类地摆放好。说到这儿，我想插一句，我在国内，真没看过那么穷的人：我曾经进过一个人的家，他的屋里除了一张床之外，其他家具什么也没有。衣服都散扔在纸箱里。可是他们扔起东西又叫人不可思议,什么蜡台、小雪橇、台灯、衣服、鞋等等许多都是半新的就不要了。电视、电冰箱也有,倒是坏的。人们把这些东西放在垃圾箱边的石台上,谁需要,谁便各取所需。这里没有废品收购站。"甜菜大叔"就是领导这些杂物的。他总是把那些东西摆来摆去,像一个尽职的商店售货员。我问过邻居,他有工资吗?邻居说,没有。我不知他靠什么生活。听说他还有点补助金。后来我发现他要酒瓶子。人们告诉我,那酒瓶大的可以退 4 分,小的 3 分,(拉脱维亚当时的 1 分钱等于人民币16分。)退四五个瓶子可以买一个面包。我曾从官方报纸上知道,270 万人口的拉脱维亚有10 万人靠捡垃圾生存。我明白了他就是靠垃圾生活的 10 万人中的一个。那时,拉脱维亚刚独立 4 年。

我心里说不出什么滋味,真的同情他,另外还有几分敬意。因为我每天上下班,几乎屁股后面,总要跟着几个正当年的大男人伸手向你要酒钱。"甜菜大叔"快八十了,他用诚实的劳动,换取着艰难的生存。只是他好像太爱吵架了,我经常看见他和什么人嚷嚷。但他见到一个老奶奶,我觉得他整个就像换了一个人,像春风,像细雨,像玫瑰,当然还像甜菜头……

一天,我正坐在草地边的长凳上一边看书,一边晒太阳(里加城的天难得一晴),忽然听见有人啜泣。是"祥林嫂"! 旁边是"甜菜大叔",他温柔得像棵杨柳。他迈着小碎步,跟着那个女人,轻声地说着什么。

我叫那个老女人"祥林嫂",因为我们第一次见面,她就开始告诉我,她的故事。尽管我是后来很长时间才明白的,但我记住了。她总是说"我真傻……"

那是至今叫我一提起,仍觉得心颤的悲剧。

二战的战火无情地把一对情侣分开了。姑娘送小伙子上了前线,也送上了她的心。3 年后,两人还侥幸地活着。小伙子来信,约姑娘去列巴亚车站见面。(我去过列巴亚,那原是苏联时期的军港。)姑娘如约去列巴亚车站,但从早上等到了日落,等到了天黑,却没有等到她心爱的人。

上帝啊,有时你真粗心。姑娘去了火车站,小伙子去的是汽车站。一天的假期,小伙子在焦灼的煎熬中过去了。军令叫他又回了部队。姑娘却执拗地留在列巴亚火车站。她在一个报亭里,为自己找了一份工作。她要等她心爱的人。又是 3 年。当他们都回到里加,在家乡相见时,姑娘在无奈的等待中,已另有所属了。而小伙子这 3 年,就在列巴亚军港服役,两个相互苦苦寻找的恋人,同在一个小城,却又咫尺天涯……

天啊!一个疑问忽然闯入我的脑海:那个小伙子会不会就是"甜菜大叔"?

我从木凳上站起身来,开始大口喘气,我拍自己的头。上学时,读过很多苏联卫国战争时期的书籍,那些枪林弹雨中的爱,那些生离死别的爱,那些凄风苦雨的爱,许多还历历在目。

那天,我真的怀疑这是生活,还是小说?

我不会喝酒,不过那天我买了两瓶啤酒(那里的啤酒瓶小,像汽水瓶),豁出去了!都喝光。给"甜菜大叔"个空瓶子也好哇(他可换酒钱)。天下竟有这么倒霉的老头?真不知怎么帮他。

"甜菜大叔"可别是"苦菜大叔"。

出国,睡觉总做梦。真想做一个关于"甜菜大叔"的好梦,可是没做成,一下睡过了头。

校长来了。没想到他倒做了个好梦。看看他写的吧。

何杰于里加

辉煌过的邻居——安娜和她的"亲爱的"。

二、校长写的"甜菜大叔"

教授(我称何杰为教授)在里加城的宿舍离她上班的大学很远,而且在那一处住区只有她一个中国人。我不得不飞到那儿,支援她了。而当我飞到里加的时候,已过去了半年。

我刚到住所,就有许多人跟我打招呼,看得出那里既友好,又有尊敬。我真服了教授,她竟有那么多朋友:小到四五岁的孩子,大到七八十的老人。男的、女的,还有小猫、小狗。说到她的朋友,她立即兴致盎然地给我一一介绍。说实在的,开头我并不怎么感兴趣,特别是一个叫"甜菜大叔"的老头儿(凡是不好问名字的,她都给人家来个绰号),除去倔乎乎的之外,没什么更佳的印象。有一天,我却看到了西洋景:

那是一天破晓。里加的夏天几乎是白昼,三四点的时候,太阳已在那边的草地上露头了。我在部队就有早起的习惯,再加上时差(中国与拉脱维亚相差 7 个小时,算来如在中国都上午十一点了),我早躺不住了。出门练剑打拳也是我多年的习惯。如果在国内,早有一帮剑友、拳友练上了。在这儿,却还一片寂静。

这里的空气特别新鲜,总有一股野草的清香,到处是片片的小树林,除去道路外都是草地。我住的楼房前就有一大片,孩子们常在那里踢球。(我们的教授也跟人家一块儿踢)。再远一点儿,草地上安装了秋千、压板、云梯、转椅什么的。后来,我发现每一片楼群中,都有一块这样的活动场地。这不能不说人家前苏联的文明基础。只可惜现在这些器械大都破损了,没有新的补充。不过那里仍是孩子们的乐园。可是那天,我忽然发现秋千上坐着的是一个胖老太太!说来有意思,我来拉脱维亚看见最多的是巴布什卡(就是老奶奶)。她们都胖得像木桶上套着个裙子,头上系着三角巾。跟在电影中看到的苏联老大妈一样。教授说,远看像只老母鸡。我的邻居告诉我,拉脱维亚 100 个人中,有 40 个老奶奶、20 只狗、10 个孩子。这不全是戏言。拉脱维亚的女性多于男性,男性平均寿命 60.7 岁,女性为 73 岁(使馆资料)。还说,拉脱维亚的男人大半是"兔子",很少有从一而终的。他们羡慕中国的家庭,佩服中国男人的家庭责任感。最后说的倒是我所料未及的。教授说,大家都想看看我,看看我这个万里迢迢来帮老婆的男人,难怪我备受尊敬。哦,说远了,向后转。

那天,有军情:我觉得新奇的是,在那老奶奶的身旁,竟看见了"甜菜大叔"!这个平时倔倔撅撅的犟老头,此时却情意绵绵的。他一手扶着秋千的立柱,一手不时地推一下老太太坐着的秋千。老太太脸朝着老头儿,老头儿脸冲着老太太。老太太悠来悠去,老头儿跟着摆来摆去。那幅风景画,在中国很难得到。他们交谈的时间可不短,直到我的几套拳剑都打完了,才看见老头儿拿着一兜苹果兴高采烈地走了。那兜苹果大概是老太太的馈赠。

练拳回来,我把早上的新闻告诉了教授,教授惊奇地说:"没听说他有老伴儿呀。我听说,他是个孤老头,也没孩子。"

她接着问:"那老太太是不是咱们对面房子里的胖老奶奶呢?""大概是。我看她进了那院子。"

在我们楼的对面有一所样子挺漂亮的木房子,只是旧了点儿。周围是用树枝夹的栅栏,院子很大,里面种着菜,栽着花,还有两棵很大的苹果树。拉脱维亚很多人都有这样的菜园子,那还是前苏联时期分给人们的别墅。真叫人羡慕!

"啊,那就是我给她起名'祥林嫂'的老奶奶。"教授立即做出判断,我也马上猜出那老奶奶一定又是教授的朋友。

"那是我的朋友!"果然,教授立即又来了兴致。我问:"那个老奶奶结婚了吗?"

"当然,孙子都好几个了。"

"哈,没想到,这个垃圾老头还是个插足的第三者。"我半认真地说。教授可真认真了:"哎,先别下结论呀。要是第三者插足,也插不到现在啊。他都快八十了,'祥林嫂'老奶奶的家不是挺好的嘛。"

"那也不合适呀。"我有不同意见。

"总要允许人有自己的美好存在嘛。"

教授总是以最美好的愿望去想象她周围的所有人。那天的争论没有结局。

第二天,我照样去打拳、练剑。从那时起,有时就能看到两个老人的相见,还能看见老头儿给老太太背去一捆捆干树枝。那是老头儿辛勤劳动所得。有时也看到老太太给老头儿点儿什么菜呀、果的。当然那是老奶奶的汗水所换。有时还真看见老奶奶的老伴儿也出来。每看到这些,连我也感到几分温馨。只可惜,更多的是看见老头儿自己在捡干树枝。

终于,一次节日的聚会使我们给"甜菜大叔"做了最后的评定。

那是一次邻居们到我家做客,大家边吃喝,边说笑,不知怎么提起了"甜菜大叔"。原来,老头儿从年轻时就爱上了老奶奶。只可惜他应该爱时,却上了战场,但他至今未娶,就这一点叫教授激动了好几阵子。

而使我为之感动的是:没想到,这个老头儿还是一名反法西斯的老兵。我也曾是军人,只是人家在 1942 年,就在枪林弹雨中浴血奋战了。而今,每到反法西斯胜利纪念日,他都佩戴上他的军功章去参加集会。那年,在里加城胜利纪念碑前的反法西斯战士的集会,我也去参加了。警察荷枪实弹就在广场周围,那些反法西斯战士们仍是那样无畏、那样激昂。那场面至今叫我激动、难忘(拉脱维亚人视俄罗斯人为占领者)。

说实在的,不是参加了那次集会,我还真不明白,为什么一听"老头是俄罗斯人,老奶奶是拉脱维亚人",教授会那么感动不已。两个从历史上就有过节的民族的人,他们的爱是多么艰难。

我心里对这个"甜菜大叔"真的有了许多尊敬。晚上我还做了一个梦,梦见"甜菜大叔"穿着军服,胸前戴满了勋章,那么精神,那么威武。

第二天,我把我的梦说给了教授。她说,她也做了一个梦,梦见"甜菜大叔"和老奶奶结婚了。"甜菜大叔"穿的结婚礼服是那么干净,那么神气。

看来,男人和女人就是不一样。

邢惠奎于里加

西古尔达铿锵玫瑰

伊莉达是我在拉脱维亚大学的研究生，汉语系的系长。她高高的个子，永远是一副淑女的姿态，然而上帝却给了她一张娃娃脸。一双忽闪忽闪的大眼睛，两个脸颊胖得有点奓奓着，生气也像在笑。

伊莉达每次在班上宣布个什么事后，总是长长地叹口气，对我说："唉，我什么时候才能变得像个大人？我得管住他们。您看他们又在叫我baby了(婴儿)。我也是个力得儿(lead英音：领导)。"

"伊莉达，你完全像个领导。我看你事事安排得都很周到。"我安慰她。

伊莉达真的是个非常负责的系长，也是个非常体贴的学生。她总在观察老师的需要。我特别希望她观察到我的寂寞。她一看我想家了，就会带我出去转转。

在国外工作，有人能带你出去看景，那就是最大的美事了。伊莉达今

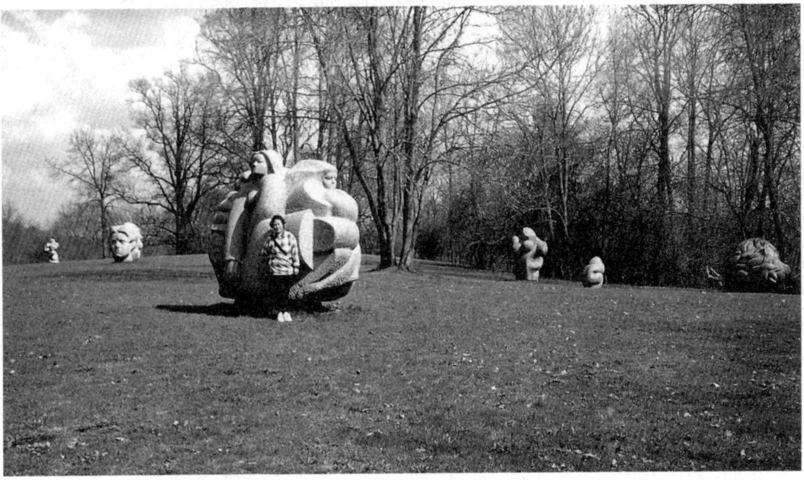

西古尔达的石头园和那一望无际的绿地，形态各异的石雕讲述着历史的过往。

西谷尔达的古城堡，拉脱维亚著名景观。

天就要带我去西古尔达（*Sigulda*）。

我刚到拉，就听说西古尔达是拉脱维亚最漂亮的旅游景点。那儿有欧洲最大的石头雕塑园、拉脱维亚最古老的城堡、最现代的滑雪场，还有最美的故事。

西古尔达位于最著名的拉脱维亚高雅国家公园自然保护区里，那里至今还保留着拉脱维亚最原始的森林和草地。原始的森林和草地，却离着我住的里加区市并不远，真叫人羡慕。

1

下课，赶快跑下大厅。存衣间外，伊莉达早已取来我的风衣，亭亭玉立地站在那儿。

她非常礼貌地给我披上外衣，又把她的一只胳臂弯成茶壶把的样子，等我穿好衣服，等我把手插进她的臂弯里。我做完这一切，她便挎着我慢慢走出大厅。那感觉就像参加教堂的婚礼，走上圣殿的红地毯一样。我想笑，但我看伊莉达今天一脸沉重，娃娃脸都有点长，没好意思笑。不知她为什么……

伊莉达在开车，我不敢多嘴。但到了西古尔达，我再也忍不住了："啊！

啊——太美啦！"

我有生以来从未见过如此辽阔的天地，如此辽阔的草坪，一眼望不到边的茫茫的绿……

如果真有天堂，这就是天堂，心可以在这里自由地放飞。

伊莉达指着远处的石雕告诉我，那就是西古尔达的石头雕塑园，那里有欧洲最广阔的草坪，最多的石头塑像、最美的故事……

西古尔达的石头园建在丘陵之上。无际的草坪镶嵌在蓝天的画布上，起起伏伏地勾勒出一碧碧酣绿醋绿的曲线，像波浪，涛涌绵亘无垠。

走上绿茵茵的草地，立即就叫人醉了。一望无际的草坪，处处散发着春的生机：春在发芽，春在生长，春把花香草青的美捧给你。你走在草地上，整个身心便浸透在绿色中。眼前是一片绿色，放眼望过去还是一片绿色，无边无际，无遮无掩，畅快淋漓。品着沁人肺腑的花香，嗅着青草的甘醇，自己就在梦幻中，在画里，在诗中行走。我想象不出还有哪里能给人如此宁静、清新，如此辽阔的感觉。似乎来到石头园就是天地之神的引领，叫你走进绿的天宇，绿的仙境。（唉，可惜，我在国内从没有看到过这样的一片绿地。但愿只是我没有看到。）

更绝妙的是，就在那茵茵草地上，在那一派绿色中，会蓦然出现座座白色的石雕。那石雕，有奋力举起标枪的勇士，有正在沉思的思想者，有穿着拉脱维亚民族服装挺立的群像……凝望那石雕，可以感觉出凝固在坚硬石头里面的人的渴望，人的苦痛和喜悦、人的思想，甚至似乎可以隐隐听到人的呼喊。那是过往的历史，也是今日的渴求……座座白色石雕静静书写着悠悠千古的情怀，守护着这里万古不亘的记忆。

不知为什么，我总觉得无论是怎样的雕像，人们似乎都在呼喊着世间一个永恒的主题——爱……

在一座爱侣相拥的塑像下，一个青年正单膝跪地向一个女孩儿求婚。

是啊，无论凝固在石头里的，还是在大地上生长着的，或悲，或喜，或忧，或恨，好像奔涌的溪流都发于一个源头，其实都为了爱……

我不好意思地转身走开了。伊莉达却忽然拉住我的衣角说："老师，也有人向我求婚。"

我高兴地说："好哇,早想把伊莉达嫁出去啦。"

伊莉达望着那对热恋的青年,动也不动,忧郁地问我:"老师,一个人和我一样年轻,一样一无所有;一个人大我一倍,和我相反,什么都有,却没有我要的那股朝气。"

我立即把她说的后者勾掉,但话还没出口,我又停住了。

"老师,我过穷日子,过怕了。真累啊!"伊莉达捶着自己的腰、肩,一副疲惫不堪的样子。

伊莉达的问题太突然了,和我眼前的平和、宁静那样不协调。我一时真不知怎样回答。我知道最近伊莉达在恋爱,却不知这么坎坷。

"会有的,会有的。伊莉达,一定会有一个好小伙儿在什么地方等着你。"

伊莉达生活得非常清苦,自己打工上学,还要照顾她的外公。我和外公聊过。他的外公心疼地说:"我的小伊莉达命苦哇。她只有我这个不中用的外公和一只小狗。喔,还有她妈妈给她留下的这个小汽车。"

那天我才知道,伊莉达的妈妈就是给她买车时遭遇车祸的。小汽车就是妈妈给她的生日礼物。我听了真难过。

在拉脱维亚,我的许多学生都是单亲。我却没想到伊莉达双亲都没有了。上天有时也真不善良。伊莉达是个多么好的孩子呀。难怪伊莉达经常找我拿主意。这使我回答她的问题也特别慎重,真害怕一句话说错了,耽误孩子的大事。我说,叫我好好想一想……

爱的天平最难称量了。面对抉择,怎样的多思都显得拮据。

2

但我没有时间好好地思考。在西古尔达每走一步,就有一处叫你忍不住拍案叫绝的美景。

我们来到西古尔达的一个山丘前。拉脱维亚没有高山,有个几十米高的大山丘,就叫我的学生很引为自豪啦。伊莉达得意地向我显摆他们拉脱维亚的高山。我告诉伊莉达一定要到中国去看看,黄山、泰山、峨眉山……那才是真正的山。不过我觉得这里的山丘镶嵌在绿色之中,还真是美得含蓄、动人。

伊莉达一脸神秘地说:"那里可有秘密!激动人心的秘密。"

伊莉达拉着我去看山丘脚下的一个岩洞。伊莉达告诉我,那是一个神秘的山洞。山洞并不深,也不很大,但在这里发生的故事却深深地震撼我的心。

大约还是在十字军东征的时候,德国人侵占了拉脱维亚。

有一个非常非常美丽的姑娘,她的名字叫迈亚(Maiya),后来人们叫她图达莱 Roza。Roza 拉语的意思是玫瑰。姑娘和玫瑰花一样美好。

有一天在这一碧绿野的西古尔达,Roza 遇见了邻村英俊的小伙子谢廖沙。两个青年人的心一下贴在了一起。于是他们便经常到西古尔达的一个小岩洞约会。这个小岩洞就是他们温暖的小屋。在这里,他们有说不完的话:女孩儿说,她家里的奶牛怎样生了一只可爱的小牛犊;男孩儿说,他怎么一天就割下半棚牛蒡草。他们也有诉不完的情,用他们的爱搭建着未来的梦。他们盼着,等赶走德国人就结婚。幸福在他们周身荡漾,但他们不知道灾难也在暗暗地向他们涌来。一个德国军官早已暗中发现了他们。女孩的美丽叫他心神荡漾,魂不守舍。他想,德国占领了拉脱维亚,他也一定能占据姑娘的心。

一天,趁谢廖沙不在,德国军官钻进了山洞。站在姑娘面前的德国军官和拉脱维亚青年谢廖沙一样高大英俊,而且他是占领者:有钱,有势,有地位。但姑娘回答那个德国军官说:"长官,你不能和谢廖沙相比,因为你没有谢廖沙的勤劳和善良。"

德国军官的百般规劝,都毫无效果。他便掏出了军刀,气急败坏地叫姑娘选择:"你或者选择什么都有的我,或者选择什么都没有的死亡。"

姑娘平静地选择了一无所有的不归之路,她却为后世留下了人世间的最为高贵的忠贞,留下了动人心魄的美。

她叫 Roza,她就是美丽的玫瑰。拉脱维亚人为她修建了一块墓地。用石头、珍爱和敬意砌成。墓边有一棵数百年的老橡树。姑娘生前常倚靠在老橡树下等待幸福的约见。人们在那棵树下埋葬了年轻的姑娘,而那棵行将枯槁的老橡树竟奇迹般地长出了新的枝杈。新长出的枝杈枝叶茂盛,枝枝叶叶保护着姑娘的墓地。树也被感动了!

姑娘的墓极为简朴,只有一块墓碑—— 一块不大的黑色大理石,上面除去她的名字,只有她的生卒年——1601 年至 1620 年,因为占领者德国人在。但是，几百年来，总有人坐在墓碑旁。他们口口相传着人们在心中写给姑娘的壮烈的碑文。

来这里的人，有年轻人，有老人，还有少年。他们不厌其烦地讲述着同一个凄美的故事，倾诉着人们经年不减的情怀。

在拉脱维亚，玫瑰已经成了坚贞爱情的代名词。不少新人结婚都到Roza的墓前献上一束鲜花；然后带回他们一世的贞爱。拉脱维亚著名作家莱尼斯（Rainis）专门还创作了话剧《不可战胜的爱》。

话剧年年上演，年年盛况不衰。

3

我站在姑娘的墓碑前，心里有说不出的疼痛。我们没有来得及买束鲜花，我把一个红红的中国结放在了墓碑前，表示一个来自有十几亿人口泱泱大国的中国学者的敬意。我对伊莉达说，我的祖国人民如果知道此事，也都会和我一样敬重这个姑娘。那时，我真希望上帝能够起死回生。我说："她还没来得及长大啊……"

伊莉达也无不惋惜地感慨："是，她没有我大。姑娘死时不到18岁。"

伊莉达的眼睛忽然闪出一道火花："老师，我怎么忘记Roza了呢？我知道我的选择了。"

伊莉达终于自己回答了自己的问题。

那一天，我忽然明白了一个道理：爱的天平上，不应有财富、权势的砝码。爱的天平是心与心的称量。

一个人一旦决定了什么，即使他的选择怎样艰难，只要走上一条踏实的路，他的心立即就平实了。

伊莉达的娃娃脸又变圆了。

我们该回去了。

半山坡上的停车场，伊莉达的小汽车像只大甲壳虫。阳光下，甲壳虫泛着黝黑的亮光。它在等我们。伊莉达亲昵地叫它"我的Glaos"（拉语：格劳斯，一种饮料，喝了浑身温暖、发热）"我的纺织娘"。伊莉达的小车好像哪儿都响，旧得快散了，开起来"嗡嗡"叫。可是我们俩都觉得那车好看极

这里埋葬的姑娘不到 18 岁。姑娘在德国军官的强权下，选择了忠贞和死亡。人们敬慕地叫她玫瑰。她的坟墓建在美丽的西古尔达。

了。我们钻进车，"纺织娘"喘了一阵子气便窜出车场。甲壳虫此时仿佛格外兴奋，在蜿蜒起伏的山道上，这么一拐，那么一拐，蹦蹦跳跳地飞速跑起来，哼着"嗡嗡"的进行曲。

车里放着快乐的《新娘波依卡》。我的心也跟着伊莉达一块儿欢唱。

糊涂的新娘波依卡，波依卡。波依卡就要出嫁，却不知哪是婆家。波依卡，好糊涂的新娘，不知去哪摔盘子，也不知去哪吃果酱。（拉脱维亚的婚礼上，要摔盘子。盘子摔得碎块越多，生的孩子越多。新郎新娘还要一块儿吃果酱，抹得满嘴才好，预示着甜甜蜜蜜。）波依卡，糊涂新娘，你快好好想一想，到哪儿去摔盘子？去哪儿去吃果酱？呀哈哈！呀哈哈！糊涂的新娘……

轻快优美的乐曲里，我竟打起盹儿来，还做了一个梦。梦见我也会开车了，而且拉着伊莉达去找那个勤劳、善良的谢廖沙……

于里加新城

西古尔达铿锵玫瑰　95

尤尔马拉哥们儿的苦恋

尤尔马拉（Jurmala）是前苏联最著名的避暑胜地（现属拉脱维亚），是波罗的海上的一颗蓝宝石，离我住的里加（Riga）还有几十里。

我是在隆冬到的里加。积雪在道边有一米多高，屋檐上的冰挂有半米多长。不小心，流鼻涕也会来个冰挂。然而，我已等不及了，非要到避暑胜地去看看。

我在莫斯科就听说了尤尔马拉。一个留小胡子的大汉说，那是全苏最美的度假疗养胜地。一到夏天放假，俄罗斯人开车直接过去放松、享受。现在不行了。拉脱维亚独立后，俄罗斯人去那儿需要办签证。

"哦——俄罗斯的白雪美人，丢了一块项上的珠宝。"

小胡子无不遗憾地又补上一句："一块迷人的蓝宝石。"

蓝宝石是白色的

而我第一次到尤尔马拉，似乎只见白色的冰雪。一片冰雪，一片寂静。

冬季的尤尔马拉几乎就是一座空城。房屋、树木都藏在积雪里，人也难见踪迹。就是在市中心的大街上，也只有稀稀拉拉的几个人影。沿街的商店大都关着门，只有几家卖工艺品的商店有气无力地支撑着，还有一两家咖啡馆，偶见两三个人坐在里面。听不到人声，到处静悄悄的。我从没有过什么断肠的感觉，可在这里，尽管没有"枯藤老树昏鸦"，也没有"西风瘦马"，还是让我想起"断肠人在天涯"的诗句。太安静了！可是这里又异于荒村野岭，大街上的建筑都表述着人们的设计天才。商店建筑很有特点：它们不像国内，一家挨一家。这儿没有高楼，商店之间都有一段空地。一个商店一种式样，建筑造型精巧别致。屋顶、门窗都是彩色的，像积木摆出来的一样，色彩鲜艳，又协调。加之屋顶又镶上一层晶莹的白雪，更有一种优

在尤尔马拉海面上，我们托起身边的"小太阳"，她长大后或许就是中拉友谊大桥的建设者。

雅，像艺术品。那是上天和人类绝美的合作，漂亮得叫人窒息。那是走遍世界都难得一见的空寂，寒凉、特殊的凄美。

我没有西汉司马相如的才学，可也想写一篇《长门赋》，好叫人们记起这个失宠的水晶美人。这里太冷清了。我就待在优雅的寂静中。

可为尤尔马拉的《长门赋》还没有写，我又想为我忽然见到的一个人写《长门赋》了。那人叫萨德鲁。

钓鱼人不是钓鱼

走到海边更是人迹寥寥。海边一片空旷，厚厚的积雪覆盖了整个海滩，白茫茫一片，分不出天地的界限，也分不出海岸和海的界限。走上海滩，发现著名的波罗的海，此时竟也在厚厚的冰雪之下。茫茫冰雪之上，远望只有星星点点几个人影，那是在海上垂钓的人。我好奇，大着胆子走下海岸，重心向垂钓人身旁，靴筒里灌满了积雪也顾不得，只想看看人家钓的鱼。

在尤尔马拉的海面上

嚯，冰层结得真厚哇，绝对有两尺。冰洞里泛着蓝莹莹的光亮，可惜没鱼。冰上也没有鱼。一条都没有钓到！垂钓的人似乎还很顽强。我想起相声里说的："哎哟！真倒霉，今天没有赶上那一拨。听说，哎，还是咸带鱼。"

一个人在国外，好几天都说不了一句汉语。找机会，我就自己娱乐一番。我用天津话自己跟自己打着哈哈。没想到，我刚说完，竟有人回话！

"哈啰！您好，您不记得我啦？在莫斯科——我还请您收我做学生……"

呀！在莫斯科认识的小胡子。他胡子上都是冰碴儿。我那次正在莫斯科中国大使馆等待去拉脱维亚签证。出门转转，就回不去了。他一听说我是中国人又是去拉大教学，立即高兴地和我攀谈起来。我说起苏联老大哥，他毫不见外地拍着我的肩头大声说："咱们是哥们儿！哥们儿！教我汉语吧，我真想去中国看看。"

他竟会说一两句汉语！

我本来只是问问路，哥们儿还真够哥们儿，帮我找车站，上车、下车，一直把我送回大使馆。那天多亏他，否则我又把自己丢了。

在尤尔马拉又见到他，还真像见到老乡一样。我们立即连说带比画地谈起来。那天，才知道他不是俄罗斯人，而是拉脱维亚的俄罗斯族人（还真乱乎），在俄的一家公司工作。前苏联解体，公司撤走。他说，他吃了"蛋卷"，可能就是"炒鱿鱼"。可在拉，又因为他是俄族人，既不给他工作，又不给他国籍。他愤愤地说了一大串俄语，我想可能说的是"姥姥不疼，舅舅不爱"的意思。

哥们儿深深地叹口粗气，提拉上鱼钩。鱼钩上既没有鱼，也没有鱼食。哥们儿说，那是来了海豹子。海豹子特聪明。它会把鱼食先蹭掉了，脱了钩再吃，叫你钓不到鱼。

海豹也会欺负人啊！我的这个哥们儿真可怜。我转弯抹角地问他，没工作靠什么吃饭。哥们儿倒爽快。他一边弄渔具，一边又说："不钓了，回家。吃拉脱维亚的，吃拉脱维亚老婆的。"

说要走的哥们儿，却迟迟不走又加上鱼食。钓鱼却不看冰洞。他不断飞眼看岸边一栋房子，而我恨不得他钓上一条来。正着急，哥们儿的鱼线一沉。

"鱼上钩了！"

我大叫。哥们儿两手忙捯鱼线。鱼拉上来。鱼在冰上翻跳，呼救（我像听见它喊救命）。哥们儿却呆立在那儿，眼睛直勾勾地看着岸边那栋房子。

尤尔马拉不愧是前苏联的疗养胜地，绵延30公里的白色沙滩边上，都是造型各异的别墅。

哥们儿凝视的是栋漂亮的木质别墅。门口正走出一个女人，一双高筒皮靴、呢裙、皮短衣、白色的毛围巾包裹着清秀的面庞。我因为是蹲在冰面上，向岸边的坡上看。最后看到她的脸，我也呆住了。美！像着装的维纳斯……不，有点像茨冈人。一双又大又黑的眼睛（在拉脱维亚常见到混血），只是那里充满忧郁。她好像也看见了萨德鲁，迈出的脚踟蹰了。他们四目相视，好像有许多话要说，又都没说。也许那里有需要他们收拾和整理一生的情感。

那女人走了，带着男人的心和魂。

那女人是谁？

垂钓人失恋了

我真后悔,在那儿当电灯泡。如果我不跟人家搅和,人家准说话了。

唉,站在冰上,有一种从脚下向心里凉的寒意。哥们儿的谈话无精打采了。我也知道了,萨德鲁冻在冰层下的心,已被海水淹没了。他在这儿忍冻,绝不是为了钓鱼。

钓谁?

好奇,又不好问,只说搅了人家钓鱼,真不好意思。

萨德鲁安慰我说,他早坐不住了:"钓鱼,哪是我干的活?"

哥们儿用下巴颏点着远处一座大楼,遗憾地说:"那是全苏联最高级的疗养大楼,现在空无一人。都撤走了……"

哥们儿四十出头,人高马大,壮实得防寒服咧咧着衣领。隆冬,愣不戴帽子,一脑袋头发像硬毛刷子一样。他一边说话,一边晃着脑袋,恨不得见了谁,都刷上一刷子。前苏联解体前,他是一家疗养机构的高管。现在他说,他什么都不是,整天得听他老婆的叨叨。

"看老婆脸色过日子,真不是滋味。"他无奈地望着远方。

远处的海边有一座大楼,造型非常特别,像一艘巨大的轮船,船身在海岸,船头向大海翘起。我不能不佩服前苏联人建筑设计的艺术感。然而那里也空无一人。没有生气,阴冷、寒气逼人。

"都撤走了……"

"刚才那个女人是你夫人吗?"我问。

哥们儿无言,点头。

老婆是拉族人。报社的,刚升官,如日中天。

"可,我什么都不是了……"

我忙安慰哥们儿说:"面包会有的。工作会有的。"

"面包会有的,工作会有的,但老婆要没有了……"

为什么?

…… ……

心里为他难过,但没有时间问了。我得赶火车,回市里了。

琥珀之路

一次，又去尤尔马拉，这次我爱人来拉脱维亚陪我了。我跟他说起了与哥们儿萨德鲁的相识过程。真是想谁，就见到了谁，我竟又碰到了萨德鲁。那是在琥珀纪念品商店。

尤尔马拉是有名的"琥珀之路"。不知道为什么小镇叫"路"？大概缘起拉脱维亚的琥珀制品从这里走向欧洲。

来时，学生就告诉我：到拉脱维亚，一定要买琥珀。买琥珀一定到里加，在里加买琥珀，那一定得到尤尔马拉。

这里的人们都非常钟爱琥珀，视琥珀为爱的信物。

记得儿时学过一篇课文《琥珀》，德国作家柏吉尔写的，印象深刻。

那是很久以前的故事。

一个夏天，太阳暖暖地照着。海在很远的地方翻腾着。松树渗出了厚厚的松脂。

一只小苍蝇停在一棵大松树上。它伸起腿来抖抖翅膀，抖抖长着一对红眼睛的圆脑袋。忽然有个蜘蛛慢慢地爬过来，想把那苍蝇当作一顿美餐。蜘蛛刚扑过去。一大滴松脂从树上滴下来，刚好落在树干上，把两只小虫重重包裹在里面。

几十年，几百年，几千年，时间一转眼就过去了。

后来，陆地渐渐沉下去，海水渐渐漫上来，水把森林淹没了。松脂球，淹没在泥沙下面。

又是几千年过去了，那些松脂球成了化石。透明的琥珀里，两个小东西成了远古的历史。

记得课文结尾：有个渔民带着他的小儿子走过海滩。那孩子赤着脚，他踩着了沙里的那块琥珀，快活地把它挖了出来。

我那时就幻想着自己是那个赤着脚的孩子，也有那样的快活。

现在我真的来到了海边。不过可惜，我已不能是赤着脚的孩子了，我都有了儿子。

时间真快，就像翻了一页书。

尤尔马拉的街没几条。走在这里的小街上，最多的就是卖琥珀的小店。这些让人眼花缭乱的小饰品,大部分古拙。炮制过的,样样都精美剔透,透露着工匠巧妙的心思。里面有小虫子的很贵,要买,那就考验你的眼力了,也看你的钱包了。

走进一家像展览馆一样的大商店里,里面都是琥珀饰品,琳琅满目,眼花缭乱。

好不容易看中一个非常别致的琥珀,身后竟来了一个大汉也要。我们同时看上一个小琥珀坠。回头,竟是萨德鲁! 我们又像老乡见老乡。我忙介绍了我爱人。听说我爱人会打拳,萨德鲁立即学着中国人一样抱拳,拜师。在外国,中国就等于功夫。我又忙给他解释。但怎么推脱,他都要拜。

从那儿起,萨德鲁不辞远道,坐火车,找我们打拳,聊天。反正两个大男人都没事可干,他们真成了哥们儿。

爱的信物

哥们儿有时会莫名其妙地发出感慨、议论:一次,在库库莎的草地上休息。库库莎就在我的公寓附近。漂亮极了。我们常在那锻炼、聊天。累了就躺在草地上。教官(我爱人)递给哥们儿一罐可乐。哥们儿晃了一下他那一头刷子毛:"这个,不过瘾。来点过瘾的。"

说着从怀里掏出一小瓶伏特加。一个劲儿劝教官喝:"不会喝伏特加,不会打老婆,不叫男人。"

他晃着他一头刷子毛,随时准备刷谁一刷子。

老爱立即冲我牛起来。我立即抗议。

我们哈哈着,一块劝他戒酒。哥们儿却一脸苦笑地说:"明天我就都戒了,想打,也打不了了。我们也要解体了。她叫我俄国占领者,现在叫我滚。"

那天,我们才知道,哥们儿要离婚了。那时,我还不知道拉脱维亚的苦难史,更不知拉族人和俄族人的历史结怨。我第一次知道,随着前苏联的解体,有相当一部分家庭随之瓦解。我的一个学生的家也是那时解体的,和我们的"文化大革命"一样。谁能走出时代修造的路?

哥们儿痛苦地说:"她也像拉脱维亚,一直受气。这回可独立了,可却不知怎么站着。对谁都恨不得咬一口,出口气。对谁都放心不下……"

　　人家痛苦,我却一边说着对不起,一边忍不住笑翻了天。因为哥们儿跟我们讲了他的一件很逗的事:一次,他开车拉着老婆出门。低头忽然看见一只高跟鞋。老婆正大睡,于是他以迅雷不及掩耳之势,把那只鞋扔出窗外。因为他昨天拉过他的一个女同事出门办事。他真怕老婆看见,说不清。结果老婆醒了,他更说不清了。老婆怎么也找不着她打盹儿时脱下的那只鞋了。

　　那天,哥们儿拿出了那次在海滨买的琥珀坠儿给我(那天,我让给了他买那坠儿),沮丧地说:"它没用了。"

　　恰恰相反。我一下想起那海边女人,忧郁的目光,她绝非心若止水。

　　爱有时也需要勇敢,但永远需要真诚。我说:"琥珀是爱的信物,它凝聚着久远的岁月和磨难。去送给她吧,她会明白,也会珍惜。"

　　教官说得比我直接:"戒酒,戒打老婆。学会尊重人。"

　　我多希望人们乃至民族之间能互相尊重啊。

　　心与心是一条直直的连线,多好!

一稿于尤尔马拉

辑四　民族垂情

黑咖啡韦大利

　　真没见过,这实在是个硬挤进来的学生。他叫韦大利,我记住他的名字是因为"伟大"的谐音。而至今对他记忆深刻,叫他"伟大利"又似乎不全是谐音。他总给我一种感动,一种说不出的感动。

　　说来,我们的相识非常有喜剧性。

　　那是我爱人教我太极拳。老爱原是部队教官,做什么事都要求像打枪瞄准一样,一丝不苟。"转身推手180°。"当我们一起向后转,忽然发现一个小老头儿正在我们身后跟我们学着打拳。六目相视,小老头儿立刻退到场外。180°,我们转回去,他又挤到我们身后。我们再转回来,又是六目相视,三张嘴都笑了。而他那张嘴一张,便开始一刻不停地请求我们:"对不起,我太想当您们的学生了。"

　　"我太想知道中国了。"

　　"中国现在怎么样了? 过去我们都是社会主义。"

　　那时,我并不明白他太想知道中国的意思。接着他给我们俩排了课:"请您教我汉语。"

　　"请您教我打拳。"

　　他会一点儿英语。他英语俄语混用,鼻子、眼睛,五官一起动员。没办法!

　　从那,教官有了一个弟子,我多了个学生,家里多了个常客。

1

　　真的,我一直认为他六十多岁了,其实他不到四十。小个儿、清瘦、顶着一头黄白色的直发(显然是拉脱维亚族人,拉族的头发是直的),头发常有一撮在后面立着,我想那是睡觉压的,又没时间管它。他跟我们学拳,永远是屁股点着炮捻儿似的赶来,又屁股点着炮捻儿似的离去,像抢占制高地。(教官说的,净是军事术语。)

后来我们熟了,我把这话告诉了韦大利。他哈哈大笑起来,笑出了眼泪。他说,点炮捻儿的是他的宝贝女儿。我特别喜欢孩子,立即邀请他带孩子到我家来。

当晚,他就来了,这回坐住了。韦大利说,他特别爱和我们聊天。我们说什么,他都觉得新鲜,他就爱听中国的事。其实我们也一样。我对他的孩子都感到特别新奇。

韦大利的女儿可爱极了,六岁。妻子是俄族人。他的女儿长得一定像妈妈,一头金色的鬈发(俄族人头发大多是卷的)。我觉得外国人中俄罗斯姑娘最漂亮。小姑娘一双大大的蓝眼睛,总闪着好奇的亮点,只是她一直躲在爸爸的身后,扭着身子,只探出她那一圈鬈发衬着的小脸蛋。我给她苹果,她不好意思地拿过去,又躲藏在爸爸的身后。我问她什么,她都是以点头或摇头作答。她太胆小了。

过了些天,韦大利又带着他的女儿来了。奇怪! 这次小姑娘却出奇地勇敢。她冲到我面前接过香蕉,麻利地剥开,大口地吃,一边吃,一边还斜眼盯着下一个。她不停地问他的爸爸,还可以吃吗? 我惊讶小姑娘怎么变化这么大? 韦大利一边管教着失礼的女儿,一边红着脸说,这是他的小女儿,上次是二女儿。不知为什么,韦大利说这些话时,像个孩子,脸红到了脖子根。

韦大利说,他是一头套在一驾雪橇上的公鹿。他强调是一驾重载的雪橇。他每天都在咬紧牙关地拉,拉着一个老婆,一个老婆的妈,三个公主。都说拉脱维亚是有名的女儿国。真是如此。

韦大利说,这就是他现在的生活,可是他还强调说:"拉脱维亚还在冬季。"说这话时,在他的蓝眼睛里,可以看到一种铁的颜色。而我莫名其妙。因为那时正是夏天。也许,我的俄语真的倍儿臭。

2

韦大利每次只带一个女儿来。三个女孩儿长得一样,很长时间我都无法区别开她们。到后来,从说话中我能分清她们谁是谁了(当然是俄语)。

我问:"爸爸给你买好吃的吗?"

答:"买,在圣诞节时。"总替爸爸遮掩什么,这是老大。

无论问什么,都不说,只是害羞地躲在爸爸身后的是老二。

说话理直气壮,总是哪壶不开提哪壶的是老三。

我问:"爸爸给你买好吃的吗?"

答:"不买。他总是没钱。"

我问:"今天怎么叫你来了?"

答:"轮到我了。爸爸说要排队。"

我问:"喜欢到这儿来吗?"

答:"喜欢,可以吃好东西。"

小姑娘说这话时,韦大利脸又红了。我赶忙转移话题。

其实,想吃中国食品,连我拉脱维亚大学的同行都如此。我理解,但我并不知道那时在拉脱维亚香蕉对于平民百姓都是奢侈品。我只是知道一提中国食品,他们都有马上想咬一口的表情。所以有客人来,我总是叫他们尝尝中国饭菜。

3

有一次,韦大利来,正赶上我家包饺子。我们叫他一起吃,他说什也不肯,只允许端给他的女儿一盘儿。女孩儿迫不及待地要吃,这个肯定是老三。韦大利脸又红了。他一边用手拦着失礼的女儿,一边看着她。

我从来都没见过,一个人脸上可以有那么复杂的感情:无奈、爱怜,蓝灰色的眼睛里还有一种深藏的柔情和歉意……他看我的时候,送上了一抹笑,一抹苦笑。他又一直莫名其妙地说:"拉脱维亚还在冬季……"

一直到后来,我才知道,他是说拉脱维亚刚刚独立的意思。

"拉脱维亚还在冬季……以后……"

以后,我把一小兜饺子偷偷放到他的包里。我们知道他是从不接受我们给他什么的。

真想知道他的生活!但我问他,他却所答非所问地约我们:"您们应该去彼得大教堂看看。在历史上，那可曾是欧洲最大的木质教堂。我们拉族人的骄傲。只是命运不佳。几次遭遇大火。二战，又差点被炸平了。重建时，我们把它建成钢筋砖木结构的了。"

"去看看吧。现在它是里加最高的教堂，拉脱维亚有名的景观。"

一种超然的平静回到他的脸上。

4

彼得大教堂静静地站立在里加老城中心。

里加老城，耸立着拉脱维亚两座最有名的教堂：一座是有欧洲最大管风琴的多姆教堂；一座就是几遭火灾却至今矗立，而以此闻名于欧洲的彼得大教堂。

里加老城，半小时就能转完。石头铺路，发亮的石块诉说着它八百年的历史。小胡同狭窄、曲折，四处通连。店铺不大，招牌直观，有的挂着个靴子，有的挂着陶罐……都带着遥远的古朴，无言地说着遥远的故事。

冬天，地上铺着厚厚的积雪。走在小巷里，只能听到自己的靴子踩在雪地上"咯吱咯吱"的声音，寂静又单调。深巷里，咖啡小屋内，摇曳的烛光透过茶色玻璃，撩拨着你思乡的心。

我在办理爱人来拉脱维亚签证时，常来这儿，有半年的时间（爱人有军旅经历，来拉脱维亚很难）。外办局就在附近一条小街里，穿过小街就是教堂。我每每碰了钉子后，就到教堂里坐坐，听听音乐。

音乐是天使柔情的抚慰。那悠长、安详的乐曲，像一条涓涓流淌的溪水，一会儿就会冲走你心田上的浮萍、乱草。

夏天，小城从冬眠中醒来。花丛簇簇，人流如织。咖啡店和酒吧格外红火。北欧人因为这里有欧洲最有名的黑咖啡，且比北欧便宜得多，常常过来喝咖啡。

黑咖啡有点药味，喝起来，开头有点苦涩，品一会儿，就有一种特殊的甘醇、清爽，叫你回味……我们每每去海滨尤尔马拉游泳回来，就喝上一杯。一杯咖啡，全身清爽。

那天，我和教官约好，看过教堂，请我们的学生韦大利一块儿喝黑咖啡。

5

韦大利如约等在教堂外。

韦大利长得很坚实。他两脚岔开,双手交叉在身前。我忽然觉得他个子并不矮小,稳稳地站在那里,一种超然的平静挂在脸上。这和他带着女儿,常常出现的窘迫,简直判若两人。

韦大利的身后是高高的彼得大教堂。韦大利抖抖身子,有些得意地问我们:

"怎么样?"

彼得大教堂是典型的哥特式建筑。教堂墙体和塔身越往上,越玲珑,雕塑装饰也越多。顶上是锋利的直刺苍穹的尖顶。整个教堂墙墙角角都展示着强烈的向上的冲力。

"知道拉脱维亚人为什么都喜欢哥特式吗?"我摇头。

"拉脱维亚无论旧时代,还是新时代都在重压下。你抬头看,你就能听到点儿什么。"韦大利拉着我们,叫我们顺着他的手向上看。

是,抬头仰望,似乎真能听见一个声音:那是从 13 世纪就开始的一声声挣脱异族束缚的呐喊……

韦大利,苏联解体前是一家工厂的电气工程师。解体时,工厂撤回俄罗斯了。现在他是彼得教堂的电工。韦大利带我们看了他的工作室——在楼梯下的转弯处,不大,但电线、灯具、杂物都摆放得整整齐齐,处处彰显着主人的珍爱。

那天,他不但叫我们看了整个教堂,还领我们上了教堂的塔楼。

韦大利特别叫我们看了塔楼的顶端,那里有一个金属铸的公鸡。原来,公鸡也叫风信鸡,有辨识风向的作用。公鸡的身子两侧分别是金色和黑色,以辨别风向。当金色一面对着城市时,表示顺风,海上的船只可以进港;当黑色一面对着城市时,表示逆风,船只不能进港。里加从 13 世纪就是波罗的海重要的贸易港口。登上塔楼俯瞰,里加老城一览无遗。每座红瓦屋顶上都有一只金属制的公鸡。

我平时就看过,一直觉得奇怪。

韦大利说,那里有一个谁都应该知道的故事。他是听他爷爷说的。

6

里加最早是利弗人的居住地。利弗人也是最早的拉脱维亚人。

有一个魔鬼趁着黑夜,来到这个海边小镇。当时人们都不知如何赶走这个魔鬼。这时一只雄鸡大声啼叫起来。鸡叫了三声,天一下亮起来。魔鬼吓得跑回地狱。从那时起,家家户户都在自己的屋顶上立起一只金属制的公鸡,驱鬼辟邪。现在风信鸡已成为里加城特有的标志。

说来有意思,我的弟弟是个画家。耳濡目染,我也喜欢画画。出了国,有了空闲,我就画几笔,我最喜欢画的就是雄鸡。学生和朋友来了,一定找我要一张画,然后他们用玻璃镜把它镶起来,挂上。一开始我受宠若惊,心里美滋滋的,那天,韦大利一说,我才知道,雄鸡是拉脱维亚人吉祥的标志。

不过,两年后,我画得很不错了。他们还给我办了画展,我们的大使馆一秘亲自到场为画展助兴。我的画还上了报纸。

其实,我自知自己是沾了中国文化的辉光。在国外,才能特别感受到自己祖国文化的魅力。

我还知道我的朋友们最喜欢的画是雄鸡。文化的契合是民族融合的契机。

嘀,跑题了。其实我说到雄鸡,是因为那天我真的感到这个一直叫我觉得总是狼狼狈狈的韦大利心里的伟大。他在整个上午,挺着腰板,叫人觉得他真像只雄鸡。

韦大利如数家珍地为我们介绍教堂。那教堂年久失修,外墙斑驳脱落,墙体却还坚实地站立在那里。它像一个久经苦难、瘦骨嶙峋,却又精神矍铄的老人。里加城的古迹都已年迈沧桑,带着

拉脱维亚首都里加的城标

800 年岁月的风雨雕琢。韦大利向我们解释说："她有儿子。我们快有节涅格（钱）了。"

说完他又补了一句："儿子也爱他的丑妈妈。"是啊，这和我们汉语"儿不嫌母丑"一样。但是她哪丑啊？

7

里加的城标就是彼得大教堂。它有 72 米高的塔楼，塔楼上有一只昂首欲啼的雄鸡。彼得大教堂是里加最高的教堂。

彼得教堂和他的国家一样多灾多难。教堂多次失火。据记载 1721 年这座教堂就着了一次大火，而当年的俄

这样的杰作，城乡都很多。他们尊重原生态。

皇彼得大帝曾亲自指挥救火。教堂几次损毁，几次修复。每次修复，都有人想换掉教堂顶上的金鸡，但那只金鸡却一直立在彼得大教堂顶上。

一个只有不到九十多万人口的小城，顽强地保留着自己民族的文化。

我终于明白了韦大利。

看过教堂，教官坚持拉韦大利一块儿喝咖啡。我奇怪，教官不喜欢喝咖啡呀？

教官说："韦大利就像黑咖啡。"

这回，韦大利不像说他屁股点炮捻儿时那样，他没笑。

韦大利慢慢喝了一口那需要细细品味的黑咖啡，说："不，我是那只雄鸡的鸡儿子。"

这回，我们俩也没笑。因为心里升腾着一种庄严……

一稿于里加老城

茨冈人小塔留学进行曲

上　部

拉脱维亚不大的里加机场骤然喧闹起来。我的6名学生终于要飞往中国留学了。来送行的都是倾家而出：爸爸妈妈、爷爷奶奶、姥姥姥爷、朋友、朋友的朋友，还有毕奇卡、玛尼亚（小狗、小猫）。要知道，这是拉脱维亚大学第一批汉语专业学生到中华人民共和国去留学呀。别说学生，我这个当老师的也兴奋不已。要走的和留下的都是嘱咐了这个，又嘱咐那个。他们都是第一次出国，还真为他们担心……我的心还没担完，大厅忽然骚动起来："小塔的机票找不着啦——"

小塔！哎呀——这可是个颇有个性的学生。真不省心呀！

认识不了的小塔

小塔，大二女生。黑头发、黑眼睛，极漂亮的一张娃娃脸。她的自我介绍至今叫我记忆深刻："我，壮大的茨冈族人，也就是世界上，谁都知道的吉卜赛人。"

原来茨冈人是俄罗斯对吉卜赛人的叫法。吉卜赛人在不同地域，名称不同：在法国，称为波希米亚人；在西班牙，称为弗拉明戈人。西班牙跳舞跳得最棒的就是弗拉明戈人。

小塔强调："我不是拉脱维亚族，不是俄罗斯族人。我壮大，我聪明。"

不过我给她起的中国名，她记不住。给她换了好几个，她还记不住。后来我知道，她不喜欢，根本不想记。她翻着眼睛说："一个也不美丽。我美丽。"

是啊，虽说人家一米八的大个，18岁的年龄，老大妈的体形，不过，年轻总有一种美。一次，她回答问题，我看她亭亭玉立地站起来，情不自禁地说:"真像一座美丽的小塔。"

"好,我就叫小塔。我壮大,我美丽。"

小塔一直说的"壮大",到学期末我才明白。

至于她说的美丽,这回在机场,她可美丽不起来了。精心化过妆的眼影抹得一塌糊涂,一对黑豆一般的泪珠挂在白净的脸颊上(眼影的黑色叫泪水冲的呗)。小塔呆立在那儿,抽泣着,周围一片忙乱:爸爸妈妈、爷爷奶奶、姥姥姥爷、朋友、朋友的朋友都在找机票。提包拉开了,箱子打开了。我赶上前时,就看

学生们摹仿千手观音舞蹈动作。

见一片撅起的屁股。不多时,我也扎了进去,一通乱翻。

要知道为了这张去中国的机票,我们(我和学生)付出了多少心血。万万不能错过了这次机会呀!且不说我们怎样争取了留学的名额;也不说我们跑了多少路,去找机票资助,就说在两个年级里,只选拔出6名学生,这是什么样的竞争啊!学生们说,心都进了烤箱。

小塔说:"心还得分出眼儿来。"

大伙儿说:"小塔准能去。小塔的心眼儿可比箩筐的眼儿还多。"

小塔聪明!我听学生们给我讲了这样一件事:那是入学思维测试。主考老师叫大家画一张表现饥饿的画。有的画了一个秆儿一样的人在风中摇摆;有的人画了一个空的破盘子……

小塔东张张,西望望,优哉游哉。快交卷时,她画了一个马桶,上面结满了蜘蛛网,又画了一个屁股,同样也结满了蜘蛛网。

主考老师都佩服地大笑起来。

小塔的秘密

小塔似乎也给过我一次思维测试。

那还是冬天,公布了选拔去中国留学的消息不久,小塔来到我的住处。

开门,突然出现了一个活鼻子、活眼的大雪人。小塔本来就高,头上又戴着一顶小盔一样的皮帽,外罩一条围巾,上面蒙着一层厚厚的雪花:"老师,我一定争取评选上。我每天都做梦去中国。我失眠了。"

大雪人的长睫毛剪着雪花。我真有点后悔,本想借选拔机会,吓唬吓唬他们,叫他们好好念念书,不想他们还真有压力。

那天是放假,又是铺天盖地的大雪,小塔急三火四地赶来,我心里真觉得对不起人家孩子,忙帮她掸雪,一个劲儿安慰她。

雪人虽然着急,但心情好像特别好,她一边解围巾、脱外衣,一边兴奋地向我说着她自造的汉语:"老师,我的心决议了。我一定一定去中国。"

"老师,快辅导辅导我的论文吧。"

"好好。"我一边答应着,一边收拾着她扔过来的大衣、帽子,摆放她的套鞋,擦着地上的雪水。

"老师像我妈妈一样。亲切。"我心里抹满了蜜,干劲也冲天。

小塔看着我做这一切,也不搭手,只管说着:"啊!今天我高兴啦。我的耳朵安静,可以不听妈妈的'呱呱呱'的唠叨了。自由啊!我的鸭嘴妈妈去坐我外婆的大篷车了。没有人管我啦!"

小塔高兴得眉飞色舞。脱完衣服,一屁股坐在方桌旁,看见我桌上的饭菜,眼珠就不转了。她来时,我刚要开饭。小塔瞧着那饭菜,忽然变得有气无力地说:"就是遗憾,没有人给我做饭了。中国饭好吃吗?我去中国,就可以天天吃中国饭了吧?"

小塔盯着盘子。看着这个大女孩饿的那个可怜样子,我忙说:"你现在就可以吃。"

我的话音未落,就看见衣着优雅的小塔,先俯身把鼻子凑到菜盘上闻了一闻,然后就张牙舞爪地吃开了。她根本不问问我吃了没有,就用她小萝卜一样的手指从碟子、碗里抓起来抹在嘴里,一会儿就风卷残云了。她

中国饭是学生们的最爱，那时他们的梦想就是到中国留学。

一边抹着嘴，一边说："我最不爱吃米饭了。"一边把我本准备两顿的饭菜大口大口地都吃光。

我没吃饭菜，倒是看晕菜了。这叫什么吃法？

光吃米饭，光了；又光吃菜。叉子筷子都不用，都吃光了，说："啊，凑合吧，就算饱了。肚子高兴啦！我爸爸总批评我，说惯坏了我，不干活。其实我可爱干活了。妈不叫我干。"

我以为小塔会帮我收拾一下碗筷。可就见爱干活的小塔，一张一张地抽出餐巾纸擦嘴。然后，她又掏出唇笔，照着小镜子，在嘴唇上勾出好看的曲线。

我这个老师一直在旁边侍候着她，等着她叫我"教导论文"。谁知小塔吃完就要起驾了。她说现在她要去找她的朋友，再痛快地吃点儿什么（天啊，还要吃！）。还说，趁着妈妈不在，她要请上朋友，给自己好好过一个生日。等妈妈回来，再过她真的生日。

头回听说！我想笑，没笑出来。饿的呗。

叫我辅导论文的小塔走了。最终，我也没看到我学生的大作。

现在嘛,她说,她要去过妈妈不在的美妙日子。

那天我一直莫名其妙,我的学生顶风冒雪来找我到底干什么。

小塔临走给我留下一本介绍茨冈人的小册子,还和我有这样的一段对话:

小塔好像不经意地问我:"听说,在中国特别照顾少数民族,是吗?"

我说:"当然。"

小塔说:"听说中国的大学考试,少数民族学生都加分?"

我说:"是。"

小塔走出门,又回过身子说:"我想,老师在拉脱维亚也会这样吧?"

…… ……

小塔摆呀摆呀地走了。我一通琢磨……

小塔的民族

窗外的积雪,在墙上映出一块长方形的亮光。

我倚窗翻看小塔给我的小册子。那是俄语的,但有小塔断断续续的翻译。不久,我心里真的决定了,无论如何也要帮助这个学生去中国。因为我知道,小塔的民族太苦难了。

吉卜赛人叫"罗姆"(rom),源自印度北部。罗姆族的祖先是古印度低种姓教徒,在种姓的底层。

到公元 12 世纪,战乱灾荒频发。由于一个叫高尔王朝的大举入侵,罗姆人流离失所。他们人少,部落分散,便大规模向外迁徙,从此便四海为家了。他们先到达中欧,16 世纪时已遍布欧洲各地,包括北欧,我在瑞典就见过吉卜赛人。有的罗姆人到达西班牙,现在,美国也有。全世界的吉卜赛人有一千万,主要在欧洲。

吉卜赛是个苦难的民族,如同历史上犹太人,被视为劣等民族,深受欺凌。二战时,50 万吉卜赛人在集中营被杀害。1979 年,联合国才正式承认罗姆人为一个民族。但他们一直居无定所,受歧视、排挤。前苏联时期,吉卜赛人开始安顿下来,但其他民族对他们仍有极其反面的印象,认为他们是不祥的象征。

我的一个波兰朋友吓唬小孩子就说："再闹,就把你送给吉卜赛人。"许多欧洲家庭都这样。

吉卜赛人生存艰难,有相当一部分人沦为乞丐。

我和我爱人在莫斯科,就被吉卜赛人哄抢,都是些女孩子。她们先是讨要,然后就是公开掏口袋。我看她们大都十四五岁,可她们却都是妈妈了,个个背着个小猫咪一样的孩子,可爱又可怜。她们并不伤害人,只要钱,掏了护照,还还给你。吉卜赛人是善良的。他们大多以占卜、舞蛇卖艺、驯熊养马、铜匠工艺为生。他们在为生存,在被误解和歧视中挣扎。

小塔说过,她小时候还有人说她是煞星。

我真希望小塔能去中国留学……

心都分眼儿

论文答辩快到了,小塔又来看我。开门,一座美丽的小塔,但一脸沮丧,白净的脸上挂着一对黑豆般的大泪珠。看来我们的小塔姑娘,妈妈不在的日子并不怎么美妙。

那天,我很快就知道了,妈妈不在的头几天,小塔是多么痛快、自在。可第七天,她就把妈妈留给她的50拉特(100美金)全花光。现在早上、中午、晚上光吃土豆、胡萝卜。她家的小狗拒绝吃土豆而咬破她的拖鞋。而她的论文,她要写上几万字,就是还没有动笔……

小塔,妈妈刚走时的得意样儿全没了。化过妆的脸,因为哭泣,抹得像大熊猫一样。看着这个大个儿的,又没长大的孩子,真觉得她实在可爱。

当然,那天得留她吃饭啦。这回我变聪明了,先声明,我也没吃饭呢,可我的学生仍是旁若无人,一样一样地扫荡,扫荡干净之后说:"老师,我想我妈了。我妈做的奶油洋葱饼,那才叫好吃哪。我知道为什么东亚人不壮大,饭里不加牛奶呗。"

嘿,你看,你费劲地给她做了吃,她还不领情。但我很快知道,她心里的毛刺是为什么了。小塔起着刺地说:"老师,我在预备拉语考试。您知道吗?前苏联时期,我们学俄语。拉脱维亚独立,我们又必须说拉语。我是茨冈人,不会拉语,我也就没有拉脱维亚国籍。没有的国籍。我也不能去中国。我必须通过拉语考试。

"唉!茨冈人的日子不好过呀!"

那天我还知道了,在东欧各国,由于实行计划经济向市场经济的转型,茨冈人失业问题严重。斯洛伐克,茨冈聚集点就发生了骚乱。

"茨冈人生存难啊……"

小塔俨然是位长者,摇着头叹息着。而我的思路在小塔的导引下,一会儿东、一会儿西地跳跃,直到小塔走,还是懵懵懂懂。

小塔临走说:"老师,去中国,不交论文行吗?"

我说:"不行。"

我猜小塔一定失望,但没有。一定求我,也没有。

相反,她一脸无所谓的样子,扭扭地迈着舞步出了门。我送她,临分手,小塔好像又是很不经意地说,明天就在杜鹃山(kukusha),有一场茨冈人的歌舞会。

太好啦!真感谢我的茨冈学生。

歌来助力

学生都知道,凡音乐歌舞会,我一场也不放过,尤其在异国。

我至今无法说尽,吉卜赛的歌舞给人的是怎样的激动。那是真正的激情燃烧的歌舞,是熊熊燃烧的烈火,真可以把你的血液煮沸。我第一次听那么苍凉又高亢的音乐。他们的音乐使用的都是高音符,或是音符之间大跨度滑动,情感横溢,澎湃如潮。我也是第一次看那么舒展、奔放的舞蹈。那舞蹈近乎疯狂,但它又有那么鲜明的节奏、韵律。只要参加歌舞会,没有人能拒绝他们火样的热情,什么样的忧伤都会被驱赶掉。那快节奏舞步鞭策着你,火热的音乐驱赶着你。你只是在听,在看,也叫你的心、你的情奔腾在他们极富个性的歌舞之中。

吉卜赛人用他们热情、疯狂的歌舞,宣泄他们深藏在内心的祈望,抒写他们生存中的悲欢苦乐。吉卜赛特殊的民族气质造就了他们天赋异禀的音乐、舞蹈。吉卜赛人独创的歌舞又极致地表达着他们的民族心理、民族精神。

现在,吉卜赛的音乐盛会,无论在哪国,每年都吸引着近五十万人前往参加。人们在接触和了解吉卜赛文化中,逐渐被这种文化深深吸引和感动,我就是其中最激动的一员。因为,那真是置身在一个新奇、炽热、魔幻的境地。那种完全异样的感觉和享受,不参加到其中,是无法说清的。

小塔说,她要写关于吉卜赛文化的论文。我盼望着。

下部

穿帮了

学期末,终于等到看她论文的时候了。小塔的论文并不如她所说,而是《斯堪的维纳半岛的辉煌》,宣读时也真的一下辉煌起来。都说孩子的成长以分秒计算。小塔站在讲台前,宣讲她的论文简直就像一个大讲师。我无论如何,也不能把她和那个脸上挂着两颗黑豆般泪珠的大婴孩联系起来。

我心里真是装满了甜蜜。做老师的成就感是任何事都不能相比的。我用尽了所有能用的褒奖之词,来夸奖这个叫我刮目相看的学生。

学生们却不以为然,似乎有什么不平。

小塔的好友,伊洛娜趴在课桌上,手搭着桌子边,不冷不热地问我:"老师,去中国只凭论文的成绩吗?"

"当然不是。"

"那好。"

那天课后,我终于知道了,课上起包起鼓的原因。

原来那篇"辉煌"的论文,是小塔以开车拉着伊洛娜几个同学,去隆德拉宫参观为条件,跟伊洛娜换的。伊洛娜几个同学想去隆德拉宫,没车,有论文;小塔有车,写不出论文。

那天,我又想起小塔在我家,那个眼里没有别人的样子,决定狠狠教训她一顿。还没有叫小塔,小塔来了。

小塔背靠着书架,瘪着肚子挤在长桌前。我的办公室是资料室兼备课

在我大有作为的地方——教室,和我生命中最重要的一部分——学生在一起,我最快乐。他们是拉脱维亚的未来,是世界的未来。

室,12平方米,长条的,周围一圈书架,中间一个大长方桌,胖子进来都费劲。小塔请求我:"我站到门口去行吗?"

"你坐到门口吧。"

小塔长长喘出了一口气:"您知道了,我轻松了。我错了。"

小塔早又变成大熊猫了,白净的脸上又蹦出了两颗黑豆般的泪珠。

我不知是小塔的泪珠,还是她的"我太想去中国了"一句话软化了我的心。

原先的雷啊、电的都没啦。我只把妈妈在我很小时,就告诉我的话,又说给了她:"别人的饭碗喂不饱你的肚子;自己的路只有你自己迈开双脚走。"

小塔使劲地点点头。

我没批评小塔,还因为我看了小塔的论文资料。我常常是因为学生的才能更喜欢他们。那天,小塔拿出她自己写的《茨冈人的苦难和浪漫》,虽没成文,但颇有内容,颇叫我感动。

也要壮大

吉卜赛人原来有非常独特的传统：他们不与外族通婚，结婚年龄多在十二三岁，小塔就是她母亲十六岁时生的，还是生在篷车里。因早产，小塔差点丧命。小塔出生时，像小猫一样。谁都没想到，她现在长这么大个（难怪把她宠得不像样子）。

小塔的祖祖辈辈都在迁徙中生活，直到她的父辈才定居下来。小塔的外婆外公，每年还要过一段他们不能割舍的大篷车生活。

那天，最重要的是我无论如何也没想到，小塔，这个爱哭鼻子的大婴孩，心里却浇钢铸铁。那是吉卜赛民族的基因；也是这个民族从心里发出的呼喊："为什么要欺凌？站在上帝的面前，我们都是平等的人种。"

是的，科学家长时间研究了这个"封闭"民族的基因参数，现在可以确定他们是"单一性"民族。吉卜赛不是什么瘟疫的病源，不是不祥的象征，而是世界稀少的人种，珍贵的民族。

真的，原来我对吉卜赛人就有许多不解，小塔在文中都回答了我：

> 我们为什么流浪？我们与其他民族有格格不入的生活方式。我们不愿改变自己的传统，不愿受强大种族的压制，不愿失去最宝贵的自由。我们部落人太少了。强权之下，只有选择流浪，但我们选择了自由！
>
> 我们为什么歌舞？在受歧视的苦难之中，我们选择快乐。歌舞是我们的精神面包。我们要告诉人们我们的心。我们要快乐地活，也给别人快乐。我们活，就要歌舞！
>
> 我们为什么占卜？那不是鬼术，是我们在苦难中寻找到的心理先生，也是我们希企别人不要灾祸的祈祷。我们要告诉人们：你们也需要我们！

我终于明白了：

吉卜赛是一个真正坚强又浪漫的民族。他们顽强地过着只有他们自己才能理解的生活。他们有自己独特的民族性格：拒绝其他文化,桀骜不羁;内心一直保持着对流浪生活的浪漫情怀。他们顽强保守着自己民族内心的追求。

吉卜赛人以特殊的方式,特殊的不屈的斗争,捍卫着自己民族的生存、独立,也创造了与其他民族迥然不同的文化。一代代吉卜赛人坚强又乐观。用他们火辣的歌舞、神秘的水晶球、浪漫的情怀,抒写自己苦难又浪漫的历史,也为世界创造珍贵的文化。

我几乎走遍欧洲,在我心里欧洲各民族没有高低贵贱之分。读了小塔的论文草稿,我第一次对苦难的吉卜赛人,对他们固守的独创的文化,心里涌出了一种特殊的敬意。

小塔说:"站在天庭之上,我像我们的舞,昂着头。我们茨冈人和任何民族应该是平等的。我们的民族弱小,我们的民族壮大又美丽。"

直到那天,我才明白了小塔自我介绍的深意。

吉卜赛人壮大,美丽……

小塔真美丽

大家说,茨冈小塔真的美丽了。

是的,美好的愿望真的会把人变得美丽。在我们争取去中国留学的奋斗行列中,小塔是最积极、最辛苦、最坚决的一员。谁都不会知道,我们经历了多少艰辛!拉脱维亚刚刚独立,到处捉襟见肘。为争取到机票资助,我们几乎跑遍了在里加所有的基金会。更要命的是一会儿行,一会儿不行。我们的感情,学生说,变成了油煎包——在油锅上呢。

仲夏,我终于带着我的6个学生去中国使馆办签证了。

那天,我第一次知道,这些外国弟子真高兴是什么样子:他们鼻子、眼啊,笑得都不在原来的位置上。更有甚者,一会儿滚在一块,一会儿你啃我,我搂你的。太高兴了!

去大使馆路不顺,小塔开来她家的汽车。小塔一见我,立即瞪大了眼睛说："老师,我没要油票钱! 不信,请问!"

大家都笑了。我想起小儿子满嘴果仁酱却说"我没偷吃果仁酱"时的神情。

上路,弟子们把我让在司机旁的单座上。几个孩子像装罐头一样挤在后座。回头看:有两个像龙虾一样弯在车顶上,个个眼睛围着个黑圈。我扭头看茨冈人,白白的脸上倒是没有黑豆的泪珠了,但黑眼睛,黑眼圈,仍是大熊猫一个! 怎么啦?

小塔扭着脖子,脸向我,回答我的惊奇:"老师,我们真能去中国吗? 我们一夜谈话,没睡。我们的心都稀里哗啦了。"

稀里哗啦? 折腾了半天,我才明白,是激动的心跳啊! 大家都笑了,没笑完,忽然车里的孩子们一下消失了(都躲到车座背下了)。

警察! 超载罚款!

他们一会儿消失,一会儿又冒出来。大家笑得前仰后合。就这样,车也笑得摇摇晃晃,载着一车的兴奋和快乐上了大使馆,也驶上了学生们全新的路……

小鹰飞吧!

终于要飞了。6个人,因为一个愿望,成了一个不可分割的整体。伙伴们包围着小塔,唯恐丢下她。找这儿,翻那儿,不知谁忽然喊了一声:"看口袋呀!"

人在紧张时,一定都昏了头。最应该找的地方,却没有人看。看吧,小塔,大夏天却穿了件皮上衣。皮上衣上4个口袋,锁着三把锁。

小塔又一通找钥匙。她指着口袋说:"这衣服有口袋。这儿是今天花的钱,那儿是明天花的。去中国,我要好好表现。"

原来,她怕一天就把爸爸给她的钱都花掉,才分了好几处。

真是孩子!

机票终于找到了,就在小塔的口袋里。机场的空气也终于清凉起来。

分别总是痛苦的。鲜花、拥抱、叮咛……学生们还没上飞机,我的心先超载了。我在这里教了他们一年,他们要走,心里真跟打碎了五味瓶一样,

学生带我们去露天民俗博物馆，看八百年前的拉脱维亚。学生说，老师叫她感受到自己民族文化的珍贵。

什么滋味都有：高兴、又舍不得；看他们去我的祖国上学，又勾起我的思乡之情，心里酸酸的。再说，他们还要到俄罗斯转机，我又为他们揪起心来。俄罗斯，那可是不客气。什么都罚。

　　我在俄罗斯，就差点被因不知签"落地签"被武装警察扣住。飞拉脱维亚里加，又因跑错登机口，差点去了英国伦敦。那份不易呀！

　　老师的心总是掰着瓣儿使。学生们进关了。留下他们热热的拥抱，带着这里所有人的祝福，起飞了……

　　小塔妈妈抹着眼泪，一个劲儿在祈祷："保佑保佑孩子们！保佑保佑孩子们！"

　　我也觉得眼睛发涩，也说："到中国就好了，到中国就好了。一路平安！一路平安！"

　　小塔的爸爸也在说着什么。他人高马大，嗓门儿也亮，只见他瞥着眼睛看着小塔的妈妈，机关枪一样叽里咕噜说了一通。我不懂，忙叫学生翻译。女生们拉我走；男生们都笑了，表情坏坏的。凯斯堡请求我："老师，不文明，还是别告诉您吧。"

我说没关系。我愿意了解你们的文化。

"不是文化，很难听。他在骂他的老婆。他说，小塔的妈妈是属狗熊的老娘儿们，就知捧着，抱着。

还说："哭什么？叫她飞！茨冈人的后代本来早就应该飞啦。"

最后那句："唔唔……不好意思，是——'老母鸡的屁股孵不出鹰雕来。'嘿嘿嘿……"

"…… ……"

我没吭声，急忙偷着抹去转在眼眶里的眼泪儿。趁着乱哄哄的，赶紧溜之大吉！

于拉大

拉族女孩

1

她最早的中国名叫姗姗，我讲文化介入时给她起的。为了叫学生了解汉民族姓氏文化，我给学生都起了中国名。大家倍感新鲜，皆大欢喜，只有茵什卡站起来问我："姗姗是什么意思？"

我说：表示从容、美丽，多用于女子。茵什卡"咚"坐下了，明显不喜欢，像个倔男孩儿。那天我忽然发现，她眼睛里有一种隐隐的忧郁。

上课，茵什卡不爱发言；下课，她就忙着要走。我问她的好朋友、好"哥们儿"茨冈学生小塔。

小塔刚要说，我见到一幕非常有意思的情景。

两人身子不动，猫头鹰一样转过头，脸对脸，尖鼻子对尖鼻子。茵什卡的眼睛、嘴巴都做威胁状，茨冈人立即瘪词。我再问，两人躲躲闪闪，我也闭嘴吧。怕人说"your big mouth"就你嘴大！（多嘴，干涉隐私。）

但我的心在超重：不专心读书，忙什么？

又一次，上课，我看见茵什卡的手关节又红又肿，嘴角也紫了，我的心一下揪起来。

我问："怎么了？"

"晚上……"

小塔没说完，茵什卡又马上调动了她脸上所有机关，亮出 Sdap（叫停）。小塔立刻转着眼睛说东扯西。

晚上？晚上做什么？女孩子！我俯下身来，茵什卡的眼睛和我考察的目光相遇，立即转航。哥们儿，小塔忽然递过她的作业，等我帮完小塔，茵什卡逃跑了。

好啊,救驾。我留住小塔。小塔转动着她的胖身子,跟我东拉西扯,说他们对东亚文化都感兴趣。没头没脑又说起日本。哈!哥们儿还挺讲义气。我坚持问,小塔翻着眼睛,临走嘟囔:"好像和日本有什么关系……这可不是我说的。"

那天我才知道,欧洲人是不愿叫中国人知道跟日本有什么干系的。而我想知道,茵什卡晚上去做什么了?

我,山重水复,云山雾罩。

2

第二天,茵什卡没逃跑成。我们喝咖啡,聊大天。她最后终于下决心,带我去看她晚上做什么。

没想到,在欧洲,却能鉴赏日本文化:日本跆拳道。

航空学院体操馆大厅,原苏联建筑,高顶,宽敞。橡木地板上,整齐地排列着三四十个高大健壮的男儿。只看见一个女孩,那就是我的学生——茵什卡。

他们一会儿骑马蹲裆,一会儿老鹰扑食。抡胳膊,踢腿把地板踩得山响,还不断地发出从体内呼出的长啸:"哈——嘿——""哈——嘿——"听得头皮发麻。第二阶段的练习全是格斗。女孩照样被摔来打去,照样被拳脚相加,无论打在哪儿。茵什卡一次次被摔倒,一次次"哈伊哈伊"地爬起来鞠躬,然后再挨打、挨摔。

整个晚上3小时。那是最大量的运动,最响亮的发声,最严酷的格斗。

我不愿看。其实不同民族文化各有异彩。对于日本,我素来认为是需要中国人认真解读的,而我不解的是茵什卡为什么要练格斗。

我问茵什卡:"你要当警察吗?"

答:"不。"

"那为什么?"

茵什卡顾左右而言他。

那天,我们从城西南,赶到城西北的航空学院体操馆,现在我们又在冰雪之中从城西北赶到城西南回家。路上加上练习的时间共用六个多小时。茵什卡一周两次,什么是她的动力?

3

一天,下课回家,天又黑了。拉脱维亚的冬天3点多就黑天。

坐在长凳上等电车。里加老城乌蓝的天穹已布满繁星。看着特别明亮的星星,我是那样思念同在这星星之下的祖国,我的亲人。茵什卡体贴地问:"老师想家了。中国的星星也这样亮吗?"

我不能骗她,在国内常看不到星星。于是我开玩笑说,我家的那颗星也这样亮(因为我想起我爱人说过,我是月亮,他就是永远伴我的星。)我忽然想起,对呀,他练武术。茵什卡一听,特别兴奋:"老师,我学汉语也学中国功夫!老师的丈夫什么时候来?"

"老师,我磕头。"

我不明白。她一番表演。原来是磕头,拜师。

从那时起,她每天必问,她的老师什么时候到?但他真的到拉脱维亚,已是半年后了。因他曾在部队做教官,来拉脱维亚签证特难。

学生爱上练拳。

秋天,当教官真的一身风尘,一脸朝阳地站在我学生面前时,我的介绍没说完,他已粗声大气地说:"好! 大山(珊),高大、结实、坚强。"

我忙解释,不是那个"山"。茵什卡却神采飞扬地连连喝彩:"就叫这个! 就叫这个! 我喜欢这个! 我要学拳! 我要练剑! 练成大山,又高又大,没人敢欺负。"

得! 很快,她成了教官的忠实弟子。我真成了教官的"一半"。我还发现茵什卡对武术比学汉语还要着迷。

一个女孩子竟如此地爱上弄枪使棒,我和教官心里都生出了疑问。

4

盛夏,学生轮流带我去他们的菜园子。说实在的,茵什卡家的菜园子给我的印象最为深刻。在那里,我第一次真切地看到半途而废的劳绩,真切地看到半途而废的梦。

茵什卡家的菜园子比一个篮球场大些。菜园的四周是用树枝编起的篱笆,歪七扭八。中间一座两层小楼盖了一半,残墙断壁,窗口张着黑洞洞的大嘴,像在呼喊着。楼下是一个喷水池,没有完工,那里一个水管弯弯地竖着,像鹭鸶的脖子,又生满了锈,池边还有一个压把儿水井。龙沟起端用石子垒着,也没垒完。菜园的一角是一个用树干架起的秋千,吊着的秋千歪歪着。一切都显示着雄心又缺乏男人的手。

课堂上总是静静的茵什卡,此刻上足了发条,放了快转。她光着脚跑来奔去:浇水、拔草、搭菜架,全然像个壮小伙子。夏日正午,这里也热到快30℃。茵什卡热得脸红红的,汗珠子顺着她的鼻子尖往下滴。

我也跟着帮忙。茵什卡看见我干活,"咚咚"地跑过来,抢过我的铲子:"老师,你休息。你应该吃。"

她给我摘来草莓、李子。而我看那稀稀拉拉的草莓,稀稀拉拉的李子真不舍得吃,心里酸酸的。我帮她拔草。

黄昏,大火球一样的太阳也像干累了一样,涨着红红的脸慢慢向树丛隐去。学生叫我坐在秋千上休息,自己坐在树墩上。树墩对面端坐着柳娃喀。她正歪着头端详着我。我在城里茵什卡家见过她,那是我在世界上见到的最漂亮的花猫。何止漂亮，毛茸茸的，大大的眼睛真的会说话。此刻它滚得像泥蛋儿，只有那双多情的眼睛，还叫我认得它。我说："你看你这脏样儿。在城里多好，非跑这儿来。我们还得给你送饭。"

茵什卡胳膊支着头，她长长地叹了一口气："它又去会情人了。那只猫可能就是小黑黑的爸爸。"

小黑黑是茵什卡送给我的小猫。茵什卡怕我寂寞，现在我不寂寞了，小黑又寂寞了。我们带小猫来见它的妈妈。

茵什卡说："城里的（猫），它不喜欢。"

我不信，说她在说笑话。茵什卡却严肃地说："不，它真的在房间里一分钟都不待，它病了。它想这里的情人。"

"妈妈说，爸爸和它（大猫）一样。"

茵什卡忧郁的目光扫了一下菜园子，不无遗憾地说："要不，我们这里多好！都没弄完……爸爸是兔子！"

需要说明的是，写完这篇文章，我发给她，征求意见后，她专门跑来我家，告诉我："不要写'兔子'，那是我生气时说的。他是我父亲啊！你见过他。"

是。茵什卡过十八岁生日时，在她拉脱维亚的家，我看见了他。一个绅士男人，但不知心为什么不"绅士"。

茵什卡说："现在，我们经常联系，通话。"

时间多么奇妙！时间是最伟大的锻造者：它可以把人的情感捶打得坚硬，也可以磨搓得柔软。

茵什卡此时的话语有说不出的真情，而我清楚地记得，那天茵什卡，语气里都在抡胳膊跺脚。她难受地说："爸爸走的时候，我十岁，妹妹只有六岁，我们俩在厨房里抱在一起，一直哭。爸爸连看我们一眼都没有，就走了。那时，我就想，长大我一定打死那个拉走爸爸的臭女人。我真想练好武功，给我妈妈报仇。"

茵什卡是单亲，我知道，可是她为什么练武，直至那时，我才拨开迷雾。我很吃惊，问："报了仇吗？"

"没有。她得肺病了。我不忍心打她。哦，爸爸还给我做了剑。"

那天，我知道茵什卡的妈妈比她爸大十一岁。拉脱维亚的婚俗很奇怪，男的要比女的小十岁。我还听邻居俄族人骂拉族人："拉族男人都想坐在老婆的腿上过日子。"男人长到二三十岁，老婆的腿不好看了，他们也不坐了，便成了兔子。拉有谚语："奶牛多不多? 没有拉族的寡妇多。"我的二年级学生，10 个中 8 个没有爸爸。其实，茵什卡家庭悲剧的真正原因是茵什卡妈妈来中国看女儿时告诉我的。那是随着前苏联的解体，她的家像许多俄拉家庭一样，也随之瓦解。

茵什卡妈妈临回国时我问她需要什么，她找我要了一只知了(蝉)。我理解她——寂寞。

人生万千，人世万象……

婚姻应该是心与心的结合。命运总和时代相连。

那时，听了茵什卡说，真有"石扉洞开"的感觉。看这个高高壮壮的大姑娘，其实还真是个孩子。是啊，那时她只有 18 岁。但她要自己赚学费，要照顾家，要管理菜园子。这里的人坚持把报纸上说的别墅说成菜园子，是因为那里收成土豆、胡萝卜、洋白菜什么的，真的就是绝大多数家庭的饭菜。鲜花、草莓、樱桃就是他们的零用钱。

这个整日忙碌的茵什卡不但肩负担子，心也在负担。我不知如何劝导学生，只埋怨人活一世真不容易。

我好奇地问："茵什卡，你现在不报仇了，怎么还学武术? "

茵什卡调皮地说："我也是邢老师(我爱人)的学生呀! "

我真惊奇。不知教官有什么灵丹妙药?

茵什卡提醒我说："老师你忘啦? "

5

我怎么能忘那份艰难。

我住的拉大公寓附近，有一座山丘叫库库莎(kukusha)，山丘和名字一样美丽。隆冬，大雪覆盖着整个山丘，"唯余莽莽"。天像负载着过多的严寒，厚重的云低垂得快要和山丘挨在了一起，天地之间只留下起起伏伏的曲线。而在那弯曲的曲线上，跳动着两个音符，他们演奏的是中华民族最

学生说在冰天雪地里，心却是暖的。

为古老的歌——太极阴阳的平和。学生说，她学着舞剑、打拳，老师教她体味人生。

教官和我的学生在飞雪中挥动着他们手中的剑。教官一个招式，一个招式地做着示范；学生一个招式，一个招式模仿着……

拉脱维亚的冬天漫长，而他们日日天天，真是风雪严寒无阻。

教官在国内是上过报的卓英校长。我谢他，他说，我们有天职。教师就是无我的奉献。

是这样。

总是像小牛一样"呼呼"喘气的茵什卡，慢慢心平下来，竟也张口"老丹"，闭口"道家"……

茵什卡开始去看他的爸爸。

记得，一次练完，她叹一口气说："我去见爸爸，妈妈说我背叛了她。我该怎么办？"

茵什卡的剑，那时一直放在我的住所。那是把一个铁管砸扁了，又镶了一个木把儿的剑，不精美，却很像样子。我知道，那里铸着一个失职父亲的许多歉意和爱。茵什卡把它藏在我那儿,怕她妈生气。

那天,在菜园又提起这事。我问茵什卡,有办法了吗?

茵什卡头一歪,一脸阳光,一脸得意:"打太极!我教我妈咪。"

6

那天,一提打拳,茵什卡一下就来了精神,神采奕奕,两眼放光。说着便打起来,抡胳膊踢腿。女孩把夕阳的余晖裁来剪去,夕阳给这个女孩勾勒着一道道光辉。那个曾是那么忧郁的女孩,此刻朝气蓬勃,神采飞扬。

我真吃惊。盛境在意料之外。我只是感到中国文化那种特殊的魅力。那挥来舞去的拳剑对人的陶冶竟这样神奇。

教官常跟我说:"国际汉语教学,太极拳剑应列为正式课程。"我真希望汉办能看到我这篇文章。

真该如此。学生每次练完,都说,真有如在天上云海云游一趟,心里特别舒畅、清爽。

是啊,太极,就是寻求阴阳的平和、谐调。在无我之中,感受着大自然

在草地上也大有作为,师生都有不变的向往。

的辽阔、宁静、自在。

茵什卡的眼睛跳着亮点说："中国文化真奇妙。老师,我现在才知道去掉恨,生活就不都是苦恼了。"

说心里话,我真没想到我的那"一半"的中国武术知识,叫这个孩子走出了苦闷。国内的人不知道,在国外,一提中国那就是"中国功夫"。

我感谢教官,感谢我的祖国无际深邃的文化。

文化是一种力量,雕塑心灵的力量……

一稿于里加远郊

丑小丫的柴西斯小城

1

你进过时间隧道吗？我进过。

到拉脱维亚柴西斯(Cesis)小站，下火车。我们(我和我爱人，我叫他校长)好像立即走进了50年代的苏联电影《远方的小站》，都是"似曾相识"的记忆。

柴西斯小站不大。车站的屋顶，中间是尖的，两侧各有一个相称的圆顶建筑，清雅、安静。出口不大的空场上对面，一溜儿有数的几个商店：咖啡店、理发店、工艺品店，静静地站在那儿，迎接我们出站。

大街上几乎没人。小站出口，一下吐出两个黑头发的老外，外加一个像小毛茸茸球一样的小姑娘。空场一下就来了热乎气。

哈，我得说明一下：我们在车上，交了一个"老"朋友——小丫丫。这个"老"字，因为我告诉了她，汉语有亲切的意思，她特别喜欢。于是我们难记的姓名，她都简化了，还都加了"老"字。于是我的何变成"老哥"，校长的"邢"变成"老精"。她——玛利亚·伊凡罗符娜，小姑娘颇为大度地拍板："我嘛，你们叫我'老玛'就行啦。"(玛字，她发的可是一声)。

唉——叫这么个小梆子头、小黄毛的小丑丫头"老妈"！我一个大教授，外加一个大校长只好忍气吞声了。

在欧洲，我可头一次看到这样有特点的孩子，我可不好意思说人家丑。

十几岁了，个儿不高，毛茸茸的小帽子边外露着毛茸茸的一圈鬈发。帽子下边，嗬，你们绝对没见过这样的梆子头，大的快像个厦子了。

想起苏东坡调侃苏小妹的贲头："未出堂前三五步，额头已到画堂前。"

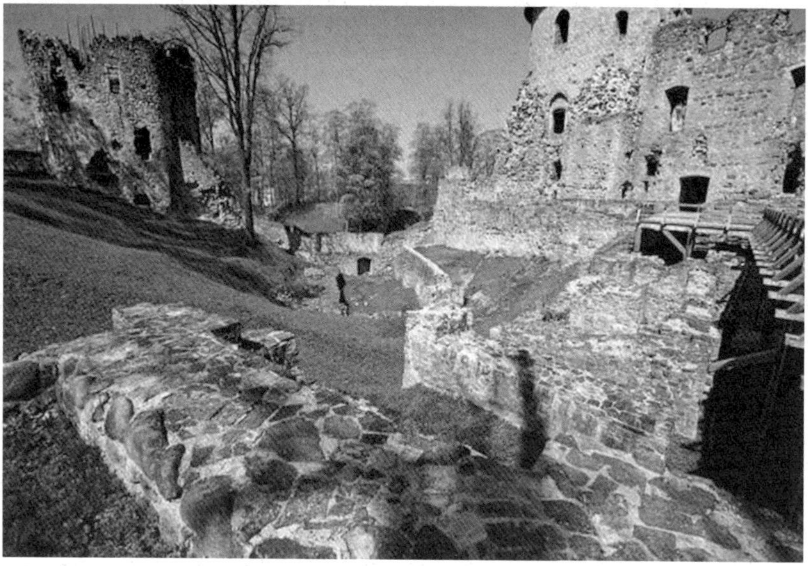

Cesis 小城的古堡

想笑，不敢，人家孩子总是一脸正经。圆脸庞上，鸭子一样的小噘嘴，一分钟不停地对我们“呱呱”着大事，新鲜得全然忘了怕走丢的紧张。

在城里上火车时，我们去柴西斯，玛利亚回家。下了车，玛利亚变了主意：家，不回了，还非要给我们做向导。小姑娘寂寞呀！

为什么？那还真得且听下回分解。

2

小丫丫是城里一个技术学校的学生。那天正赶上断气。

什么叫“断气”？拉脱维亚的天然气都是从俄罗斯输入的。拉脱维亚刚独立，俄不断地惩罚拉脱维亚。拉脱维亚不听话俄罗斯就停止供气。

我在拉脱维亚大学也遇到过。夜里，你可千万不能想家哭，否则你的眼泪一出来，就会冻在你的脸蛋上；更不能打喷嚏、流鼻涕，否则，你会一下长出一圈冰胡子。

学校断气，小丫丫就停课了。我们呢，也正为排解寂寞。正是“相逢何必曾相识”，当然我们还不是“天涯沦落人”。反正我们成了老朋友。

3

三个相见恨晚、一见如故的老朋友,开始游拉脱维亚著名的古城。

深秋,太阳偶尔还会莅临我们的天空,叫蓝天和白云都格外地打起精神。

小姑娘扯下她的帽子,在头上挥了一下。一束黄色的小刷刷辫,像举起的小墩布一样,给我们一行二人做着旗帜。导游叫我们做好准备:"柴西斯很大,一上午才可转完。"

我们笑了。

小丫丫又变成小毛茸茸球,在我们前面,弹来弹去,朝前蹦着。在这个寂静冷清的小城镇撒播着生机和快乐。

小丫丫说我们了不起:我们走回好几百年前。我们到了中世纪。

铺满鹅卵石的小道依然蜿蜒在城中,引你通向历史。深棕色的古拙瓦顶民居藏在小巷深处,说着它们幽古的眷恋。

小城建在 16 世纪早期。

那时的利沃尼亚骑士团的首领沃利特(*Wolter von Plettenberg*)建造了城池、护城河和塔楼来加固小镇的防御工事。

利沃尼亚(*Livonia*)是中世纪后期波罗的海东岸,即今爱沙尼亚、拉脱维亚大部分领土的旧称。

小丫丫领我们上了一个小山丘,到了一个城堡废墟前。小姑娘说古堡第一次见中国人,龇牙咧嘴地笑,欢迎中国。我们想笑,没笑出来。

古堡沧桑、垂老,残留的城堡造型和我后来在德国看到的几乎一样。不同的是:这里是我看到最为古旧,最为破损的城堡,也是最原始状态的城堡废墟。土褐色斑驳的墙体,被历史的风雨撕开了一道深深的缝隙,看上去,城堡就像一个被人划开胸膛,伤痕累累的巨人,叫人觉得有点吓人。

我把感觉说出来。小丫丫似乎全然没有什么害怕的感觉。一摆头,大人物一样,说:"它总打仗。打成这样的。"

我们笑了。小丫丫接着说,话里透着得意:"丹麦、波兰、立陶宛、瑞典——我妈妈的国家(小丫丫的妈妈是瑞典人)、俄国、德国都打过它。"

"不过它还没倒。我们拉脱维亚也不是那么好打倒的。"

嚯，小毛茸茸肚里有钢有棍的。

其实，我后来知道，古堡最早是德国人建的，大部分时间在德国人的统治中。古堡经历了多次毁灭与重建后最终属利沃尼亚人，利沃尼亚人是早期拉脱维亚人和爱沙尼亚人的称呼。拉脱维亚真的是不倒的。

4

该下山丘了，那就是环绕城堡的公园。小向导说，带我们去看望莎士比亚。还说，莎老头有时写得不错，有时也不怎么样。我还第一次听到有人敢对伟大的莎翁这么品头论足。真有意思。

我们来到一个很大的露天歌舞剧场，公园也因为这个歌舞台而出名。露天剧场约有一个足球场大，成扇面形，正前方是一个半圆形一米高的舞台，面对的便是半圆形一排排木台座位。

小毛茸茸球蹦到台上说，这里有几千个座位，你坐在哪儿，都可以听见。我相信。因为在我们家不远的库库沙山上，也有一个比这小一些的露天广场。他们一开歌唱会，别说坐在那儿，刚上山，就能听得见。他们夏天总有歌舞会。

小姑娘一边踱着步子，一边给我们背起莎士比亚《哈姆雷特》的独白。那些台词是我上大学时就背过的：

> 生存还是死亡，问题就在这里。
> 哪一种做法更高贵可取？
> 是忍受厄运投射的矢石，
> 还是拔剑杀向无边恨海，
> 一拼了之？

小丫丫的台词更精彩：

"莎士比亚真没用。写了这么个王子，犹犹豫豫，窝窝囊囊，一剑把那个黑心的国王杀了，不就完了嘛。"

拉脱维亚在经济上不能和中国相比，可是他们人民的文化素质真的比我们高。这个小毛丫头最多有十几岁。佩服！

那天，说到露天的大舞台，我又输了。

5

小丫丫告诉我们，现在，就在那个露天的大舞台，还总有戏剧、歌舞上演。夏天，绿树成荫，人们穿着节日的盛装，台上台下一块高歌起舞。这样的场面，我在里加城国际歌唱节见过。小丫丫说，连法国大剧院也不如他们这里。

那时，我已去过巴黎，专门参观了法国大剧院。

我说法国大剧院上下四层的观众席能容两千多人。

小丫丫说，他们这个剧场可容纳三个两千人，16世纪就有这个大歌舞场了。

我给小丫丫介绍：法国大剧院是19世纪后半叶才建立的。

"那比我们晚多了。"小丫丫不屑一听。

我说，法国大剧院是意大利式的，保留着巴洛克风格。有大量的雕刻及豪华装饰，舞台后部还有一个巨大的舞厅作为后部附台，道具布景都是机械控制。

小丫丫说："哼，学意大利的。"声音是从鼻腔出来的，带着明显的不屑："我们的大舞台是我们当地人建造的。要那么多零碎有什么用？我又不是来看你那木雕的。我们的比巴黎的强。"

我问："去法国看过吗？"

小姑娘说："没有。"不过，这丝毫影响不了小丫丫的情绪："哈，你说，台子有多大？"

我告诉她：法国大剧院舞台双重的，加上后面附台，有四五十米深。

小姑娘高兴起来："我们的比巴黎的大。我们台上、台下怎么也有几千平方米。"

反正他们柴西斯剧场是最棒的。

小丫丫的小细脖梗梗着，一副盛气凌人的样子。我输了，没法不笑。

确实，小姑娘也应该自豪。那时，演出没有扩音器，可无论坐在柴西斯剧场哪里,都能听清。这真不能不佩服人家祖先的聪明才智。

我赞美了他们的剧场,但小丫丫仍是一只脚点着地。看来,对我刚才夸人家法国剧场有点不满意。等我们走下台,她说,要带我们去一个最不好看的地方。

小导游挺有个性。

6

"最不好看的地方"离舞台不远。

映入眼帘的是一汪波光粼粼的池水。池中央立有一个雕像,雕像旁游着几只白色的天鹅。泛着细纹的水,因为天鹅而显得格外生动。

在水中看,一切清晰又朦胧,像海市蜃楼。

水中倒映着一座高高的教堂。那就是有名的圣约翰教堂(Saint John's Church),曾经是利沃尼亚地区的最高点。在水中看蓝天,蓝天更加高远、深邃。在那深邃的天空里,教堂的尖顶在荡漾的水中幻化着弯曲的曲线,而教堂管风琴传出的回声在水面上飘荡。教堂因倒映在水中,而更显得神秘、圣洁。

这哪是池塘? 分明是最奇幻的仙境。

那是我看到的最为幽静的景色……

"解落三秋叶,能开二月花。"在这样清雅、幽静的景色里,小丫丫说话都压低了声音,怕惊动了这里的一切。

小丫丫在前面走,猫捉老鼠一样,迈着轻轻的步子,舒展着她的细胳膊细腿,像个木偶人。伴着"沙沙"的踩着落叶的声音为大自然添上了最有情趣的一笔。

我在欧洲去过许多园林,像这么幽静又生动的公园,只有在柴西斯见过,真是"别有天地在人间"。

7

中午,我们请小姑娘吃饭。没想到这是我们最难的一次请客。

第一难,是找饭店。如果不是问人,绝对不会想到那是商店,那是最有特色的咖啡屋。推开一扇实木单门,屋里彩灯暗暗的。我们站了好一会儿才看清:屋里分上下两层。沿着狭窄的木楼梯上了楼。楼上,就在狭窄楼廊摆着4张桌子。

小姑娘告诉我们,这是最大的饭店了。也许小姑娘没说反话。

柴西斯至今才开发为旅游点,才建起四五家大饭店。我的学生后来告诉我,还有一个富翁就在附近建起了一些与众不同的别墅。房子都是三层高的用绿色材料建造的,大坡顶最上面一层的窗子就像一只大眼睛。

说说我们吃饭吧。这是第二难:我们要来菜单,叫小姑娘点菜。我们看最贵的一份饭菜才3拉特(合人民币48元)。拉脱维亚大多都是份儿饭。一大碟子,有肉或鱼,一点米饭或面包。我告诉服务员给小姑娘来份最好的。小姑娘却拉住服务员,说什么也不要。服务员是一个中年妇女。我看她充满爱怜地劝小姑娘,要。小姑娘就是摇头。我们坚持要感谢我们的小向导。最后,小姑娘答应喝点咖啡,我们又要了甜点。

出门,小姑娘说,那饭太贵了,够她一年的学费(拉脱维亚学费便宜,4拉特)。我们买了果酱面包和香肠。小姑娘这回没拒绝,可是留了一份,说给她的爷爷奶奶。

看着这个小丑丫,觉得她那么可爱,那么好看。她的心田真的是没有一点皱褶。她让我们仿佛又看到我们五几年时的人心。我和我爱人真想收养这个孩子。

8

要分别了,心里忽然跑出了一千个不舍。

小姑娘也不愿意叫我们走,说,波罗的海最古老的啤酒厂就在不远处。可是我们真的没时间了。小姑娘说的半天就可以转完,那是指小城街。要参观完这里的历史古迹却真的要点时间。

要分手,小姑娘像是不经意地说,她的家就在车站附近。我又来了精神,一定要去看看。小姑娘的脸上却显示出许多不好意思。小丫丫为难地说,她的家太小了。小姑娘可能又在说反话。

哪小呀,有八九十平方米吧? 从没有见过这样的房子:像伏在草地上一个巨大的蜗牛,藏在一片树林中。走近看,又觉得它像一个三角形大蘑菇立在一片草地上。大坡顶下有一扇小窗,一扇小门。一堆劈好的木块,整齐地码放在房子的旁边,像一只蜷伏的看门大狗。

小丫丫拍着木堆说:"别担心,它们不是树干,都是枝杈。我帮爷爷劈的。"

拉脱维亚人少,木材多。在里加城,我去朋友家的菜园子,也都堆着一堆堆的木头段。那木段可漂亮了(回国时我带了三段,至今摆在我的窗台)。小城绿化面积70%多。人家从古代就有一个口口相传的规定:用一棵,补种十棵。

绕过木堆,我们从小门进去,里面的结构也像蜗牛。屋里真是太小了。先是一小间,放着一张单人床,已经没什么地方了。隔墙旁边还有一小间,也很小,中间却是一个大的不能再大的壁炉。我那时一下明白了,我儿时,看俄罗斯小说,为什么写着孩子睡在壁炉上。

小丫丫的爷爷说,这个房子至少有三百岁了。叫我们看那壁炉,就知道过去这里有多么冷。

我们去时,深秋了。壁炉里烧着木材,小屋暖暖的。小丫丫的爷爷和奶奶更是叫我们感到暖暖的。两位老人高腔大嗓,开朗又热情。不知奶奶听了孙女的一段什么介绍又扑过来拥抱我。老奶奶丰满的胸脯差点儿没把我憋晕。

两位老人拉我们坐在他们身边,给我们倒上牛奶咖啡茶。小丫丫一家的甘苦也流入我们的心海。小丫丫的爸妈在苏联解体时也解体了。妈妈瑞典籍,回了瑞典。爸爸去爱沙尼亚,给家赚钱。小丫丫选择留在拉脱维亚。

当我们夸奖他们培养了一个多么好的孩子时,爷爷和奶奶都自豪地说:她是拉脱维亚这片土地上长出的树芽芽,橡树芽,橡树籽。

橡树籽硬硬的,踩不碎,轧不烂,掉在哪里,都要生根、发芽、长成材,长成林……

9

柴西斯只有五万多人,三千多平方公里。

人家的小城就是一个原生态的大园林博物馆,一眼可以看到历史,原样的历史;一眼可以看到后人的心迹:人们都在小心地珍藏着先人为他们留下的珍贵。小城干净,到处都如洗过一般。小城美,漂亮得幽雅。小城安静,寂静得甚至叫人发慌。

这是我在欧洲看到的最为古老的小城。小城的昨天、今天、明天都在这里静悄悄地生长。

我们要回里加城了。火车从巨大的肺管里喷出一团团的蒸汽,启动了(那里还是老式的火车)。小站又恢复了寂静。小站上看不见几个人,只有小茸茸球,还留在小车站上,远远地向我们挥手。我们真想带她一起走。

到拉脱维亚,柴西斯小城是一定要去的。那可是拉脱维亚最有历史记忆的古城。你真的会有进入时间隧道的感觉。那些古迹是凝固的历史。

小城古朴、安静,然而,因为有一个小丑丫,却又叫人感到小城生机无限……

一稿草于柴西斯小站

辑五　穿越地中海的情结

普罗列塔利亚柳霞

柳霞是我外国朋友中很少的产业工人。我告诉了她,她淡淡一笑说:"可惜,我们这些'普罗大众'都快被人忘记了。"

现在的年轻人不知道,五六十年代,"普罗列塔利亚"可是前苏联的"领导阶级"。可柳霞似乎不愿领导什么,永远文文静静。和她在一起,她那一双脉脉含情的眼睛会一直包裹着你,像恋人的目光。她总给我一种错觉……

1

那天很有喜剧性。我们本来就是稀里糊涂被朋友拉去的。原以为是跟朋友们一块儿打打太极拳,活动活动,高兴高兴,哪知道竟是请我爱人去表演,而且在里加城文化大厅,还有媒体参加。

认识柳霞更突然。活动结束了,人快走光了,大厅的座席上却还坐着一个中年女子,文文静静,一双脉脉含情的目光追随着我们。当我们也要离开,那个中年女子忽然起身,过来,一下拥抱住我爱人。看得出那是真心的,接着她又拥抱了我。我爱人满脸通红,耷着两手,落也不是,举也不是地僵在那里。我忙解围:"礼节!礼节!"其实我也惊住了。

我不记得她穿什么,只记得她一直在激动地说着什么。

原来,这个异常激动的人是一家啤酒厂的活动委员。她邀请我们去她的工厂活动。她说,"功夫天使"(指我爱人)的表演太精彩了。然后,就是那双好看的大眼睛,含情地催促着我们的回答。为了这一称呼,"功夫天使"后来可下工夫了。那是后话。我一下兴奋起来。

原来,柳霞在阿尔达利斯(Aldaris)啤酒厂工作。那可是拉脱维亚最有名、最大的啤酒厂。啤酒厂已有一百三十多年历史,年产量5亿升。要知

在老城文化广场,柳霞给我们拍的照片。

道,来里加(拉脱维亚首都),如果没有喝过阿尔达利斯啤酒,那简直就等于没来过。阿尔达利斯啤酒和芬兰的黑啤酒一样在北欧享有盛名。而且能同意我去工厂,那真是天赐馅饼!我对拉脱维亚的什么地方都感兴趣,正巴不得呢。

说定了:柳霞答应让我们看她的工厂。想问什么,就问什么;想参观什么,就参观什么。我们帮她搞活动,教太极拳,一块儿锻炼,一块儿乐和。可是当我们真的被邀请进厂时,已入冬了。后来知道,那是因为给我们这俩"老外"办入厂证,需要好多手续。

2

冬,雪一片片无声地给大地织补着白色的外套,到处都藏在白色的积雪之中。

阿尔达利斯啤酒厂面积很大。远看,在积雪里像一个匍匐在地的巨大的白熊,在白蒙蒙的雪天拱出起伏的曲线,顽强地在天地间昭示着自己的存在。

走进工厂,几栋两层洋灰厂房由粗粗的管道连接,上面盖着厚厚的积雪,显得老旧。没有什么高大的烟筒,也没有我想象的机器轰鸣,更没有火热的劳动场面,甚至看不到人。我和教官(我爱人,他在部队是教官)的心一下又凉了。教官说:

"这要是和咱们国内的热闹劲,匀匀多好。在这儿,到哪儿都这么寂静、空落落的。"

是呀,我们到哪儿参观,人都少得叫人害怕。我的同感还没说出来,漂亮的柳霞来接我们了。

上二楼,推开一个橡木大门,静悄悄的工厂,竟有一个这么热热闹闹的大厅。里面有很多运动器械,人也不少,有的躺着在推拉力器,有的在跑步机上跑步,有的击沙袋,有的打跆拳道……生机勃勃。

拉脱维亚常年阴天,下雪,看不见有什么活动。我总以为人家死气沉沉,原来许多活动都在室内。柳霞告诉我,他们室内的锻炼项目非常丰富,工人们也非常活跃。像他们这样的国企,即使在上班时,都规定一周有半天自由锻炼时间。一年不请病假,还有奖励。前苏联时期,他们有休假疗养,现在没有了,但经常有各种各样的活动。

我觉得,人家比我们更重视保健。

3

从那时起,我们不断被请到厂里和中国功夫迷们聚一聚。

用柳霞的话说,丰富丰富活动内容,享受享受天使的功夫美。

教官说,教教太极拳,重温一点儿部队时的神气,过过自己上班的瘾。

我说,哈——又打开一扇拉脱维亚的窗。

为表示感谢,厂领导用他们厂出产的各种类型的啤酒招待我们。有一种生啤酒特别甘醇,喝在嘴里,有一种淡淡的燕麦的香,清爽无比。刚酿出的酒真是新鲜得顶了天了,那是从来没有感受过的。后来我们去德国、法国、芬兰都品尝了当地的啤酒,但都没有这儿的生啤酒那么好喝。再后来,我们想明白了,拉工厂的啤酒里还有淳厚的友情。大家聚在一起喝,别提多有味道了。

我们的功夫迷们，特别盼望我们去厂里。后来我明白原因了：我们去打拳，都有啤酒招待。每次招待，我只喝一小杯，老爱也是一杯。而我们的陪喝者们，绝不叫那提出来的两箱酒剩下一瓶。大家喝着，说笑着，比画着，享受着他们难得的放松。我也以此知道了他们的油盐酱醋米茶。

转型中的拉脱维亚工人，生活在艰难中。工资（当时）大多四十多拉特（现在两百多拉特。1拉特相当于两美元）。可这些工人还觉得幸运，有工作。和他们聊，我知道他们大多都租房。一家五六口住一个单元。那些单元房，我去过，和我们70年代的房子一样，不大，也很旧。房租五十多拉特，那使我很惊奇，他们怎么活？他们告诉我，苏联解体时。他们每个工人都分得二十多拉特，用那钱买了别墅，他们叫菜园子。我的学生伊莉达家就用28拉特买了一个两千多平方米的菜园子。种胡萝卜、洋白菜、土豆，还有鲜花……便可以帮他们吃喝度日。收成好，还可换回点零用钱。我去学生家看过。

一次，为了答谢他们的款待，我们买了蛋糕、香蕉、苹果、小食品。送给他们照片（我给他们照的），还说，有机会一起去法国旅游。

他们特别惊喜。说中国人太有钱了。进口水果，像香蕉，他们吃不起。他们吃的都是他们菜园子里的草莓、醋梨果、浆果……蛋糕自己做。他们中间很少有照相机。我的学生也没有。旅游，根本还没想到呢。

听他们说起他们的生活，我心里常不知是什么滋味。但他们都很有信心。他们总说：拉脱维亚会健康起来，强壮起来。这使我很佩服他们。他们追求美好生活的热情真叫我感动。他们对中国功夫的痴迷更叫我意想不到。他们对教练的每个招式似乎都觉得新鲜、渴求，举着啤酒杯也要比画几招。下了班的端着餐盒就赶来了。他们说，他们现在最愿意跟柳霞加班了，加班打太极拳。

我问："怎么这么大吸引力？"

他们说："'功夫天使'美！没见过。"

"胖子，都打匀实了。"

"还可以不花钱喝啤酒（他们自己喝，要交钱）。"

他们还说，他们爱我。因为还没有一个教授肯和他们工人在一起拉

在市中心的文化广场,柳霞给我们拍的。我在这看见过法国印象派的作品。

话。当然他们更爱"功夫天使"。

这就是中国文化的魅力。

4

教官为此牛气大增,而我却由教授降到了助教。

教练在前面领着打拳,我在后面给弟子们纠正姿势。其实,我自己打得也不怎么样。不过洋人们学太极拳开始更惨。长胳膊、长腿,都不知往哪儿摆;提手出腿,嘴都跟着使劲,一边打,一边喊"上帝"。我常忍不住乐出声来。可是没多久,我们的洋弟子们就打得相当不错了,特别是柳霞打起来,有一种特别的优雅美。

锻炼馆里的大镜子里,映着她成熟女性柔美的曲线。她正在做着白鹤亮翅的动作。白白的皮肤,再舒展着匀称的两臂,真像一只欲飞的白鹤。

每次打完,柳霞一双脉脉含情的目光就会久久留在教练身上。当然也给我这助教。

一天，我们的洋弟子们对我俩，竟都是这样烫人的目光。我们要回国了……

5

我们要回国了，打拳的弟子们都答谢教练，还有我的学生、学生家长。我们回国前一个月，几乎没有在家吃饭。他们排好时间表请我们。我们既高兴又难过。没有上飞机，心已超载了。柳霞更是动心动情，她甚至做了招待我们一天的时间表。

那天，她开车拉着我们在里加近郊转了整整一大圈。她说叫我们永远记住她的城——里加。

里加城，难怪是世界教科文组宣布的文化名城。我在那里住了两年，竟还没有看全。柳霞拉我们看到的每一处都是美景：满眼风光，北国雪城。

白雪覆盖大海、密密相荫的树林、藏在树林深处的小木屋……都藏着深情。我回国时，冬末了，然而雪依旧给白桦林穿着白色的盛装。穿着盛装向我们告别。

我们要回国了。拉脱维亚的普罗开车带我们看了里加的每一处美景，用相机留下这永远的一幕。

柳霞带我们看到了一幅一幅的"油画"。我们居住的里加城,就是一个露天的油画美术馆。每走一处,都要惊叹,而我印象最深的是到她的家。

那是已经很旧了的洋灰板楼。三十多平方米的单元房,分成三小间。屋里没什么摆设,连同墙上的贴着发黄的墙纸都告诉我主人的拮据。有一架老式的手摇缝纫机,我在苏联电影《列宁在十月》里见过。窗上挂着编花窗帘,窗台上花瓶里一束野花告诉我主人的优雅。一切都似曾相识。厨房很小,里面有一个小餐桌,餐桌前,是一个9寸的黑白小电视。它使我骤然回到我国的70年代。我心里有点难过。而电视播放的节目,却又把我拉回现实。柳霞为叫我们快乐,专门租借了憨豆的搞笑表演录像带。她说,她一想到我们要走,就想哭,我们也是。

那天,叫我们意外的是在她家吃了一顿中国餐。好温馨!中国焖米饭,烧鳕鱼,她拿着一本中国大餐书,一边做,一边翻书。那鱼味道的香醇,我们至今都不能忘记。那是她和她女儿,凿开冰为我们钓来的,在冰天雪地里。

她说,一定要我们尝最鲜的,叫我们记住她的家。她一直抱歉地说,没有更好的答谢我们的真心。而我觉得她为我们做的一切都是最贵重的。

那天我们说了很久。原来,我们只知柳霞单身,那天才知道,柳霞还有一个女儿,而且她女儿还独自带着一个孩子。在我的印象之中,柳霞永远是那样自信,安静。没想到她担着两代人的艰难。

那时,我忽然生出一种奇怪的想法:自己要是个男人,我一定娶柳霞。

那天,还有一个遗憾:柳霞本来说带我们去滑雪,我也早就盼望去了,但没去。滑雪板白白地等在房间走廊里,我们有太多太多的话要说。

心拉着心,难舍。心贴着心,难分。

6

我喜欢柳霞,那种爱还有一份特别的敬重。因为我参观了他们的啤酒厂。

记得在硕大的车间里,排队站着一个一个很大的金属罐,除此之外,就是管道和仪表。机器设备都显陈旧了，但特别干净、整洁，到处显示着人们精心的呵护。

在灌装车间，我们看见了柳霞。

那天，领我们参观的工会主席告诉我们，柳霞和她的班组常常工作16个小时，而只拿8小时的工资。拉脱维亚也正在改革、动荡中。一家德国公司要收购他们的厂和他们的品牌，给工人的工资可以多好几倍。但在职工大会上，柳霞第一个站起来，她和她的伙伴们坚决表示，他们宁愿工作16个小时，每月只拿40拉特，也要他们自己的厂和自己的品牌。现在他们厂的啤酒已销售到法国、意大利……全欧洲。

工会主席说，从没有见过柳霞那么坚决。而我们见到的柳霞永远是那么温柔……

那天，柳霞全身包在白色的工装里，戴着工帽，只露着一双漂亮的大眼睛，眼睛里都是爱。柳霞深情地摸着那酒瓶上的标签，对我们说：

"看吧，我们的玛林契卡（男孩），多英俊的小伙！这是我们自己的。"

我永远也忘不了，她那一双大眼睛，是怎样脉脉含情地包裹着眼前一个个小啤酒瓶。

一瓶瓶小啤酒瓶像一个个没穿衣服的小小子（国外的啤酒瓶都比国内小）。在转动的履带上，一个个扭呀，扭呀，扭到女工们的面前。女工们给它们加盖子，贴标签。一会儿就打扮得漂漂亮亮的，又扭呀，扭呀去装箱了。

"嚯！看吧，它们多漂亮！多神气！"

柳霞爱抚着一个一个从我们眼前转过的小酒瓶：

"噢——我的亲爱的，我的小宝贝，我们拉脱维亚的阿达克。我嫁给了阿尔达利斯（啤酒厂），哪儿也不嫁了。"

柳霞这样回答了我的相劝。我们一直劝她再找一个丈夫。

柳霞告诉我，他们厂全体工人们，为了保住拉脱维亚的阿尔达利斯，都在这里奋斗着、坚守着。

我又一次想娶柳霞。当然，只是想想。她那一双多情的眼睛投向的不是我，而是一个个的小啤酒瓶……

7

那天在柳霞家做客,走的时候,柳霞坚持开车把我们送回住所。我们住在城的两头。她的车还是前苏联时期的破拉达车,每次拉我们都"哼哼唧唧"地走不动,这次却好像特别快。

分别的时候到了。明天我们就要飞回祖国,而柳霞还要上她的 16 小时的班,不能去机场。 我们都静静地在车前站着,柳霞的大眼睛里都是柔情,只是此刻那里多了一种往日没有的忧伤。我心里也感到一种难言的痛,什么也说不出来。我爱人也什么都不说。我知道他在痛苦的时候,也缄默不语。我们就这样在冰天雪地里深情地对望着。飞舞的雪片落在我们的身上,也落在我们心上。我们永远忘不了朋友们的留言:

"你们回国,我们高兴,我们哭泣……"

为什么离别总是这么痛苦?

我至今不能忘记柳霞那脉脉含情的目光……

住所管理员叫我们了(他们也想送我们)。我们必须告别。我忽然想起我和教官经常开的玩笑,我告诉了柳霞。我把她叫作"老爱的情人"。大大方方的柳霞,脸一下红了。她一边使劲地摇头,一边动情地说:

"我是你们俩的情人,太极拳的情人,中国的情人。我是真情爱你们的拉脱维亚的'普罗列塔利亚'……"

说着一下把我和我爱人一起拥抱在怀里。寒风里,我骤然感到一股暖流流进我的心头。

我永远不会忘记"普罗列塔利亚",拉脱维亚的"普罗列塔利亚"……

草于芬兰赫尔辛基

不变的向往

世界上只有爱情才那样撼人心魂吗？

茵什卡说:"谁也想象不出,我有多么想念老师你。"

那是从遥远的拉脱维亚打来的电话。

真的,谁也想象不出,我有多么挂念我的这个学生。

我永远也忘不了,在那遥远的冰雪小国,在那大雪纷飞的夜晚。道加瓦桥头的电车站,一个满身都是冰雪的姑娘赶到我面前。雪大,车改道了,她怕我换错车,赶过来告诉我。

姑娘没戴头巾,头上都是雪,连眼睫毛上都是雪花。她坚持等着,把我送上车。

昏黄的路灯里,飞舞的雪花闪着晶莹的亮光。我在车上看着那个满身冰雪的姑娘慢慢离去,然而她的身影却永远定格在我的心里。10年了,每想起这一幕我的心都滚动着一层层热浪。

她就是我在拉脱维亚大学,教学生涯最困难时的学生;她就是至今仍叫我操心挂念的学生;她就是至今还在爱着中国,念着中国的学生。为她来中国,我们曾苦苦奋斗了7年。

我叫她茵什卡。

1

茵什卡开始给我的印象,上课好像总不在状态中。

我叫她的中国名,她东张张西望望,不应,我笑了。人们对不熟悉的语言信号,最初总持排斥状态。不过茵什卡似乎好久都在最初状态。

有一次,我又叫她,没反应。前排大个子,茨冈学生,极漂亮的一张娃娃脸,十八岁的年龄,老大妈的体形,站起来像一座美丽的小塔。

茨冈女孩自己的中国名也记不住,对我说的"小塔"却很喜欢。她把双臂架得像相扑运动员,说:

"我壮大,您叫我小塔吧。"

此刻,小塔坐在那儿像一座小丘,她在努力挡着茵什卡。头没动,眼瞧着我,反伸着胳膊,隔着隔板去抓她同桌的头。解释一下:拉大的教室小,学生多,只好搬到大语音室上课。语音室的隔板很高。我大多只能看到学生的上半张脸。看茵什卡,总是一双强睁着的眼睛和她的尖鼻子。此刻那双棕色的眼睛睡意浓重,勉强睁开。当她明白是老师叫她时,忙起身,脸一下红到脖子根。小塔忙救驾:

"老师,饶恕她。她一夜工作。"

后来茨冈女生告诉我,她们是哥们儿(她们对汉语生词觉得很新鲜)。

真真如此,就她一人知道。哥们儿告诉了我,茵什卡的许多不容易。

2

茵什卡在一家医院打工,常上夜班。我的学生几乎都打工,她最多。巧的是,那家医院就在我住所的附近。这真是天赐蜜桃。你们想象不到这对我有多么重要。拉大和公寓在里加城两头。我每天上班要倒两次车,下了车,这么拐那么拐,还要走好远。还有最糟的,初来拉,我总把自己丢了。问路,男女老少,无论我怎样说,看着不像死心眼的拉脱维亚人,也一定把我送到他认识的拉大。后来我才知道,里加城有 7 个拉大分校。我感动又无奈。当我知道茵什卡也住城西南头,立即宣布:我和茵什卡一起走吧。茵什卡一下来了精神,迫不及待地"腾"地起身,马上就要送我走。我忙说:"还没下课呢。"

茵什卡说,我专职陪老师。

3

茵什卡好学又死认真。

我走路,在国内,从来是我行我素。到了拉脱维亚,还常看不见指示灯。

一次，我已下了边道，茵什卡大步流星"噌噌"几步把我拉回边道，像老鹰抓小鸡。需要说明，茵什卡人高马大。那次，老鹰把我抓回去后，弓身看着我的眼睛，生气地说：

"老师——你……"

老鹰想说什么？翻翻眼睛又没词儿。她急忙翻字典，叫我看，同时又说：

"发音。请——"

我发："危险——"

接着她又翻了一页，我发音："受罚——"她立即重复：

"老师危险！你受罚！"

接着又在她的小本上抄上这些新词，反复地背记起来。

也是从那时，出门她先是站定，然后把一只胳臂摆作壶把状，叫我伸进臂弯，然后夹住我。尤其在冰雪天里，于是我们师生俩依依靠靠，拉拉拽拽地上路了。

不过，我自己走，还是把自己丢了。因为后来我发现，为了多和我对话，我的领路人，常是多绕点路。哈，要点小心眼。

后来，我干脆把她领回家。反正我做的什么饭（我技术差）学生都爱吃。她说"没关系饼煳了我吃"。一次，三张都煳了，我差点没饭吃。

很快茵什卡的汉语抄满了好几个小本本。单词五花八门：烙饼、面汤、厕所、手提箱、拉肚子、车站、便宜点……

茵什卡说，她的汉语水平是夏天的道加瓦河（里加城最大的河）——猛涨。

这倒叫同班学友分外眼热。大个子达瓦居然从学校附近也搬到我住的公寓。班上同学轮流来我家做客，小塔更勤。

我们竟来个小小的汉语热。只是我的钱包哇……那也高兴。

4

在国外，汉语教学难啊……没有语境。中国人就我一个！

茵什卡给了我灵感，开实践课。我叫大家轮流跟我上街。要不我就带他们去中国大使馆、商务代办处。凡国内来的演出、展览、商品展销会……一个机会也不放过。没想到，这一招，让我的学生不到一年，就频频出现在中拉各种文化交流活动中，个个能充当汉拉翻译。说实在的，我的教学最后能得到拉大的赞誉，乃至总统的谢意，其中真不能忘了茵什卡给我的启示。

拉国国情特殊，去建立我们大陆的第一个汉学点，那份艰难，我现在仍一言难尽，苦辣酸甜……我的学生们是我最坚决的支持者。

我也不断向国内求援。汉办仅一年竟给了我们6个去华留学名额。

去中国！那是怎样的吸引力！

白白净净的弟子们都成了大熊猫眼。

茵什卡说："我们心里开锅了，都失眠了。"

我们的汉语热也到了沸点。两个年级，6个名额。竞争太残酷了。

"借东风"！反正我一通折腾。

上课，我给他们留下一片海；下课，我想给他们留下一座山。我忙，学生更忙。论文要通过答辩！那真是"学海无涯苦做舟"。

平时，课一上到中午，小塔会抬起胳膊，把手表冲着我。茵什卡会求饶：

"老师，肚子空了；头里没地方了。"现在我吃饭，都下不了"舟"。可是下课却不见茵什卡的身影，连陪我都没时间了。

忙什么？

我问小塔。小塔好看的眉毛一下拧到一起，她叹口气：

"桃子好吃，树难栽。"刚学的，就用上了。

小塔说话总半藏半掖，她只告诉了我一个地方。

5

冬，里加城西，白天就很寂静；晚上，大街上更是格外清冷。积雪在脚下发出单调的"咔嚓、咔嚓"的声响。我重心向上地小心挪动，否则就会像鸵鸟扎进雪堆。两边的积雪一米高。

走上道边，昏黄的灯照着一扇已经很旧的橡木大门（他们的大门都没窗户）。推门上楼，两耳立即就响起"咚咚"的声音。那定音鼓敲打得像要把人的心都敲掉。屋顶飞快摇晃的彩灯搅动着震耳的音乐。昏暗的灯光里，几个年轻人拼命地晃动着他们一切可以晃动的部位。

好哇，上这忙来啦！

然而我错了。那个跑堂的是我的学生。

这是一家中国人开的夜总会。我学生的汉语用上了。她在这里端送饮料，帮卖馄饨。等那些精力无法排泄的人们，泄得没劲儿了，离去的时候（快到凌晨），她再接着值夜班。一次两个拉特（4美金）。

这是茵什卡的第二份工。为了积攒留学的费用。

那天我才知道他们留学飞中国的机票，拉大并不提供。

想飞没有翅膀……

6

我们开始找赞助。

为此，我和我的学生四处奔走。茵什卡最坚决。为学汉语，只有我知道她经历了多少艰难。

在冰雪里，学生一会儿问路，一会儿拉着我赶车。过马路时，拽着我，上楼拉着我……茵什卡的汉语单词又猛增。什么"希望、光明"，什么"冷板凳、碰钉子"……这些至今仍历历在目。

当然也给我出馊主意。

一次，我们找到一个什么基金会。好不容易等到接见，不过，进屋快，出来更快。一位优雅的中年妇女给了我们一个优雅的回答：

"没有问题。当然您如果能把这两位申请人的 sex（性别）：M（男 male）变成 F（女 female）。"

她用一个纤细的手指指了一下，我那6个学生中两个秃小子的照片，送给我一个歉意的微笑。（不用翻译，我就明白了。）

出来我才知道，我们去的是妇女基金会。我不认识拉语。茵什卡晃动着她的拳头出来了，接着又拍自己的脑袋。

那时，拉脱维亚刚独立，到处都捉襟见肘，我们也到处找不到钱口袋儿。申请也一会儿行，一会儿不行。

我们的心折腾着,学生说,就像在烤熏鱼——里外都熟透了。

我说,山重水复疑无路……

茵什卡说,奶油冰火锅——总有化的时候。

面朝黄土,背负青天的拉脱维亚老农有句名言:

"洒了汗水,美味就一定能端上餐桌。"

7

1997年8月的一天,茵什卡终于要飞到我的祖国了。我和我学生一起兴奋,一起高兴。可机场送别,一种苦苦的滋味也涌上心头。那时,我还要留在拉大教学。

茵什卡临走时,紧紧地拥抱了我,她希望我去看看她的妈妈。我知道她妈妈的苦痛。茵什卡的妈妈六十多岁了,为了生计还在电车上当售票员。茵什卡还有一个妹妹,那时也还在上学。

这些贫困国家的孩子们,每一家都有一份艰难。我的一个学生,有一个月打不上工,她就整天吃煎土豆。拉刚独立不久,没钱。那时奖学金一个月才6拉特(12美金)。茵什卡甚至没有足够的钱准备行装。我把旅行包给了她,她还舍不得用,外面用胶布包上了。但茵什卡从不跟我提她生活的困苦。

几十年的教学中,我不知接送了多少拨学生。行装如此简单的学生们,我只在拉脱维亚见到。那天我的心里生出一种强烈的渴望,我真希望能为这些孩子们多做点什么。

孩子们个个精神焕发,茵什卡说她的心高兴得"稀里哗啦"了。然而真的出关,孩子们的眼泪才真是"稀里哗啦"了。

飞机向我的祖国飞去了。蓝天飘着一朵朵白云。

呃,想借一朵云回去,想家,更想告诉我的同行,希望他们重看一眼,关心十分。这些孩子多不容易啊!

8

茵什卡很快来了信,满纸欢乐。信一次比一次长,汉语一次比一次提高。还有一大沓照片,在颐和园划船,中国朋友给她过生日,打太极拳,满脸幸福。她告诉我,中国的奖学金使她变成了可以旅游的富人。她要去少林寺,将来还要在拉发展太极拳;还要开一个中拉的旅游公司,嗐!难以装下的梦。

1998年2月我回国了。茵什卡在华一年的进修也完成回了国。当我再收到她的信时,已是三年后了。那是一封5页的长信。一个外国学生写5页,有多少话要说。

原来,她回国后,一年一年地在中国公司打工。老板一年年答应给她付来中国的机票钱,也一年年失约。我不知如何说这些老板,真是叫钱挤了脑袋。

记得还是在拉脱维亚。一天,茵什卡跑到我家,一进门就问:

"老师,为什么? 他是中国人吗?"

说了半天,才明白。原来老板连一周两个拉特(4美金)的夜班钱都要欠她的。欠了两个月了,还不给。

那时,我常担心,这个心地单纯的女孩不再爱中国了。然而,她至今每

一样的追求叫他们在这里相聚。

在朋友家吃啊，聊啊，要出门时朋友们说，我们照张相吧！这样我们就能永不分开。

封信都在倾诉着：

"我非常想念中国，中国是我的第二个祖国，看到您的照片我哭了。我一定再回中国。我想念您们。我还要学拳，学剑（她跟我爱人学）……"

"我知道中国文化，我想做与汉语有关的工作。"

SARS 时，她是那样挂念着我们，她写：

"保佑中国！中国长命百岁！"

读了这些，我激动不已。一个外国学生能对中国有这份深情……

9

我们仍在奋斗：我们仍在通信、仍在通电话……仍在给她办邀请信。我还通过我德国朋友找到拉脱维亚的教育基金会，但只能贷款给她。几千美金的债怎么还？她那时工作每月只有 50 拉特薪水（我一个人在拉时，一个月 50 拉特还不够吃）。

当我读到她的来信："也许我永远去不了中国了……"我的心便在撕扯。

"我想去中国⋯⋯老师,不要忘了我!"

我怎么能够忘记她?在那遥远的异国海边,在那茫茫的冰雪之中,我的学生抱着一棵小小的圣诞树,来给我过圣诞节。她浑身上下都是冰雪。我怎么能够忘记她的论文是《从中国太极拳看中国哲学"和"的思想及对人生的导引》。她是那样痴情中国文化,她是那样热心想把中国文化介绍给她的同胞⋯⋯

每次接她的电话,我的心都一阵阵的酸楚。每年春节的凌晨12点她都打来电话,她是那样清楚地记着我们一起度过的日月⋯⋯

她又来电话了,她又要下岗了,她工作的公司又要倒闭。我在拉脱维亚就知道拉的经济举步维艰。我在焦虑中⋯⋯

我这个老教书先生忽然爱做梦了。这一回,我梦见我们有了国际汉语教学的"希望工程",而且批准来华的名单上,第一个就是茵什卡⋯⋯

10

飘飞的梦总会找到航道,总会降落,因为你不懈地努力,追求。(包括我的文章不知写了多少次了,情况在变,今天才结稿。)

2007年,茵什卡终于来中国了,由中国汉办资助。现在她拿到了南开大学的硕士学位。

她告诉她的妈妈,她有个中国家。她的妈妈也亲自来我这儿看,她放心了。茵什卡总来我这儿。年年我和我爱人过生日她都来。今年她又来了。她给我们送上了6个大蜜桃,说是寿桃。她叫我爱人爸爸,她叫我天使妈妈。她早就宣布:她有一个中国妈妈。是。我有了一个洋女儿,有一个至今还叫我挂心的女儿。而我坚持让她叫我老师。

因为我觉得世界上,师生的情感最为洁净;因为我知道,世界的千千学子系情于中国是因为中国的崛起,是因为中国文化的博大、深邃,是因为中国的魅力。

爱也是永不放弃的向往⋯⋯

于南开园

军团长和校长

军团长是我们练友(锻炼的朋友)对伊格里的戏称。校长就是校长。这两位"长"都是因我而改变生活轨迹的人。而军团长伊格里驶入我的生活轨道,却是在一个至今都难以忘怀的大雪天。

1

在那冰雪的小国,雪大得出奇。在国内一说下雪,都说是鹅毛大雪。在这里,鹅毛算什么?"燕山雪花大如席,片片吹落轩辕台……"雪真的像席子,可着天地扑下来。

此时这里的风光就是"千里冰封,万里雪飘"。但不是"望长城内外",而是望我的窗外,早已"唯余莽莽"……

在国内,你们见过吗?雪可以铺天盖地,甚至没有缝隙。我的窗子都糊满了冰雪。我只能从中间剩下的一小块亮处向外巴望。学生和同行斯达布拉瓦教授都打来电话,介绍一个朋友来看我。

"别看了。这么大雪,不会来了。"校长说。

校长是我爱人。在国内,人家可是几千人的一校之长。我叫他校长,是为了安慰他那颗想念工作的心。因为我,人家的生活轨迹忽然拐到了拉脱维亚。我说:

"校长,听说他是心理医生。真希望他能治好你的寂寞症。"

"哼,我没有病。回国一工作,我立即就好了。"

校长要翻车,我立即住嘴。

真是"哪壶不开提哪壶"。

2

"当当当"敲门声。来啦！我忙去开门。可惜，不是我们等的客人。门口站着我们管理员胖大妈。一阵"叽里咕噜"，我们知道了，外面雪太大，车停开了。有的房屋压塌了（这里许多都是木屋）。还有的从楼上屋顶滑下的冰块、积雪把人砸伤了。反正不能出门了。那时我才知道，为什么路上总有红绳拦出的地方。怕砸着人。客人肯定也来不了。

我继续唱我的"大料瓣"歌吧……

我的"大料瓣"，即我爱人。我给他的称呼都是因地制宜。因语境不同而变化。"大料瓣"出自我专门为他作曲作词的歌：

"老瓣（伴）呀！你是我生活的大料瓣，有了你，日子才有滋有味……

老伴呀！你是我生活的大蒜瓣呀，有了你，我才没灾没病呀……"

"大料瓣"现在陪同我工作，自己却没了工作。有味的"大料瓣"，自己却没了滋味。校长为了帮助我，放弃正在巅峰的事业，毅然来这里。

现在，"大料瓣"正没滋没味地在屋里踱过来，踱过去。

"当当当"又是敲门声。

"胖大妈怎么回事？又来啦！"

3

开门。

啊！我和校长都差点"啊"出声来。如果不是那人开口说话，我们都以为是个站立的北极熊。

来人正是伊格里，我们后来的军团长。

他有什么重要的事？这么不惧艰苦。

伊格里的头上、脸上、络腮胡子上、睫毛上……干脆，浑身上下都包裹着雪。我们费了好大劲儿，才帮他打扫干净，一见庐山真面貌。

伊格里壮壮的，浓浓的头发、浓浓的大胡子包裹着一张生动的脸。现在他那双棕色的眼睛里都是惊奇。他说他第一次这样近距离看真的中国人。

这是我为伊格里画的画(他也很爱学生)。他镶上镜子发来:dear He jie your picture adorns my room is giving a lot kind and loving.（亲爱的何杰,你的画装饰我的房间,给我很多爱和亲切）。

到了拉脱维亚我才知道。国外了解中国,甚至还停留在留大辫子裹小脚的年代。伊格里说他倒不那么老土,不过他还以为中国人穿一样的衣服,留一样的革命头。我们都笑了。那天我们谈了很多。

那天,我知道人家的保健不像国内,是医疗的重要部分。

伊格里邀请我们参加他的锻炼小组。为什么?"大锅炖小鱼——焖着呢"。我开头也不知道,读者也只好等等吧。

不管怎样,校长可有事干了,一下充了电,终于找回点儿生命的价值。没想到,平时本来只是打打太极拳,锻炼而已,却在这个里加城有了意外的作为。

我说:"不好意思,这回是乌龟瞧绿豆——对眼了。"校长脑袋一摇,既不愿当乌龟,也不愿当绿豆。说:"我们两个大男人……"他翻着眼地找词。

"哦,我们是新郎找伴郎——对眼又可心。"两个大男人,军团长和校长成了铁杆搭档。

4

库库沙(Kukusha:杜鹃山)就在我家附近。那是一座美丽的山丘。

里加城的五月天，像得了疟疾，一会儿飘飞起鹅毛大雪，一会儿又飞洒起霏霏细雨。两位"长"在骤然降温的飞雪里，一招一式地打着拳。雪停了化成飞雨，两人又在雨水中一胳膊、一腿地练习着。

伊格里的大胡子梢淌着水点，校长的头发梢、眉毛上都挂着雨珠。你们相信吗？我冷得都在打寒战，两人的脑袋上竟冒着热汽。

两人语言不通，校长的"一笑拉丝(再来一遍)"却说得响亮、流利。

伊格里像个抓耳挠腮的大狗熊。每做一个动作，他脸上的每一个部位都要紧急动员，还要伴上一声声"我的上帝"。

校长一遍又一遍地为他重复地表演，一遍又一遍地叫伊格里重复。伊格里的"倒卷鸿"，我看像"猴倒卷"。

校长死心眼儿。教谁，一直得教得人家呼爹喊妈，求饶为止。

伊格里说，每次回家，连上楼的力气都没有了，可是还在练。

伊格里在军团里，真是身先士卒，加倍努力。伊格里说，做不了教练，做"领练"。

那天我说："谁都别练了，别等了。看这雨。他们不会来了。"

谁知话没说完，我们的兵们打着伞从我的身后冒出。他们说，只要天上不是倒了热咖啡炉，他们就来。

就这样，我们无论是飞雪花、还是洒雨珠(这里好像从不刮风)，我们都聚在一起"哈哈"。 我们活动内容也五花八门：有时，草地上铺上块大桌布，过生日，有时又卷到谁家聚会一通，有时还开车拉着我们转一圈。

伊格里是最忙的，他话也最多。至于他和他的兵们说什么，拉语，我不懂。但那里一定有许多赞扬我们的话。

校长讲的却叫我充满了惊喜。校长不但打一手漂亮的拳剑，还懂中医人体经络学。我用英语翻译给伊格里，伊格里又用拉语讲给他的兵。

在国内，我们都各自把自己奉献给了事业，校长更很少着家。一个屋檐下都没时间相看。出了国才有了时间看了。哇！说实话，我真敬慕校长。刮目相看好几次了。要不人家得那么多奖。

校长的中医知识叫我大长见识，最主要的是叫伊格里和他的兵们大呼神奇有效。

愉快的时间总叫人觉得短暂。

我不觉得有多久。伊格里告诉我们下一次相聚，换一个地方。

5

至于什么地方，我们糊里糊涂。我说，晕了菜；校长说，汤也浑了。

那天，进大楼，上二楼，推开一个橡木大门（他们的门都没玻璃窗），我和校长一下惊呆了。

那是一个篮球场一样大的活动厅。大厅正面挂着黄色的横幅，上面写的什么字不认得。下面男男女女挤了一片。啊！这是开会吗?！我们一进门，小喇叭里就一通拉语，接着一通掌声，然后我们被请上了前台。

什么叫晕头转向？那就是我们俩当时的情景。还没坐定，小喇叭里又是

朋友送给我们一张毛毯，至今都倍感温暖。

一通拉语,接着又是一通掌声。伊格里俯在我耳边一通英语(我不懂拉语),那时才明白是叫我们表演太极拳。天呀,我哪打得下来呀,忙告诉校长,校长也有点蒙。这可真是突然袭击。校长嘴里一边说:"我以为还是一块锻炼锻炼。这么多人! 这么多人! 唔唔,打吧,打吧。"说着站起来,脱下外衣。

人家毕竟是校长,见过世面。只见校长在台上站定,叫自己静了静,慢慢起式。于是,真的像训练有素的表演家,打起拳来,先是四十二式,又是陈氏,还有武当剑,缓急顿挫各有神采。

拳行如流水,舒展自如,柔中带刚。说实在的,我没想到,拳能打得如此漂亮,充满艺术美感。每个招式都有一个定式,那动之中的静式,既潇洒,又刚劲。我像看书法,看作画,又像读诗,泼洒自如,柔中迸发着刚健。

大厅里响起了一阵阵的掌声。真是,如果以前我没有爱上校长,这次也得爱上校长。常言,三日不见,当刮目相看。漂亮、绝妙。那天才知道校长的拳已打到3段手,还有国际证书。太极拳真是一种特殊的健身、健美艺术。特别是激烈的武当剑,那真是"列缺霹雳,丘峦崩摧,洞天石扉,轰然中开",别有一番天地的感觉。难怪伊格里和他的兵们一定要学中国功夫。他们都叫我爱人"功夫天使"。

天使收式了,头上挂着汗珠,长舒了一口气,随即传给我询问的一瞥:"怎么样? 没给咱中国人丢脸吧?"

悬浮的心落了地。我赶紧点头。校长做什么都追求极致,我忙给他鼓掌。其实那天,他最意想不到的得意之事是:有不少靓丽女性竟冲上来,送上了鲜花和亲吻。老爱一下红了脸,不知所措地躲闪着。我忙劝,这是礼节! 礼节! 我还没说完,没想到,他们也同样为我送上鲜花和亲吻。

秃子跟着月亮走——沾光了。

我第一次感觉到他们这些礼节真好,一下就拉近了人的心,而我们也为中国文化,晕头转向地风风光光地牛了一把。

外来的和尚会念经。

6

第二天,才知道我们的经念大了。学生告诉我,那天里加电台以《中国功夫的魅力》广播了中国教授的丈夫、校长邢惠奎先生,以中国功夫的精彩表演,为里加献上一朵盛开的玫瑰。而且报道说有近百人参加,受到里加人空前的热烈欢迎。

最叫我惊奇的是那些参加锻炼的人,有的就是需要心理治疗的人,有的曾经自杀过,有患抑郁症的,有的长期失眠⋯⋯他们一致说:

"中国文化叫他们看到了生活中的玫瑰⋯⋯"

哦——庐山,这才秀出云海迷雾:伊格里是个优秀的医生,他医病,更医治人的心理。他研究催眠术,研究"运动与心理健康"。伊格里请我们参加的是他的心理救助小组。他每天都在给人们做心理治疗。那天,原来是一次医学成果汇报及谢师会。伊格里说,他不知用什么方式,表示他们对中国文化使者无私奉献的诚挚感谢。

我高兴,心又"怦怦"地跳。真如大使嘱咐我的:"你是中国语言、文化的使者。什么都事关重大。"没想到把老爱也拉进来了。而且一切都是那样意外,又有意义。能为人们做点事,真好。

校长也非常激动。我们这些60年代的知识分子,仿佛就是为事业而活,生命只有和事业相连,才觉得有光亮。

校长说,因为伊格里,他那颗空落落的心充实起来了。

伊格里说,他永远不会忘记我们,是校长帮他又认识了新的神奇的专业——中医经络学。

我说,哈,因为伊格里我又有了许多不同的朋友。拉脱维亚这本精彩大书又打开了新的一页。

7

两年的支教期到了。我们要回国了。

鲜花、礼物、拥抱、脸颊上的吻,朋友们夺眶的泪都激荡着我和校长的心。我们说不出话来。我只感到收获的幸福和离别的痛苦在心中澎湃交汇。

我们还没上飞机,心都已超重。

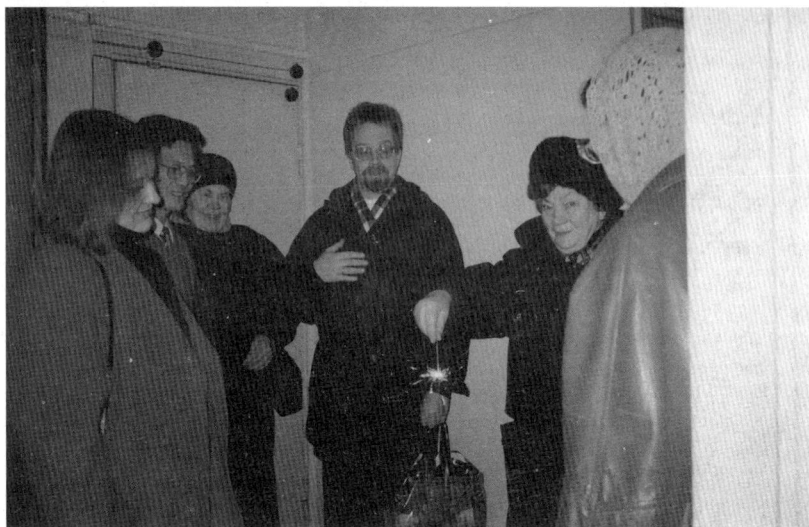

朋友们说,我们把友情点在了他们的心里了,也希望我们把他们的友谊火种带回中国。我说,何止带回去,还会发芽。

在国外,总是想家,盼着回国,可一旦离别竟是这样意想不到的苦痛。

与伊格里分别时,除去紧紧地拥抱,谁也说不出话来。他只是大睁着一双眼睛久久地看着我们。

自从我们回国,每年三十晚上 12 点他都要打电话来,他把思念和真心的祝福送给我们。我们把感动和欢乐伴着鞭炮声回馈给他。每次通话,他会说着同一句话:"我一定要去中国。"来结束他的电话。然后,就是我和我爱人没完没了地说起他,想念着他……伊格里士卡(爱称)。

一天,电话里一个人大声地喊:"明天,我就能见到你们啦! 我要飞中国了!"

那是带着浓烈俄音的英语。每个字母都飞扬着兴奋和喜悦。电话是从遥远的拉脱维亚打来的。打电话的他就是我和我爱人最好的朋友,兼学生,兼我们的医生:伊格里,伊格里士卡(爱称)。

他是应中国武术协会、中国中医药研究会邀请来中国交流学习半年期。他在我们回国后,应邀在拉脱维亚孔子学院讲学。他说他跟我飞一个航道了。而且能够牛气地说上几句汉语:中医奇妙! 太极拳伟大!

<h1 style="text-align:center">8</h1>

没见面已是激动不已,相见更意外。他冲下楼来的拥抱,差点把我和校长扑倒。一通语无伦次的询问,语无伦次的回答,然后把我们拉进他的房间。

小房间一下挤得满满的。伊格里仍是满脸大胡子,大肚子,大狗熊一样。可是竟能敏捷地像个小孩子一样,在小桌子和立柜间跳来跳去。

他不断地拿出食品招待我们,说着他奇奇怪怪的命名:扭扭(麻花)、神秘油球(炸糕)、驴蛋蛋(年糕),他最爱喝的嫦娥酒(桂花酒)。我们请他吃天津特色的狗不理包子,糖醋大虾、北京烤鸭。伊格里说,中国的奇妙太多了。吃不过来,看不过来,学不过来。

那天,我们听到伊格里又会了许多新的汉语词。五味子、黄芪、莲子、心包经……啊,忘了,伊格里是我的编外学生。在拉脱维亚就开始学汉语了。他对中国文化的执着真叫我感动。

那天,伊格里说,那一天是他说话最多的一天。英、汉、俄、拉语都用了。要说的人,要说的事,要说的变化是那么多。

最有意思的是,他一边晃着宽厚的膀子,一副冠军的架势,满脸都是得意,一边说,要给我们汇报表演。

是啊,人家是拉脱维亚少之又少,懂中医又懂中国武术的著名的心理医师。而且又来北京镀了中国的"洋",前途无量。来中国时,他才46岁,而我在拉脱维亚时就因为他的胡子,以为他是老大爷。

生龙活虎的"老大爷"坚持给我们露一手——表演太极拳。

静府宾馆是过去靖王爷的王府。深宅大院依旧花团锦簇,绿荫如织。一处山石前,校长和伊格里又打起了太极拳,一招一式重温着他们的艰难和温馨。

白鹤亮翅、野马分鬃、倒卷鸿……

我怎么还觉得,伊格里有点儿像大狗熊在抓耳挠腮。伊格里一边打,一边自我陶醉地说着"美妙啊"。

伊格里来中国了，这是他们最亲密的相见方式。

我们要走了，他送出来，我们送回去，再送出来……要穿过马路，伊格里竟又追上来，再次拥抱。他把我们俩一块拥在怀里。我们紧紧地拥抱……

伊格里说，他的心一边叫学习的内容挤得满满的，一边生出了许多对我们、对好朋友的思念。和我们一样。我们立即理解了他。

我们相约不久一定再见。

其实世界上的事很简单。心遇上心就赶走了寂寞；心贴上心就等于幸福；心连上了事业就生出了自豪和伟岸。

军团长和校长在人生意外的一条大路上走出了精彩。我为他们叫好。

于北京

教授与教授

拉脱维亚大学不但是拉脱维亚,也是波罗的海周边国家的最高学府。

该校建于 1919 年,校舍有一百多年历史了。典型的城堡式雕墙建筑。高大的半圆弧顶门窗,厚重的橡木大门庄重、古朴。

宽大的走廊两侧,挂满了世界教育名人的肖像。名人们都以严肃的目光凝视着我。个个衣冠正襟,处处都显示着拉大的显赫。不过那是总校,是我后来才看到的。

1

开学第一天,我去的是在一条铁路附近的一座灰色教学楼。很普通,没有围墙,也没有校园,和我们的南开大学一点儿都不一样。那是拉大的一个分校,东亚系汉语教研室就在那里。

进大楼,我第一眼看见的是一排木台。后面就是一排排的衣帽架。每天都有人专门为你收取衣帽。我去时是冬天,于是还有一排好看的套鞋列队立正迎接我。

第一天,我好像完全不知东南西北。大使馆一秘开车送我到学校,把我带上了宽大的楼梯,可是进的是很窄的楼道,又进了很窄的门。

一个十几平方米的小房间,一进屋,我就好像听到那里的一切都在叫喊着"挤死啦"。周围一圈书架,中间是一个约一米宽,两三米长的大桌子。我不算胖,然而也下意识地想瘪着肚子进去。

桌子的一圈站满欢迎我的人:系主任印度语学者伊古利斯,一个精瘦的小老头儿,多亏他不是胖子,一个学生代表,一位老师代表(后来才知道,她就是拉脱维亚著名的汉学家,斯达布拉瓦教授)。

没有豪言壮语,好像那天我也豪言不起来了。那是我有生以来的述职报告最糟的一次。我用英语磕磕绊绊地说:

"我抛洒汗水,期待桃李繁茂,我种植真诚,相信也一定收获真诚。"

最后我说,凡有关汉语、有关中国文化的,我都会无条件地去做。

大使馆一秘壮壮实实,讲话慷慨激昂,给我的感觉,他好像总端着肩。

他猫腰,把手拢在嘴边小声在我耳边给我打气:

"看我的,给他们点厉害,震震他们。"(我想,不是那个'镇'。)

他郑重地宣布:何杰教授是中华人民共和国派遣到拉脱维亚第一任语言文化教育使者,是中华人民共和国派遣到拉脱维亚第一位汉语学者教授。来拉脱维亚大学,建立中华人民共和国第一个汉语教学点。

后面的,一秘像机关枪一样。我这汉语脑袋瓜反应不过来,不过,一定是替我吹呢。我听斯达布拉瓦小声咕哝:"教授不是博士吗?英语还那么糟糕。"

我在心里咕哝:没办法。她哪知道,我走过的艰难。我们那时有机会吗?要是现在,哼,我读到博士后后去!不过我倒是长了一智:像我这样强化的一点英语,可千万别使用比喻的修辞方法。反正那天我是一鼻子灰。不过,哼——

"有能耐,比学生。年底见!我的学生,明年就上报纸,上电视。who 怕 who(谁怕谁?)呀!哼——"

2

很快,我就知道我怕谁了。

一次下班回家,想抄近路,竟跑到了墓地。那里还有许多雕像的墓碑,像僵住的魂灵。

天啊,我不敢叫出声来,因为一张嘴,魂儿一定飞出去的。

你说,这东西方人,文化观念就是不同。西方人死的、活的竟住一块儿!

跑回屋,惊魂许久才定。那时,我真切地明白了"受洋罪"的词义来源了。然而,用他们的话说,这不过是"熊瞎子吃奶酪——小菜一碟"。类似的事多着呢。

夜里,遇到暖气断气。冷啊,椅子都当压脚被。众多的狗们、猫们,一声声地发着从胸腔里的求爱。时间像冻僵一样,只有我的思维却活跃得要命。那时我的创作,都在构思怎么打报告,回国。

可第二天,天没亮,我又上路了。

因为我永远不能忘,一次大雪封天,我的好几个学生竟从城那头,过河到城郊(快两小时的路),到我住所接我去拉大。他们还带来一束淡淡的小花,说那里也有斯达布拉瓦教授对我的关爱和期盼。

我又想起开学仪式——

3

回过头来,还说我来拉大的第一天。那是我有生参加的最短的开学仪式,却用了最长的时间。

不知怎么的,他们发现我的签证只有3天。那天我才知道,刚独立的拉脱维亚让人家占领怕了。来个中国大陆人,那也吓死了。于是半年间,我必须一周一签证。大街上就有查护照的。后来我也明白了,为什么秘书的胖脸总是过于沉重地下垂。因为拉脱维亚大学本来由台湾支教,资助。我去了,只是教师支教,没有资助。人家钱没了。给钱的被没钱的顶走了。

总之,我是不受欢迎的人。

填了一通要多麻烦有多麻烦的表之后,我要离开办公室时,已下午3点多了。天已将黑(那里黑天早)。我忽然发现斯达布拉瓦教授还静静地站在屋角陪我。她那样瘦弱,眼睛里满是同情的无奈。

我烦躁的心立即平静下来。我也忽然发现,她像要说什么……她藏在眼镜后的那双眼睛是那样深邃……

4

斯达布拉瓦教授安排我的教学。没有会议,只有课表招呼我来去,但总看到她一双细心考察的目光。她从来不听我的课,但从学生那知道,每天她都要问我。

斯达布拉瓦教授是欧洲人,可不比我高,但我刚到拉大时,经常看到的是她的鼻孔。

我曾说,请她去我们中国。她说,年年台湾都邀请她去讲学。

她说,她不喜欢中国,但她喜欢研究汉语。

我希望她了解中国,特别是我们敞开国门后的中国。

我还希望她了解一个真正的、真实的中国人——我。

5

我充分利用我的优势。教师的心都是为学生而烦劳的。

没有简化字教材,没有语音资料,没有许多……我向祖国求救。我带学生去参观中国使馆、中国商务处,国内来的演出、展览,凡可以练汉语的,一块阵地我也不放过。

我抛洒汗水,播种真诚。我把祖国给我的雨露洒给每一棵小苗。

我还教学生办起介绍中国文化的展览。没有人给我地方,我就在楼道。我把国内的宣传资料都贴在墙上,还叫学生做汉拉互译的说明。一期期教学生练习。

不过我那些好看的图片有时也丢。后来我发现它贴到秘书办公室的墙上去了。对我一直冷冰冰的秘书也在解冻。出了国才知道,其实国外了解我们很少。反正我有机会,就介绍中国。

跨界的文化交融,真有穿过地下隧道的感觉,但总归可以看到光亮了。

一次,楼道里有一个人像个 C 字扣在墙上,在看中国墙报画。谁这么投入?

呀!伊古利斯(系里的头儿)!他一看是我,像只受惊的瘦鹿"嗖"地窜进了旁边的门里,不过很快又出来了,那屋是女厕所。小老头儿冰冻的脸开化了,耸肩搓手,翻着眼睛嘟囔:"中国变得这么有能力呀!"

终于,一次,斯达布拉瓦提出,希望我带她去拜见我们中华人民共和国驻拉大使。王凤祥大使很快安排时间接见了我们,并和我们亲切畅谈。

那时台湾在拉的使馆代办处还在啊。金钱有时也苍白。

我这个没钱的老师,我的学生不到一年,就频频出现在中拉各种文化交流活动中,个个能充当汉拉翻译。我们还上了报纸、上了电视。

学生更是高兴,说他们是"葡萄酒窖开天窗——有光"。

斯达布拉瓦教授也上了电视,写文章并发表讲话《邓小平与中国》,赞扬邓小平是伟大的人。香港回归,中国的钢铁长城终于战胜了英国的铁娘子。斯达布拉瓦教授在报上和电视上都说:"中国是充满希望的国家。"

斯达布拉瓦教授对我也充满了希望。她安排我的事越来越多:安排讲座、论文答辩,她甚至请我给政治系、历史系的研究生上课……我都无条件地去做。

我还帮语言中心建立汉语词库。

一天,她拿来她的论文稿,请我帮助修改。我毫不客气地改。斯达布拉瓦教授的眼睛里闪出了亮点。

她开始请我喝咖啡。我请她喝红茶。

一天,她下课,竟和我说起笑话来。她夹着教案,走出教室,一边拍着身上的粉笔屑,一边自嘲地说:"占领者撤出阵地。"

我不明白。俄罗斯族学生告诉我,俄罗斯人现在都被视为"占领者"。我从那时知道了斯达布拉瓦教授的许多(包括明白了我这个苏联老大哥的小兄弟,续签怎么这么难)。

斯达布拉瓦教授1948年生于俄国。父亲是列宁格勒人,母亲是莫斯科人。母亲毕业于莫斯科大学,并在那里教英语。斯达布拉瓦教授却放弃了英语,就读列宁格勒大学东方系。毕业后进入莫斯科东方研究院,是东方历史学博士,是拉脱维亚大学哲学系、历史系、东方系教授,也是拉脱维亚屈指可数的汉学专家。

她现为里加特拉金大学孔子中心主任,孔子中心创始人。

那是拉脱维亚,也是波罗的海国家的第一家孔子中心。

斯达布拉瓦教授的专著颇丰。她还翻译了孔子的《论语》、老子的《道德经》。她在中拉的语言文化交流上贡献卓著。

6

斯达布拉瓦教授在我们友谊上做出的贡献更叫我感动。她给我们(我和我爱人)介绍朋友,介绍我们一块儿参加拉的文化活动。在盛大的结业式上,她在好几门科的外教中,坚持叫我发言并亲自为我做拉语翻译。

那天,在灯光和鲜花的汇聚中,我的心像花一样开放。那是我有生以来最为精彩的演讲。我说:"……我的祖国和拉脱维亚都经历过一样的苦难,但我们也一样有着繁荣昌盛的明天。拉脱维亚的未来,拉脱维亚的希望就在这里(我指全体学生。全场为我热烈鼓掌)。我是一名语言教师,但我也是一名中拉语言文化大桥的建设者,一名中拉友谊的铺路者。我为建造中拉的语言文化通途而来拉脱维亚,我的学生也将为这伟大的目标而加入我们的行列,为之努力奋斗。未来的拉脱维亚驻中国大使,就在他们中间(我指我的学生。全场又为我热烈鼓掌)。"

那天,场面的热烈和盛大,学生都说是从没有过的,至今叫我激动。

斯达布拉瓦教授还破例邀请我去她的家。学生说这也是从没有过的。她从不邀请谁。

7

斯达布拉瓦教授的家叫我印象深刻。

一座老旧的木结构楼房的二层就是拉脱维亚著名教授斯达布拉瓦教授的家。

斯达布拉瓦教授的家像一个失于管理的大图书室。

一进门,挤进过道,一直顶到房顶的木板架上的书好像都要掉下来,不得不叫人缩着脖子进去。

教授和教授好像都一样。我的书满地板。买东西最不怕花钱的就是买书,扔东西最心痛的也是书。书叫我跨越历史,走遍世界;叫我感受天下的广阔,也感受人生的富有。

斯达布拉瓦教授的卧室里也到处都是书,和我一样。

那天,我了解我们的不同之处:她的研究方向是汉文化历史;我研究的是汉语言。共同的是我们一起在建设中拉语言文化的大桥。

斯达布拉瓦教授对我的招待是真心的。一块大烤肉几乎占满了她的小饭桌。那烤肉是她母亲亲自做的。我和先生,在那里都感到一种久违的在母亲身边的感觉。老妈妈饭后还给我们弹起真正的俄罗斯钢琴曲——

《在伏尔加河上》《俄罗斯原野》……俄罗斯的艺术是美国艺术无法相比的，尤其是俄罗斯的音乐。

悲怆、辽远、悠扬……更熟识、亲切。它把我们带回到青年时代。

那天，我忽然觉得，我和斯达布拉瓦用我们特有的方式画出的连线是从心到心的。

8

祖国的魅力召唤我回国。

我回国不久，斯达布拉瓦来中国人民大学了。我去看她时，她的拥抱是从没有的。她第一句话就是："都是你的努力，我来到了中国。"其实是伟大中国对她的吸引。

她不断以拉脱维亚著名汉学家的身份，在中拉友谊的道路上发表着有影响的声音。

四川汶川大地震，她说："中华民族是坚强不屈和目标明确的民族，任何困难都不能影响他们实现一个伟大目标。"

奥运，斯达布拉瓦说，她非常高兴2008年奥运会能够在北京举行。她

身后就是拉脱维亚大学。欧洲洪堡大学、雅典大学等，我都去过，都没围墙，图书馆都对外开放。要回国了，我们在这里坐一坐。

在拉大教授家,和教授一起享受母亲的温暖,一起回忆唱《山楂树》的岁月。

说,自己将尤其要为3个国家的运动员呐喊加油:她的出生国俄罗斯,居住国拉脱维亚,还有中国——一个伟大的国家。

她不止一次地赞誉:"中国是世界上最有希望的国家。"

我为她的前瞻而高兴,也为我在拉脱维亚的努力而欣慰。

我们的友谊还在继续⋯⋯

我们共同的好朋友伊格里来中国时,我托他带回去给她的礼物——一个小工艺品:小浣熊。那是我去斯达布拉瓦教授的家,许愿给她的小女儿乌娜的。斯达布拉瓦教授回信告诉我,那个小浣熊只能给她女儿的女儿了。

多快啊! 而我高兴的是:乌娜子承母业,已加入了拉脱维亚新一代汉学研究的行列。斯达布拉瓦教授还告诉我,我们的学生艾古利斯成了拉脱维亚驻华大使馆工作人员, 还有卡斯勃同学已是拉脱维亚大学东方系汉学的带头人⋯⋯

教授与教授后继有人了。

我为我们的付出而欣慰。

于北京

辑六　风雨彩虹桥

过草地

"噢！脖日！什驼节拉气！"（俄语音：唉！上帝呀，我怎么办呀？）

"这是哪个牛奶桶干的？木柴都劈完啦？"（意思是吃多啦？吃饱了撑的，没事干了？）

"看，叫他的爸爸用桦树条抽他的屁股。我们怎么过去呀？"

两个巴布什卡（老奶奶）站在小路上，对着一个横在路上的长石椅子大发牢骚。

我下课，也走到那儿。我也过不去啦。

一个长石头椅子正横躺在小路上，旁边都是草地。在公园里，草地是万万不能踩的，因为到处都有小路可走。有路可走的时候，你去踩草地，不但要遭白眼，而且最不爱管闲事的拉脱维亚人也会伸出两个手掌，比成十叉向你警告：立即停止此举！

刚来里加，总认为这儿的人死心眼。过马路，我想，斜边小于两个直角边的和。斜穿马路，又快又近。后来不好意思了。因为在那么个小地方——老城"东边放个屁，西边就吓一跳"。 那是我们男学生，在练习使用夸张的修辞时说的。在那里，你这黑头发的，真得特别注意自己的形象。

公园外没办法。草地有时是照踩无误。我住的里加城，市中心绿化面积占市区面积的47%，和拉脱维亚全国的绿化面积比例一样。到处是树，到处是草地。非常漂亮！有的地方，没有空地，只好踩啦。否则，除非四脚朝天。

我路过的花园就是沿着中心大街的一个带状花园，和电车路线平行，有好几站长。公园里有几百年的大树，树干有五六个人拉手合抱那么粗，到处是绿树、草地，你可嗅到青草的清香。花园里的小动物也很多。你坐在长椅上，小松鼠就会踮着小脚，跳芭蕾一样忽然直立，定格在你的面前。它

里加城绿化几乎占一半。这棵树和里加城同龄，八百岁，就长在市中心。

毫无羞涩地伸出小爪向你要吃的。你拿出面包和饼干，它的两只小眼睛会滴溜溜地在面包和饼干间选择一番，然后用两只小手拿一块饼干。它仍然直立着，昂着头把饼干送到嘴前。从左到右，再从右到左，"咔嚓、咔嚓"把那饼干就给"咔嚓"没了，然后又毫不客气地伸出小手要。给它一块，如是再三。它的小眼睛盯着你的包儿，久久地研究一番，直到它判断你那包儿确实没饼干了。它会扭一下身子，把屁股冲着你，然后，忽然挥动一下他的大尾巴，纵身便消失在绿丛中。那算是和你拜拜了，那意思：哼！不吃白不吃。

在这里，人、树、草都是平等的。看那草地，像喷过发胶的头发，一根根直立着，多精神！如果有路可走，谁也舍不得去踩它。

这不，老奶奶再加我这个还不算老的女性，只好站在那儿。其实，两个巴布什卡，我说人家是牛奶桶，她们真比牛奶桶苗条不了多少。两人穿着大长裙，头上系着三角巾，像两只抱窝的老母鸡，一个劲儿地"咯咯咯"着。我呢，入乡随俗，穿的也是裙子。人家年轻人过来"呲"一下跳过去了。我总不能做出什么不雅的行动来呀。

"唉！上帝呀，我怎么办呀？"这回轮到我发愁了。

哈！有了！小路那头儿走来了一个大汉。大概四五十岁，长头发的地方倍儿亮，脸上鼻子、眼睛之外都是胡子。人粗粗壮壮，腰带勉强地勒着他那看来快要绷不住的肚子，像个瘦型的日本相扑运动员。

上天派来一个大力士。三个女性立刻迎上去，求他搬开椅子呗。两只老母鸡比我能"咯咯咯"，准是说了不少好听的话。大汉一脸得意，晃晃膀子，爹开两臂，浑身都在显示：挪挪椅子，那还不是我这个"大汉吃奶酪——小菜一碟！"

果然，大汉一猫腰，石椅两腿顿时离了地，但同时我们也清楚地听到一声棉布撕裂的声音。三个女性赶紧扭头，呀！我们可没看见：大汉的裤子，在屁股那儿裂开了一个大缝儿。

大汉像弹簧一样弹直了身子，两手捂着屁股，一脸惊愕。赶紧调整角度！"呼"地转过身去，脸朝着我们，倒着搬起椅子一头，一使劲儿就把椅子转到路边去了。大汉向我们哈了一下腰，脸上的肌肉向上一挤，一脸无可奈何，算是道别。倒着走了。大概他估计我们看不太清了，转身就跑，像电影快镜头一样迅速淡出了视线。

路通了，可以走了。我们仁却好半天都不好意思动。两只老母鸡又在发感慨："噢！脖日！卡阔一 米粒！（噢！上帝！多可爱的男孩呀！）"

呀！这秃顶的大汉也是男孩儿？我止不住地也说起了俄语：

"噢！脖日！卡阔一腹泻！（噢！上帝！多可爱呀！我看到的一切！）"

于拉大

在拉脱维亚过春节

在拉脱维亚,过什么节邻居们都邀请我们夫妇参加。春节了,我们也决定请他们来,一块儿高兴高兴。

邻楼的娜达莎会英语,我们交流最多,我想邀请她一家和几个朋友来。娜达莎,俄族,两个孩子的妈妈,她的小女儿七八岁,是我的俄语老师。教我的第一个单词是"外婆";第一个句子是怎么要零花钱。

前苏联教育学家苏斯霍姆斯基说:"教学的决定因素在教师。"

娜达莎,专职家庭妇女,大学毕业(可见前苏联的教育还是非常普及的)。因为有时间,她总来串门。

节前,我问她想吃什么?她一脸兴奋,想都没想就说:"扒拉芹菜(俄语)。"

炒芹菜?

奇怪!我立刻到厨房拿出一棵芹菜。她说,"No! No!"她找我要了纸和笔。这么画,那么画。

哈,"扒拉芹菜"是饺子呀!

我说,春节当然得吃饺子啦。娜达莎闭起眼睛享受地说:"Wonderful(美妙)!"然后忽然睁开眼睛说:"木喏咖——木喏咖——(俄语,很多很多)。"

我答应她,叫她吃个够。我们在涉外工作的人都知道:日本人请客,饥肠饿肚;中国请客,肚皮撑破;俄国人请客,酒瓶子堆上醉卧。这回来拉,知道拉脱维亚人请客,奶酪堆里坐。

我的邻居大多是俄族和拉族人。

邻居送给校长一条麻布围裙。哎哟,饭做到国外来啦。

1

农历三十,我们早早起来。我把我画的大公鸡、大鱼,写的福字还有红吊钱儿,跑东串西分送给邻居。教官(我爱人)在部队就是包饺子好手,与兵同乐时练出来的。他和面,弄馅;我打下手。当一切准备就绪的时候,忽然发现没有盖帘儿。饺子摆哪儿?太多,凑合不了。于是我跑去找"国民党"(俄语音,意为公寓管理员)。

"国民党"那可不是好找的。"国民党"是个特胖的"巴布什卡(俄语:老奶奶)"。整个一个木桶安了两条腿,罩了一件大罩裙。她总是刺儿刺儿的:什么,不能叫你的那么多学生随便进公寓呀,什么早上9点半前,不能大声关门呀。晚上,学生不能使劲踩楼梯板呀……

平时我叫她"国民党"。反正她也没有高兴的时候;刺儿时,我就叫她胖刺猬。学生见她,一句"拉布店——(拉语:您好)",然后就用汉语叫她"生浆果大妈"(倍儿涩)。

在门房——她的办公室,她起先还是刺儿刺儿的,可当她听明白我要包饺子，而且还是请客。哈！"木桶"居然起身离开她的办公桌，一连好几个"哈拉硕！哈拉硕！（俄语：好！好！）"又加了好几个"殴钦！殴钦！（俄语：很；非常）"。

"殴钦哈拉硕！（很好！很好！）"（管理员是俄族人）。

麻烦她，还非常好！头一次！更没想到管理员从她管理的柜子里抱出一摞一摞被罩、床单（那是给我们换洗用的，我们住的是公寓）。最后抽出了两个隔板给我。管理员平日那似乎总在生气的脸，今天竟像绽开的老菊花。我有点奇怪，管理员还非得帮我搬着板，送到我的房间。放下了板子，还不走。事后我才知道，她是想亲眼看看，从神秘中国来的中国人，是怎么包这神秘的饺子。要知道，我是他们见到的第一个中国人。

遗憾，当时我们不知道人家的苦心，一个劲儿让座，让茶把人让走了。

为了大家来了不手忙脚乱，我们紧赶着想把吃喝都准备好。可没想到，晚6点半请客，4点多一点儿，娜达莎就窜过来了，还跟来了她的邻居亚霞。原来她们也早就想知道，那饺子馅是怎么进到皮儿里去的。出了国，我才知道国外对中国真的了解甚少，而且外国人好像比我们笨，特别在吃的方面。

我们包饺子的表演尽量慢一点儿。可是客人们仍说眼花缭乱。她们咋嘴啄舌，看着那面疙瘩在木棍下转啊，转啊，一眨眼变成了一个小白片片儿。小白片片儿托在教官的手里，放上香喷喷的馅，两手一挤，就变成了一个白胖胖的小饺子。大肚弥勒佛一样，往板子上一坐，富富态态，神神气气。娜达莎和亚霞一会儿"Very nice（英语：太妙了）！"一会儿"卡拉西瓦亚（俄语：漂亮）"。她俩跃跃欲试，可无论如何，教官那两个手指一扭一扭捏出来的小老鼠，她们也学不会。包饺子还凑合，只是张牙龇口的，东倒西歪。学了一会儿，娜达莎忽然不见了。不多时，她又回来了。这回我们打太极拳的朋友、摘蘑菇的朋友来了好几个。他们说今天的Party改地方了。我至今也不知那是谁的家，反正比我家大，其实我家就够大的啦。

朋友们端着我的菜板、教案夹子、网球拍子转移了，上面都摆满饺子。我和教官扎着围裙，端着面盆，提着擀面棍跟在后面，旁边是一帮要学包饺子的。最后面是几个起哄的黄毛丫头、鼻涕将军们。

真不知这叫什么队伍。那天真有意思,我们想起来就笑一阵子。娜达莎和亚霞各端着一板子饺子,一边走,一边这么扭,那么扭地跳舞,还不断地招呼邻居们。邻居们都从楼上的窗子探出头来像看游行。那情景还真是头一次经历,邻居们说他们从没有这么热闹过。

2

到了那个不知是谁的家。呵!早有好多人了。管理员也出面在那儿管理。她的架子又端上了,神气十足地指挥大家搬桌椅、摆鲜花……

我和教官的心里打起了鼓。好家伙!这么多张嘴!可别不够吃!可别没面子!中国人请客,最怕吃得大眼瞪小眼了。焦急之中,我们把胡萝卜用上了,又加上了猪牛肉馅(他们的肉馅都是猪牛肉混在一起的)。胡萝卜馅饺子,头一次包!真担心。至于那饺子的形状就更可想而知了。与会人员,谁都想试一把。结果最后一板饺子真是胖的、瘦的、仰面朝天的,各式各样,百花齐放。

天黑了,我们终于要开餐了。奇怪,我们俩被最后请进了方厅。当我站在方厅里,相信教官的心也一下子"咚咚"地跳起来。大家一块儿喊:"大个萝巴染了娃奇(俄语:热烈欢迎!)其实人家说的是"达布萝巴",我听成"大个萝贝"。

厅里布置一新。屋里的墙上挂着我送给他们的大公鸡、大鱼的国画,还有红吊钱儿都郑重地镶在玻璃镜里。我那个怎么也写不满意的福字竟挂在正面中央,还正好倒镶着(后来知道,他们根本不知道那字哪是倒正)。长桌上,一圈盘子盛着各式各样的食品。那是各家的一个拿手饭菜。还有就是各种奶酪。中间是4个极漂亮的金边儿特大碟子。他们说那是准备盛饺子用的。屋里四周点上了蜡烛,鲜花上挂上彩带,彩带上歪扭地写着汉字:"好!中国!"

他们怎么会写汉字?

这时,厨房门开了。呀!我的学生!我说呢?他们早就问我,什么时过春节。平日,一提叫他们来我家吃饭,好么,他们个个都会叫起来,而那天,请他们来,却神情怪怪的。

啊哈!他们串通好啦。幕后策划呀。

哇!高兴和快乐碰在了一起,惊讶和喜悦搅在了一堆儿。

幸福的滋味——真甜!

3

煮饺子啦!心和饺子汤都在沸腾。是鼎沸!

原来一切都是他们早商量好的。他们要给我们惊喜。不过那天,我们也给了他们一个惊喜:我们飞快地跑回家,飞快地换上我们去大使馆和拉脱维亚国宾馆才穿的中式晚礼服。当我们神采奕奕地出现在他们面前时,他们都喊起了:"卡拉西哇呀!卡拉西哇呀!欧亲!欧亲!"(俄语:太漂亮啦!)

接着就喊:"撕吧洗吧!撕吧洗吧!"(俄语:谢谢!谢谢!)

盛装与会,在他们国家是对人最大的尊重。

开餐前,"国民党"管理员俨然是个大会主席。"叽里咕噜"一大段慷慨激昂的演讲。学生告诉我,是讲形势大好。嗷,也跟我们以前一样。后来可能都是些赞美我们中拉两国友谊的话。因为我不断收到大家对我们的微笑致意。而我和教官的肠子,却在那四大盘子的饺子上打着结:

再讲不完,就都坨在一块儿了!

可怜!我们的饺子!

果然,等我们吃时,除了上面几个能揣起来,其余都成了多层馅饼。他们也真会吃。用刀子切成厚片。哈,第一次知道,我们的饺子堆,切下来,放在碟子里,真好看。白的是皮,红的是胡萝卜馅,绿的是三鲜馅。像大蜂窝的断面。这真是:中国饺子洋吃法。

那天,"国民党"的最后一句我听真切了。那是上大学时,在苏联电影上经常听到的:"大娃力士!姑傻一切!姑傻一切!自大萝贝也!"(同志们,请吃,请喝吧!)

大家一块儿喊起了:"乌拉!"(高兴时喊的万岁)

"大的那!"(干杯)

我记住的,都是谐音。反正是真高兴。其实,那天并不是大年三十。因为除夕夜,使馆请我们。当然,也一样难忘。总之,在国外,我真想天天过春节,那样不想家。

那年的春节,不知过到了几点。反正我们尝了好几国的饭菜:波兰苹果派、茨冈酥饼、爱萨尼亚奶酪、德国小红肠、俄国鱼子酱、乌克兰腌肉、拉脱维亚特产熏鳟鱼、黑大列巴……那时我和教官都是小口地尝尝,怕人家见笑。现在想来,真后悔,怎么不也像他们一样张牙舞爪。

现在想来,真想回趟拉脱维亚。拉的熏鳟鱼特别好吃。酥饼、鱼子酱、黑列巴……现在想起来,都还满口余香。

也是那天,我才知道,原来我的邻居是好几个国家的人。

后来,如春笋般立在餐桌上的伏特加、香槟、他们自己酿的格瓦斯(一种由黑面包发酵酿的酒)都底朝天了。

4

后来……我也如坐云端,因为那儿的风俗是你不喝酒,就呼啦跪下一片。不喝,就不起来。

后来,我还模糊记得,最后还要评选最佳食品。三鲜饺子是亚军。我俩真为我们的三鲜饺子暗暗喊冤:一棵小白菜头,也就有国内白菜的 1/2 大,8 块人民币啊!好几棵。我们一直担心的胡萝卜饺子,竟是冠军!没想到!

他们吃饺子时,才有意思呢。开头,大家还绷着劲,客气客气。几杯伏特加"气死(英语:干杯)"之后,我们的饺子就被风卷残云,一扫而光了。多亏我教他们使用筷子,还多吃会儿。他们拿着筷子,个个喊爹叫妈。说古代中国人,就发明这么难用的筷子,以后中国人什么都能做到。中国人太聪明了!

我和教官可是另外一股肠子:担心大家不够吃。我们有点奇怪,饺子怎么显得少了点。后来娜达莎的小女儿卡佳偷偷对我们说:"我不告诉你们。我们冷冻了一板饺子。3 月感恩节时,妈妈说,再给你们惊喜。"(卡佳的英语不错。)

卡佳还说,因为我是她的学生,才特别跟我说"秘密"。哈!还有埋伏。

真叫人感动。

后来柳达弹起了钢琴，大家唱起了歌，跳起了舞，这是他们的风俗。吃完，一定要跳。他们说，这里没有鞭炮，"我们给你们放炮"。于是，他们一边跳舞，一边嘴里"嘣嘣哪哪"地叫。

那一天，我们真的感觉到了，什么叫心花怒放，什么叫陶醉，真开心！

后来，我们俩不知怎么被送回了家。不过有一点儿我清楚，我坚决没接受他们的风俗习惯：晚会后，男主人一定要把女客人抱起来，送回家。我说，

每次打完拳，拳友们最想听的就是我喊："跟我回家！"我和校长也一样。

这是我们中国的春节！他们没办法。老爱，教官也坚决没接受他们的风俗。按规定：晚会后，男客人一定要把女主人抱起来，随大家走上一圈，再回家。

天呀，教官和我都倒吸一口凉气。那天也不知有几个女主人，而且，除了娜达莎苗条点，个个胖得都可以论堆儿。黑灯瞎火，摔倒了你都不知扶哪头儿。西方的女人，哈……教官瞧着几个特大号胖子，一个劲儿冲我喊救命。

最后，还是我的学生救了驾。当老师好哇！

至于再后来嘛，就是我们的称呼又多了一个词。原先，他们叫我们"柯塔亚！"（俄语：中国）我们挺美。春节后，孩子们遇到我们，除去问安之外，

前面又加了点词,那就是:"饺子！兹得拉无一切！(您好？)"

　　现在想起当时的情景我们还要笑上一阵子,从没有过的新鲜,从没有过的中拉合璧。

一稿于里加

自己把自己丢了

你经历过吗？自己总把自己丢了。

在远离祖国万里之遥的冰雪小城，只身一人，什么样的事都可能发生，什么样的感受都是强烈的。

三月了，如果在南大，春天会悄悄地镶在窗上：窗外校园里的花草树木把自己打扮得娇嫩妩媚，抹着淡雅的绿，偶尔的红。枝上的嫩芽也会羞羞答答地露出头来提醒你：看我，春天来啦！而这里，一切还都包裹在厚厚的冰雪之中。远处的小木屋藏在积雪里。天地间只画着单调的起伏曲线。

一片白雪茫茫，一片寂静，人似乎也都是一脸冰霜。

初来拉脱维亚这片洋地，我受的第一个洋罪就是总把自己给弄丢了。不会说拉语，俄语也说不了几句，只会说英语，却很少有人懂，我生活在语言的荒漠中……

我的学生担心我。他们把我住的地址和学校的地址用拉语写在一张小硬纸片上，嘱咐我随时带上。我非常高兴。

第二天，去上班，出门，赶路，上车，下了车却不知朝哪儿走。朝前走了一段，想起学生给我的护身符。于是急忙掏出来，请人指点迷津。一女路人一脸严肃，把小纸片仔细地读一遍。一阵拉语，我只是摇头。路人看看手表，然后拉我走了一段路。仍是很旧的无轨电车前，跟一个等车的男人"叽里呱啦"一通拉语。

车来了，等车男人用手指捏起我大衣的衣袖，拉我，叫我上另一辆车。并和司机一通"叽里呱啦"，自己下车走了。

奇怪，一路景色似曾相识，只是觉得方向相反。我想下车，司机不许。等叫我下车。呀！我怎么又回来了？

我好不容易从城郊的宿舍快赶到了地处市中心的学校又被人帮忙送

回了家。

捉摸捉摸，一张纸片，那肯定是我把学校的地址，指成我住所的地址。我不认识拉脱维亚文呀。拉脱维亚也怪，学校在市中心，宿舍却远在城郊。

唉，无奈。我总得出门呀。我把护身符注上中文，万无一失了，可当我需要它的时候，它又不翼而飞了。我总是丢三落五，比丢三落四要厉害。

上了车找不到了地址，不知从哪站下。那个急呀，满头大汗。在一片洋人中，我紧张地打听路，但没有谁懂英语。后来上来一位高个子姑娘，终于她听明白了。我不知道她是否和我顺路，她似乎还有急事要做，因为她不止一次地看手表，但她犹豫片刻便毅然决然地叫我跟着她走。

记得那天，到市中心的一个什么站下车。姑娘只回身示意了一下，便大步流星地往前赶。当我们走过一座大楼时，我忽然记起我要去的拉脱维亚大学，好像靠近右边火车站。姑娘领我的方向却相反。我忙问她，姑娘不肯停步，她一边大步走，一边反问我：

"你不是要去拉脱维亚大学吗？"

我说："是的，可是我觉得方向不对。"

这回，姑娘站住了脚，她转身问我：

"你是拉脱维亚人，还是我是？"

"当然你是。"

这次我看清了姑娘本来严肃的脸更为严肃了。她白净的脸上有一双特别蓝的眼睛，清亮、透彻。我忙用英语说谢谢她，并向她表示我要自己去找。谁知这个严肃的姑娘一下更生气了（因为我原来也觉得她在生气）。她站定，面冲着我，良久，不说话，就差叉腰了。但我明明白白读懂了：

"怎么？问我，又不相信我？"

我忙作笑容，告辞向回走。她伸开两手拦着我，无论如何也不叫我离开她。她一边看表，一边固执地叫我跟她走。

天啊，没办法！新鲜又感动，更无可奈何。拗不过她，只好乖乖跟她走。最后，我们终于找到了拉脱维亚大学，但后来才知道那是拉大总校。而我上课的地方是拉大东亚系——拉大二分校。当时我哪知道啊？上帝呀，多亏拉大分校只有 7 个，我差不多都去光顾过（问路被送去的）。

有空我就到这儿和老奶奶聊天、晒太阳。我们身后就是老城有名的老屋小巷。

国内外的大学怎么这么不一样！

那天进了校门（也是临街的大楼，不像南大），姑娘便跑东跑西，最后进了一个什么办公室。那里正有一个男人，他们说了什么，于是我在电脑中看到了我自己的照片。我笑了，姑娘没笑。她冲那个男人又说了什么便匆忙离去。我急忙追出房门向她道谢。这回，她温情地看了我一眼。我只觉得她那双蓝眼睛，真的特别清澈、明亮。她也说了声"谢谢"，便立刻消失在拉大厚重的橡木门外了，只看见她米黄色风衣的一角。我连她名字都没来得及问……心里舍不得。想追出去，那男人却像接了接力棒，立即把我往下传。右拐左拐，这边走，那边走，一直把我带到我要去的拉大二分校，才匆匆离去。

后来在年终谢师会上，我和那个男人又见面了，原来他是外办处处长。他告诉我，那姑娘一定等他确认，我的确是在那儿教学才离去。他没好意思说东亚系在分校。而那天姑娘要去的是医院，根本不用进城。

多拗的姑娘！多好的姑娘！

那天是三月十日，假如在祖国，那一定是春挂枝头了。而在这地处北欧的小国，冬却不肯离去，天依旧寒凉。迎面的风也依旧夹杂着冰凉的雪花，可是那天，我却仿佛觉得春像一股细细的溪流，流进了我的心头。

从那天起，我常常在我遇见那位好姑娘的地方伫立巴望。我永远忘不了她白净的脸上那一双特别蓝的眼睛，清亮、透彻……我渴望着在这个冰雪严寒的异国他乡，找到那个把春天带给我的人，我想知道她的名字。

后来我终于知道了，因为我又把我自己丢了好几次。每一个给我带路的人都和她一样，面如冰霜，心却热得滚烫滚烫，他们的名字都叫拉脱维亚……

于拉大

追洋妞

一个中国大男人追人家一个小洋妞,这叫什么事?

没办法!

我的那一半——校长,我这样叫他,全为了安慰他那颗希望工作的心(人家原来是校长)。校长为了支援我,到拉脱维亚来啦,可他既不懂拉语,又不会英语。学了几句俄语,还总记不住。上哪儿去,都出一大堆笑话。老实在家待着吧,不行。一下没了工作,闷得慌。不过,在我看来,也不错。原来在国内老兄不愿做的事,现在都欣然接受。

一天,邮局送来了包裹单。能拿到国内的好东西,又能借此遛一圈,散散心,校长乐颠颠地接过了包裹单。临出门这么画,那么记,总算明白了邮局在哪儿。说一下,在国外,上路可不是那么容易的事。你说,鼻子下有张嘴!白有!语言不通。不过,校长还是信心十足地出门了。

快乐的颜色是蓝色。头上的天湛蓝湛蓝的。想飞的心像白云,飘飘的白云伴你前行。走过一片活动场,穿过一片小树林。这么拐,那么走,一抹开阔的草地上,一所淡黄色的长行平房出现在眼前。门前挂着一个米黄色的小邮箱,不用问,邮局到了。

推开大门,呀!竟以为到了花房。这一点跟国内可是不一样。这里到处是花草。后来才知道拉脱维亚是一个鲜花最多的国家。

阳光从宽大的窗子射进来,厅里一片春意。前厅有几张桌子,那是供人写字用的。桌上也都放着花卉,古朴的瓷瓶诉说着幽雅,多姿的花卉捧着温馨。

玻璃窗后面便是金发碧眼的三位女性。这里和其他地方一样——整洁、清静,大概总没有什么人来。

校长一进屋,三个漂亮女人,一块儿把温柔的大眼睛都聚焦在这个黑头发的大男人身上。这可是校长在国内从没有得到过的厚遇,简直不好意思得有点发毛。校长翻了半天眼睛,"你好"这个词,怎么就找不着呢? 没办法,只好把取件单和临时凑上来的微笑,一块儿递给一个年岁稍大的女人。

中年女人一脸春风地接过单子,随即也把一抹得意送给了同伴。

中年女人认真地看了看单子,"叽里咕噜"一串洋话。校长摇摇头表示不懂。她会意地笑了一下,好像明白了,笑着把单子还给了校长,又向自己右边指了指。校长向那儿看,除了一个正在走开的姑娘,就是白墙了。校长领会那一定是跟着姑娘走,到邮局外面去取。结果,校长进来得快,出去得更快。

拿着单子,在邮局外转了一圈。

没有门呀! 到哪儿去取?

这可是纳了闷了。正不知如何是好,眼前忽然飘来一个天使般的姑娘。哈,在拉脱维亚,在大街上,只要你站定,想问路,一定有人来帮助你。姑娘关切地"叽里咕噜"一串洋语。校长只好摇摇头表示不懂。姑娘笑了,拿过单子仔细地看了看,眉毛一扬,好像说,好办!

姑娘漂亮极啦:金黄的鬈发,淡蓝色的大眼睛,高高的鼻梁,白净的脸上施一点淡妆,更显高雅,丽质。

姑娘看了看校长,张张嘴,却不知怎么说话。姑娘犹豫了一下,转过身子朝前一指,然后又伸出拇指和食指,做成一个"OK"形,小心地拉了一下这个黑头发大男人的衣袖,那意思是"跟我走"。然后昂着头,挺着丰满的胸脯,半高的皮靴"噔噔噔"点着地,快步朝前带路了。

姑娘身材纤细,上身穿着黑色的细腰皮夹克,下身穿着皮短裙。脚上一双半高的皮靴中间露着匀称的大腿,好看极啦。就是在隆冬,姑娘们也是那样。插一句,莫斯科大学的同胞,就曾考我一次他们编的歇后语:

"洋妞的腿——? "

"炕洞(扛冻)。"

洋妞的腿何止扛冻,走得也快。 洋妞不时停下来,回头看看那个黑头发黑眼睛的大男人是否跟上来了。校长紧走,又不敢走太近。心想,一个大男人追人家一个小姑娘,这叫什么事?

跳舞的孩子们身后就是邮局。我家就在附近,但刚来时出门就乱套。

走着走着，觉得四周的景色似曾相识。姑娘正朝着我们住的楼群走去。校长心里高兴:这边也有个邮局啊!那可好了,离家近了,免得丢了自己。

大男人想着想着，姑娘已把他领到一座灰色的公寓前。姑娘看了看单子又看了看那楼的牌子，然后冲这个老外得意地扬扬手，示意校长跟过去。姑娘摆动了一下她那金色卷发，高兴地笑了笑，又用两个手指小心地拉校长的衣袖，一直把校长领到三栋。在门前站定，她又伸出三个手指示意:

你在三楼。

校长想,咦? 这不就是自己的住所吗?

好不容易去的邮局，又被送回来了!

姑娘摆动了一下好看的小蛮腰，把单子递给校长，指指那上的一行字，然后准备离去(事后，校长才知道那是我们家的地址)。

不管怎样，校长心里暖暖的。心想，人家孩子从那么远把自己送到家，总得说点什么呀。小姑娘转身走了。校长总算想起了刚学的那个"再见"。

豁出去,说吧:"都是你大爷!"(俄语谐音:再见!)

说完又觉得不好。你说,叫人家劳累了半天,还占人家便宜。

音不准,小姑娘也听懂了。她向后甩了一下她那金色卷发,莞尔一笑,手一摆,很快地说:

"都是你大娘!"(俄语谐音:再见!)

咦???

校长这个一直用汉语思维的脑袋瓜,一时还真转不过弯儿来……

于拉大公寓

辑七　相遇惊诧

总统和我，我和学生

认识拉脱维亚独立后第一任总统乌尔马尼斯，是从我去多姆教堂开始的。给我这个机会的是我的学生。

1

国外的节日好像很多。一个人在家还不如工作，我去办公室看资料。

虚掩的门"吱吱呀呀"地推开了一个缝。接着伸进来一个好看的头，一圈金黄的鬈发包着一张小圆脸，眼睛先是眯眯着，接着就睁大起来，像两个圆：

"呀！是老师！为什么？你怎么还在工作？今天是感恩节呀！是系长叫你工作的吗？我去找他理论。"

进来的人是英语系学生阿娜达。说的是英语，用的都是惊叹号。

阿娜达，英语系，可对汉语颇感兴趣，于是成了我的业余学生。阿娜达总说感恩我。感恩节，她给我的住所打电话。

"感恩主！上帝把你早早地送过来啦！"阿娜达高兴地要拉我出门。她亮亮的眼睛跳着火花：

"Thanks giving day, Thanks giving fou you..."

她说，感恩节，感恩老师给她一个新奇的中国(我从没想到，他们了解中国很少)。她也要感恩老师的工作。所以，阿娜达挑了今天，要给我一个"惊喜"。

跟学生出去是我最盼望的美事。

高兴，我正一个人没意思哪。我也感谢上帝:喜从门缝降下来!学生要带我出门啦!

2

出了学校,阿娜达说要带我回到中古时代。

我们进入里加老城,穿行在八百多年前铺就的石头小道上。左拐右拐终于站在一座中世纪的古老教堂前。学生告诉我,这就是欧洲最负盛名的多姆教堂(Dome catthedral)。呀!原来它就在里加老城的中心。我曾经路过这里。

建筑是凝固的历史。

多姆教堂外观并不宏大,却以其内部庞大的管风琴闻名于欧洲,以其优美的教堂音乐让历史重回今日。

我早想细细地拜读它了。

多姆教堂的管风琴有六千多个铜管。走进教堂就像走进远古,走进了一个巨大的共鸣箱。风琴响起的时候,你都会感到那音符的颤动,碰撞。我拜谒过欧洲很多教堂,然而那样的乐声,只有来到这里才能听到:浑厚、震撼、悠远绵长。那是响彻天宇的音乐。它把历史的扉页打开,也把温馨和恬静播洒在那些荒芜、冷寂的心海。

我走进教堂,便一下沉浸在恢弘的管风琴音乐中。优美舒缓的音符,安抚着我思念家乡的心。

悠扬的琴声在你心灵的牧场放牧……你闭目可以看到涓涓流淌的溪水,可以看到青蓝青蓝的天空、天上生动的白云;可以看到无边无际的草地,花草之下晶莹、歌唱的小河可听到大山的思索、松林的吟咏、小草的唏嘘、天籁的呼吸……

学生告诉我,那是天堂的声音。可以引你窥视自己的心灵,可以感受上帝的抚爱……

我正沉浸在天堂之声的美妙中,忽然,我的学生悄悄地用胳膊肘捅了我一下,她小声说:

"看,那就是我们的总统。你不是问我们的总统吗?"

我问:"这就是你要给我的惊喜吗?"

"不,多姆教堂是。总统不是。他是为我们工作的人。他就在我们中间,

拉脱维亚总统府。我回国前，总统秘书在二楼召见了我。

他总来。"

阿娜达眼睛又圆了。（她心里一定奇怪，怎么问这样的问题？）

在拉脱维亚，那天，学生给我这个老师好好洗了洗脑子。她给我说了许多事，叫我建立平等思维意识。说累了，她喘了一口大气说："我请您听音乐，您倒是对总统感兴趣。"

听音乐新鲜，见到一国至尊的总统更新鲜。差异嘛，就会引起警醒。

最后她指了一下靠左边的座位，回答我的疑问：

"我们的总统有没有特权，你看吧。"

3

那时，我还没有受到总统接见，不认识总统。我只能看到他坐着的背影：宽肩、壮实、安静。身旁大概就是他的夫人，显得很是娇小。如果不是有人指点，我绝想不到那个看来非常普通的人就是总统。他就坐在普通百姓中间。

多姆教堂里，老人、孩子、男、女，一千多人，鸦雀无声。只有一个沉稳的声音在洗涤着人们的灵魂，引导着人们走向圣洁的路。

没有端着相机的狗仔队，没有保镖，也没有人围观……

学生告诉我,总统和他们普通人一样,和百姓常来常往。

我听不懂神父的布道,但那里一定有约束人们权柄的告诫。

<h1 style="text-align:center">4</h1>

还有一次,总统府门前的草地上,绽放着孩子们的笑脸。我看见一群孩子正在活蹦乱跳地嬉戏。一个大个子男人弓着身,也笨拙地在他们中间跟着跑啊,跳啊。我的另一个学生指给我说:

"那是我们总统。"

"每年儿童节,他准和孩子们在一起。"

话语里藏着的都是爱戴。

远远看去,总统高大,一脸阳光,一脸笑容。

我问:"做新闻?"

没好意思说:"Put on a show(作秀)"。

答:"谁说的?"

真的看不见照相的。学生告诉我,不是节日,也能看到他们的总统和

儿童节时,老师陪孩子们玩耍。

孩子们在一起。

是他在给孩子们过节。

我想起了，我在国内参加的一次"六一"儿童节。

5

刚进六月的天乍暖还寒。9点多了，前排的领导座席仍然空着，那天还下着蒙蒙小雨。

台是露天的，前排搭着凉棚，家长们大部分都在雨中引颈渴盼。奶奶、姥姥们个个像胖企鹅，都想看看自家的小宝贝不在大人身边的伟业。

其实，小宝贝们早就起床准备了。化妆、着衣一派新气象，一通忙乱。不过除了"小熊"外，什么"小白兔"、"小蜻蜓"都已冷得有点筛糠了，特别是只穿着小裙子的"小蜜蜂"，冷得缩成一团，然而重要人物还没有来。好不容易需要"热烈欢迎的上级领导"入场了，"小蜜蜂"又憋不住要上厕所，老师着急呀，"小蜜蜂"还得给领导献花呢。

记得那天，老师们都忍不住说："天啊，儿童节到底是给谁过的？"

这事一直徘徊在心。至今，我都想向我们的孩子们说一声抱歉。

在拉脱维亚的那一天，我真想走过去向总统说一句"谢谢"。他叫我深思，叫我们深思……

6

再有一次，11月18日拉脱维亚独立节，也是他们的国庆日。我和我爱人荣幸参加了国庆庆典。

去过世界上最大的广场——天安门广场。接受过雄伟的天安门城楼上毛主席的检阅；参加过浩浩荡荡排山倒海之势的红卫兵游行；也曾漫步在华灯初上，如天上银河落地的长安街。

带着这样的印象，走进安静的里加城。我所有的感官都是反差。伫立在不足一个足球场大的自由纪念碑广场上，看了不足20分钟的阅兵式。一个一个数过，只有稀稀拉拉14个兵种的拉脱维亚海陆空三军队伍，心中只有感叹。想起拉脱维亚朋友说的话："只有270万人口的小国，在林立的大国、强国之中,别说求发展,就是生存都艰难。"

我知道,拉脱维亚刚刚独立,百废待兴,荆棘遍布,要想走出一条国富民强的康庄大道,谈何容易。他们的人太少啦!

那天,我作为一个中华人民共和国在拉脱维亚支教的学者,连同我的爱人,受到总统的热情接见。

当我的手被握在他宽厚的大手中,我立即感到了一股力量和温暖。

那天,我坚定地回答了总统表示的谢意:

"我会不辜负祖国的重托,在中拉友谊和语言大桥的搭建中,努力做出一个中国学者、中国教师应有的贡献。"

那时,我也顿时感到肩上倍增的责任和期望,只可惜用的是英语,没有我们汉语铿锵、悦耳、有力。

这次见面因为是面对面的,看得非常清楚,印象是深刻的:总统高大、亲切,甚至给人以憨厚的感觉,丝毫没有架子。

哦,需插几句说明:拉总统的秘书是个例外。这是个高个子的年轻人,至今叫我感到温暖。我是在将回国时的一次接见中认识他的。他总是弓着身子听我说话(他也很高),所以我胆大妄为地反映了拉国中,少数族群没有护照,没有选举权的苦衷。我还介绍了我们国家少数民族的优惠政策。位居高位的他是那样的谦逊,和他们的总统一样。我回国时,他又派人送上他的亲笔书信和总统的礼物,叫我至今难忘。

再说拉脱维亚国庆节那天。总统徒步离开会场,没有红地毯,没有人净街,没人开道,和我每次见到总统时一样,也没有人围观……我甚至看不见他的车在哪里。当然更没有美国总统安装着10厘米厚防弹玻璃的防弹车。他就在人群中走回总统府。

我问过学生阿娜达。阿娜达说了好几个"People(人民)",他是人民选出来的,他和人民一样,他为人民工作,他为什么怕人民?

"您想呢?"

是,我该好好想一想,我们真该好好想一想……

于拉大

在移民局

1

那是一张永远叫你提不起精神的脸,白胖白胖的,没表情,没朝气。坐在办公桌后面,像个糖面座儿。他没有戴眼镜,眼睛却总是翻向上边看着你;眼珠是灰色的。他那没有重音的话语,几个月来总是向我发着一个腔调:

"上面没有下来文件,没有。签证还要等一等。"

我极力压着一直向上蹿的火,心里千百条的理由都挤到嗓子眼儿:

哼! 还等! 我等了快半年了。我爱人来这儿,是来帮我教学的(一个人在这里,你简直想象不出有多么困难)。我们又不是来移民。哼,你请我移,我都不来呢。谁稀罕这儿! 又穷、又旧、又冷,连人的表情都像冻上冰一样。确实,这位 Sir 的脸就像进过冰箱。Sir 说完,扭动了一下身子又低下头看什么破文件了。

哼! 你拿什么架子? 我来是支教的。我的每一项花销(包括我的教学用费)都是我们中华人民共和国支付。我们中国教师来,是为世界的汉语教育事业做贡献的。你当我是来求你们呀。我忍不住愤愤地说:

"Sir,对不起。除去等之外,难道您就不能做点什么吗? "

"没有办法,我们必须听上级的。"

他的声音依然像过滤过似的,每个音符都一样。

你整天办什么事了? 你这个官僚! 当然,这话都是我在心里说的。我仍坐在那儿,没打算走,也没说话。

Sir 似乎感到点什么压力,又在起身。我知道接下来,他会礼貌地说:

"对不起……我去看看。"

在老城的合影，我们左边是银行，尽头的楼是武器博物馆，右边是移民局。

然后向屋外走去，大概又是上洗手间。每次，他都是估计我完全没有兴趣在这儿等了，他才回来。这次也一样，他说：

"抱歉，今天不行了。您至少需要再等两个月。"

说完，就坐在皮椅里，像个大白面口袋。我终于忍不住了，大声地说：

"你第一次说等三天，第二次说等一周，第三次说等一个月。等，等，越等越长。"

说实在的，来拉脱维亚办证的烦琐，真的叫人忍无可忍。我来拉脱维亚大学任教是中拉两国协议的。我是受拉脱维亚国家邀请，又由我们国家高教委直接派遣的。我爱人来拉帮助我教学也是国家高教委的红头文件。现在，要拿到我爱人的签证，却真的是"难于上青天"。我整日被他们支来支去，跑来跑去，累得精疲力尽。

那天，我也记不得了，我只知道，我气得真像爆米花的揭锅——"砰"的一下子，把我积压了几个月的感觉都抛给了那个"面口袋"：

"你是个聋子耳朵！（——摆设。）

你是个套上嚼子的笨骡！（——就会听呵。）

你是个马勺上的苍蝇！（——蹭饭吃。）

秃子跑进和尚庙里！（——充数）

哼——"

当然，我用的是汉语。Sir 的胖脸上，一对小灰眼骤然凝聚了。他当然不知道我在说什么，但发怒，他一定是感到了。几个月来他第一次看到这个温和得像绵羊一样的中国人，居然也长出了犄角。他愣在那不知所措。

"你这个胖猪官僚自己等着吧，等着肥猪出窝——下台（儿）！Sir，再见——"

说完我就冲出了门。门外大屋里（办公小屋的门是敞开的）等候签证的老外们，大鼻子一律冲向我。蓝眼、绿眼、棕色眼一律满是惊叹号。

2

哼！反正是出口恶气。我昂首阔步地走出了大门。

移民局就在里加老城。说人家又破又旧，其实人家一直保持着中古时期的风貌。石头铺的小街道，小街两旁的小商店雕门画栋，挂着各种各样的招牌，告诉你那窗门后的生计。小街上的街灯古香古色，姿色各异。那一切好像都在争相诉说着遥远的古朴，遥远的记忆。

走着走着，我笑了。我大骂了那小子一顿，竟挑不出一个不文明的字来。

汉语真棒！

我老家的猪圈就有个台。平时那大肥猪躺在台上，一赶它出来，那肥猪真的就得"呼哧呼哧"下台来。这个官僚真该下台。不是我一个人这样说他，来签证的人们都叫他气得鼓鼓的。两分钟能办的事，也要等上一星期，还不见得能办。每天等着见他，至少也得两小时。后来，从报纸上知道，世界上俄罗斯的官僚作风排首位，拉脱维亚紧跟其后。

反正，气撒了，痛快！为了奖励自己，我便进了一家咖啡店——嗓子眼儿要冒烟了！

3

咖啡店暖融融的,幽雅、安静,莫扎特舒缓的小夜曲一下就抚平了我起棱起皱的心。窗台、小桌上都摆放着古朴的花瓶。冬没有过去,瓶中却插满了鲜花青草。一股淡淡的野花的清香引领着你。我朝临窗的小桌走过去,身旁一个中年妇人微笑着招呼我坐下。我正奇怪,她的一句问话更叫我吃惊:

"你丈夫的签证办下来了吗?"

她讲英语。她怎么知道我的事呢?

原来她也在办签证,可见她也是移民局的常客。那妇人很漂亮,有点像我们电影里的二妹子,脸红扑扑的,像一棵田头上的红高粱,丝毫没有欧洲女人的矜持傲慢,朴实得像我们农家妇人,她立即给我一种亲切感。

这里没有一个中国人。异国的游子,又在挫折之中,那种寂寞感,没离开祖国的人绝对想象不出。能和一个像中国人的人说说话也高兴啊,我和她聊了起来。

4

那天,我知道了拉脱维亚历史有多么苦难。

拉脱维亚,这个波罗的海东岸的小国12世纪建立了早期的封建公国,可是很快在十字军东征时,被德国封建天主教征服,16世纪又被波兰和瑞典瓜分。我在里加老城就经常路过瑞典门,看过波兰城堡。

北方战争后,1795年拉脱维亚又归属了俄罗斯。19世纪拉脱维亚废除农奴制。拉脱维亚无产者参加了俄国十月革命。1918年12月17日宣布建立苏维埃政权。但不到两年就被推翻,成立了拉脱维亚民主共和国,可1934年法西斯分子发动政变,建立了军事独裁政权。

1939年根据苏德秘密协议,拉脱维亚划归苏联。1940年拉加入苏联,成为加盟共和国。1941年夏希特勒进攻苏联,拉脱维亚又被德军占领。直至1945年5月,苏联红军解放了拉全境。直至苏联解体,1991年8月22日拉脱维亚共和国才实现了真正意义上的独立。拉脱维亚历史上几乎没有独立过多久。

这个像二妹子的妇人，领我在拉脱维亚的历史中慢慢走过。外国人特别善于表演，二妹子一边蘸着咖啡在桌上写着年代，一边表演被人抽打脊背，被人揪耳朵，被人牵着鼻子走……我明白了一个只有六百多万平方公里面积，只有两百多万人口的小国，在列强的争霸中，有多么痛苦，多么无辜无奈。

我想我对面的这个妇人一定是拉族人。棕色的头发，皮肤也是棕色，透着一点儿红。尽管她不断大骂那些光吃不干的官僚政客。她用下巴颏冲着窗外狠狠地点一下，说："这些奶酪中的肥虫子！（大概是蛹）"

可是我能听得出，在她的谈话中，她对拉总有着一种掩抑不住的深情。她不断地对我说："您要理解。要理解。"

5

是要理解，那是她的祖国。可是她告诉我，她是犹太人，现在拿的还是苏联护照。没有拉的公民权，没有工作。我原来只知道俄族朋友没有公民权，没有工作，现在才知道原来非拉族人许多人都没取得国籍。

犹太女人说拉脱维亚就像一个被人欺负怕的孩子，刚刚自己站起来。不是拉族自己人，谁都不敢叫人家靠近。拉族在拉脱维亚只占百分之四十多一点儿。

更有意思的是，当她知道了我丈夫曾是军人，而且是退役的军官。她"哦——哦——"地拍着腿说："我说呢，难怪呢！"

她想要说些什么。可是当她知道了我是来拉脱维亚大学任教的教授时，她又晃着脑袋，有点儿神秘又得意地说："不说了，你一定有机会见到我们总统。你看了总统的资料，你就明白了，有过军人史的人，为什么来我们这儿这么难了。"

我能猜个大概。可我不明白，他们拉脱维亚人出去，怎么也这么难呢？

6

犹太妇人垂下她好看的大眼睛，于是我知道了这样的事：

苏联解体后,拉脱维亚的人口每年在以 7% 递减。除了生育率低外,向外移民也是重要原因。她出去是投奔她的姐姐。二战时,她的父母逃到土耳其伊斯坦布尔。她在那里出生,苏联时,她的父母送她回国上学。毕业后她当了电机师。现在她却没了工作。失业的女电机师长长地叹了一口气:"国家也有糊涂的时候呀。"

不知为什么,我忽然舍不得她走。女电机师笑了:"我一定还会回来。你知道列帕亚水电站吗? 我也参加设计了。她真美呀! "

女电机师眯起了眼睛。后来我真的去了列帕亚水电站,真像我从电影里看到的那么宏伟。因为那里凝聚着许多像女电机师那样的人的血汗。

临分手,她给我出主意:"我想,您丈夫的事,您要给我们总统写信。中国人跟别的国家人还是不一样的。"

我问怎么不一样?

"中国人不好战,是一个温和的、富态的女人。"

第一次听! 我从小就知道我们的版图像雄鸡。我们是雄狮!

温和的、富态的女人!

真不情愿。然而女电机师的眼睛会说话,那里写满了真诚。

7

我们成了好朋友。但我的信还没有来得及写,大使馆就知道了我的艰难,郑重通知我:中华人民共和国驻拉脱维亚大使馆,将全力以赴为中华人民共和国大陆教师办理其配偶入拉签证。

牛! 我把这个消息告诉了"二妹子"。她使劲地拥抱我:"你是幸福的孩子。有亲妈呀。"

是啊,在国外,对祖国的依恋,对祖国的那种思念,没有出过国的人绝对想象不出,那真是刻骨铭心。

后来我知道我的文件厚达两寸, 大使馆参赞的夫人都出面为我出文件。那文件之繁多,甚至还包括我丈夫委托我为他办签证的委托书。更不用说,还要有我爱人没有犯罪史,没有枪支等公证书了。有意思的是,文件往来中,我们的结婚证丢失了(到现在都没找到)。所以,到现在,我和我爱人竟成了"非法"的一对。

当里加城道边的冰雪都融化干净的时候。我"非法"的那一半终于拿到了入拉的通行证。使馆一秘说："你老爱干吗那么死心眼，连在部队立了多少次功都写了。吓死人家啦。"（老爱两次二等功，三次三等功）。

没办法，忠诚老实是我们那个时代的特点。

8

按规矩，我又去了拉脱维亚移民局。没想到那位胖先生真的是个头儿。我进屋，那位先生礼貌地站起来。

咦？他也不像个面口袋呀。

这个糖面座儿！糖三角儿！居然能立起来！

当我在他面前打开一张画有牡丹和几只鸽子的国画时，他那张一直冰冻的脸一下绽放了笑容，大嘴像一个向上弯的月牙。

哈，微笑使一个最丑的人都能变得漂亮、生动。

那天，不知是因为他的微笑，还是因为我这个人总是有话就憋不住。我诚恳地告诉他，我们多么希望他们简化入拉手续。Sir 又笑了，大嘴快咧到了耳朵根。他先是学着中国人的样子向我抱拳，表示道歉，又指指上边，然后耸肩、撇嘴，做出一副无可奈何的样子。他不让我说什么，他们这些搞外交的真有"顾左而言他"的本事。接着问我，那天我生气时向他说的是什么话，他很感兴趣。

没办法，想起那天我骂人家什么"聋子耳朵"，什么"套上嚼子的笨骡"，什么"马勺上的苍蝇"……我真有点为难，因为无论是拉语，还是英语我都不能准确翻译（在外交场合，拉脱维亚官方不允许讲俄语。而且我俄语也不怎么样）。再说，这些爱动物的外国人，我说他"驴子、胖猪"，他或许认为我是在赞美他什么。于是，我说，汉语深邃、博大（我真为我们的汉语自豪）。世界上不同民族由于文化习俗、文化思维、思想观念的不同，许多语言都有非等值词汇，无法对译。但是我告诉他，我是一个教师，我的气话也是文明的。

接着我也学他，耸肩、撇嘴，做出一副无可奈何的样子。但我没向他道歉,本来他就没点积极的态度。

Sir 还是笑了,一脸讨好。他点头。而后来的谈话,我差点又跟他爆发。

临走,Sir 看着我的礼物反复说:

"It gives me Goose bump!""Goose bump!Goose bump!"(英音:股子巴姆普)我翻字典是"起鸡皮疙瘩"!

为什么?看我们的国画,中国的四大国粹之一,起鸡皮疙瘩?那鸽子和牡丹都寄托着我的希望呀!

那天,多亏我的学生跟着我,她翻开《拉英双解词典》,告诉我,那词义是"快乐兴奋"。Sir 在说:"这令我快乐、兴奋得坐立不安。"

天啊!没办法!上帝造人怎么留下这么多麻烦?我多么希望不同国家的人都能说一样的语言。起码也要有更多的理解和真诚啊!

理解万岁!真诚万岁!

于里加老城

芭蕾舞剧院的精彩剧目

我被拉脱维亚外长的接见很有戏剧性,也绝对精彩。

我的好朋友,15岁的玛莎,她爸爸抛弃了她和妈妈,因此她有一个梦,希望能遇到《天鹅湖》里的齐格弗里德王子,能有那样忠贞不渝的爱。

一天,玛莎急急忙忙跑来告诉我:

"俄国芭蕾舞剧团来里加了。《天鹅湖》公演就在今晚,快去!那感觉一定是意想不到的。"

1

第一个意想不到,就是我赶到里加大剧院,人家已经开场了。那里的规矩,必须等到一幕演完,休息时才能进去。我很遗憾,但也存了大衣,在衣帽间外规规矩矩地站立等候。

第二个意想不到,就是检票员竟是个善良的老大妈(他们这里,许多六七十岁的老人都在工作)。不知因为我是他们的"老外",还是我的虔诚,老大妈竟网开一面叫我进去。她看了我的票,冲我捏着两指,像拉拉锁一样,从嘴角的一头拉到另一头,告诉我闭嘴。然后猫着腰,拉着我,送我到了座位。然后她指指我身后,在我耳边说着一通拉语,把一团热气送到我耳边,也把一团热乎乎的暖意一直送到我的心底。

我不懂拉语,但我想,那一定是不能喝水,不能吃零食,不能使用闪光灯,鼓掌必须等到终场,不能半途离场。要不就是说:"可别给我找麻烦。半截进场,我破例了。"

记得在国内,有一次,德国乐团对中国观众的热情鼓掌竟提出了意见。为什么?直到出了国,才开窍。

在国外,意想不到的事多着呢,但我很快就进入到了柴可夫斯基优美

里加歌舞大剧院里的芭蕾舞演出

的《天鹅湖》乐曲中。

第一幕,是我回国后,赶上俄罗斯芭蕾舞剧团来华演出才看全的。

一位至高无上的王后,告知王子齐格弗里德,明天就要给他选王妃了。王子不知所措,因为他的心还没有所属。

在里加看到的是:一天,一个高贵的王子,在一个偏僻的湖岸,看见一群翩翩起舞的天鹅,一只最美丽的白天鹅一下牵动了王子的心。突然,那些天鹅变成了一群少女,最美丽的少女就是被施了魔法的公主奥杰塔,这群天鹅只有在夜间才能恢复少女的原型。要解除巫术,公主一定要得到一个年轻人忠贞不渝的爱情。

上天总是把爱给予善良的人。王子真心地爱上了天鹅公主奥杰塔,并向她献出自己真诚的心。魔鬼见此又施魔法。在一个节日舞会上,魔鬼把他的女儿奥吉丽雅变成公主的模样,迷惑王子,骗取他的爱。王子信以为真。奥杰塔痛苦万分,奔向天鹅湖。

魔鬼这时露出原型。王子才知道中了计,不惧生死和魔鬼展开搏斗,最后杀死了魔鬼。

咒语被破除。一群纯洁的白天鹅终于又变回美丽的少女。公主和王子也历经苦难，幸福地结成伉俪。

俄罗斯芭蕾舞的音乐、舞蹈都精美绝伦。俄罗斯的舞台美术也登峰造极（看过法国和美国舞台剧，都不能和俄罗斯芭蕾舞相比）。

金碧辉煌的宫殿，绿荫掩映的庭院，静谧美丽的林中湖泊，绚丽的灯光使场景如梦如幻。

我不厌其烦地写这个剧情。为什么，一会儿告诉你。

2

不管怎样，再好的演出也有终场的时候。

出门，在大厅取了风衣，又遇到大妈。大妈又向我指指身后，这次我才知道，原来是他们国家的外交部部长在那里。

哇——我真吃惊。真如玛莎说的，"那感觉一定是意想不到的。"

意想不到一个国家的外交部部长，看戏竟坐在普通百姓的身后！

散场出来，也没有人开道，没有彪形大汉。老太婆不会当保镖吧？因为我看四周净是老人和孩子（到欧洲，你们就会知道，看展览，听音乐主要是孩子。那里的人非常重视素质教育。）那天，当外交部部长知道，我是中国来的支教教师，非常高兴地和我交谈并合影留念。

我感触万分。

大妈说，当然，他和百姓一样。拉特（拉国货币）"麻辣、麻辣（语音）她特别用俄语跟我说这个"少"。

那天，听大妈谈起他们的外交部部长，觉得老人的话中充满了爱怜。

3

我该结束此文了，但我还得说说这个拉脱维亚的外长，为什么我那么详细地说《天鹅湖》的剧情。因为那天，那个检票员大妈还跟我聊了很多。她说，议员们来看《天鹅湖》那是因为他们国家净是"兔子"（结完婚，男人跑了）。百姓提议叫头儿们宣传宣传《天鹅湖》，解决解决"兔子"现象。

这回，你们就能明白，我为什么敢冒赘述之嫌，说那个钟情的王子齐

水神喷泉

格弗里德了吧。

　　另外插一段：我的朋友玛莎因为她的爸爸抛弃了她和妈妈，她所受的痛苦，一个十五岁的孩子所表现出的心理状态，我真的无法言表。（可读《小天鹅玛莎》）

　　小玛莎她总是硬挺着。

　　那天，看完戏我立刻把我遇到的好事告诉了玛莎，小玛莎没有我预期的那么高兴。在我的房间里，她叉着腰，若有所思地踱着方步说："连外交部部长都来过问这件事，看来，议会重视了。哦，有希望了。我老爸……哼，我家那只'兔子'也许还能回来。哦，不行，法律不能管住'兔子'的腿。道德！道德！光制定几条法律没用。"

　　小玛莎指着自己的心。

　　"何老鼠(师)(没办法她不会发"师"的音)，我再告诉你一次，我的后妈是我妈妈的同学、好朋友！"

　　玛莎，这个小大人总要使自己像个大人物，说大人们的话。我一点儿也不惊奇，我们俩可是老交情了。可她后来的一句话，却真叫我倍感意外。

"我得跟外长好好讨论讨论。"

"又吹牛了吧？"

我不能想象一个国家外长能和一个小姑娘讨论什么。

可玛莎的回答是肯定的：

"是我们选区的，就没问题。不是，也没问题。电话是公开的，下午就打。安娜婶婶就谈过。"

此刻，我的内心只有感慨……

<h2 style="text-align:center">4</h2>

我还知道，在拉脱维亚，公事中只要有娱乐项目，也是自己掏钱（确实，我们在欧美开会，聚餐都是自己交费。美国更贵，30美金）。

那天，我和那个大妈聊了很久。有意思的是我发现他们对现在的中国了解不多，但对中国的抗战史却了解的，用他们的话说，"如数纺锤。"

我说，你们拉脱维亚快好转了。我们国家胜利了。我们那时的头儿，何止是用自己的钱给老百姓办事，那可是脑袋都别在裤腰带上啊……

大妈的头点得跟捣蒜一样。她居然能听懂了。

老百姓和老百姓的话好懂。是啊，在拉脱维亚，我这个老百姓居然和他们的总统、外长也聊过天儿。

可是我自己却糊涂了。因为我说的那些，毕竟是我们的过去啊。

然而有一点我不糊涂。我知道，人也有意思，人总是不肯放弃他美好的曾经。人们对美好记忆的追求是顽固的，这连最富磨损力的时间也无能为力。

一稿于里加

辑八　历史的碎片

婉丹和达玛拉

"完蛋——"我可着劲儿地朝楼上喊。

外国字母我总记不住，可是一有谐音，那我可就永远忘不了了。"完蛋（婉丹）"是我采蘑菇的朋友。严格地说，她是我朋友玛莎的妈妈的朋友，我们相识始于采蘑菇。

1

一场沙沙细雨之后，过了一天，又过了一天。早上，天刚放晴，玛莎就来到我的窗下喊上了。玛莎是个十五岁的小姑娘，我的邻居兼朋友，兼汉语学生，兼俄拉语老师。她会用汉语说，她是我的"保安"。

"何老鼠（何老师）——"

没办法，我也不再给她更正了。我觉得她的音位里根本没有"师"的

被宠爱的滋味，别提多好啦。我们告别时间很长，因为她们要排队等我一个个宠爱。

音。反正她也不知道汉语的"老鼠"是什么。

玛莎一阵"咕噜咕噜"地说。我明白了,她说现在是采蘑菇最好的时候。一场细雨,蘑菇露出头来,地又干实了两天,森林里也好下脚了,我们终于能去采蘑菇了。要知道,玛莎下雪的时候就告诉过我,要带我去采蘑菇。

早盼着呢——

玛莎说完就跑了,似乎她还要买什么东西。临走时交给我的任务就是去我住所右边的楼下叫婉丹。"完蛋?"——人我不认识,名字我却一下记住了。

"完蛋(婉丹)——"

四楼的一扇窗子打开了,随即伸出一个卷着满脑袋发卡的头。就是在楼下,我都觉得她的五官好像有点夸张的大。浓眉大眼,大嘴巴。直到我们出发,她站到我的面前,我也觉得她的嘴一张,小簸箕一样。站在她一旁的是玛莎的妈妈达玛拉。她的名字也好记"大妈啦(达玛拉)"。她们俩是好朋友,性格却完全相反。达玛拉瘦弱、忧郁;婉丹人高马大,说话"呱呱"的,快乐、大嗓。

婉丹一见我,高腔大嗓地嚷上了,那意思是:"这怎么行?你会叫蚊子叮成癞葡萄样儿。"

我们几个其实都是长裤长褂。玛莎还特意嘱咐我,叫我穿上冬天的半高靴子,只是我没系头巾。

婉丹说着从达玛拉身上解下了人家的围裙,又迅速系在我头上。这样,我头上系着呼扇呼扇的围裙;婉丹在她那卷着发卡的头上包上一块白色的纱巾,里面像顶个纸篓;玛莎,男孩儿一样,戴个大帽子;达玛拉,长纱巾绕过头,披在肩上,依然美丽。我们各自拿着小铲儿、篮子、小水桶、挎包,高高兴兴、花花绿绿地上路了。

2

婉丹特别好说,一路上她的嘴就没停过。婉丹说采蘑菇可不能像赶婚礼一样,人不能多,也不能带不会采蘑菇的人。说着,她用眼睛瞥了我一下。眼里有一种和她本人一点儿也不协调的温柔:"啊,你就例外了。"

她说,她趴在窗边抽烟的时候,常看我在草地上打太极拳,还跟孩子们踢足球。听说我还是个教授。中国教授不会看不起人,好!

天啊,我才知道,我周围有那么多双眼睛!

她还说,她早就爱上我了。

哎哟,我可没爱上她。我总觉得她有点像电影《钢铁是怎样炼成的》里卖走私酒的婆娘,只是她年轻点儿。年轻的婆娘豪爽地指着自己的鼻子说:

"包在我身上,没采过,没关系,包在我身上。哈哈,我教你,包准儿你一会儿就能赚上你几天的吃喝。"

玛莎告诉我,婉丹是那种只要眼睛一扫,就知道哪儿有蘑菇的高手。四邻八舍对她都佩服得五体投地。

年轻的婆娘婉丹架着胳膊一闯一闯地领导着我们的队伍向前。

天空,碧蓝碧蓝的,曙光中的白云大团大团地凸出来一样,像棱角清晰的浮雕,伸手都可以触摸到。看吧,那天空辽阔又生动。

3

大树林原来并不远,半个多小时就到了。我想起我小时看的《丘克盖克》,两个可爱的小男孩怎么一出门就找不到家了呢? 那天我才知道人家的城市就在树林中。走下公路远看,一道树的城墙,棕色的树干、绿色的树冠,一眼望不到边。

进树林,空气都是甜的,心里真是感到一种特别愉悦的清爽、舒畅。

要采蘑菇了。我的"保安"把她的小脸凑到我的鼻子下说,千万不能被蚊子咬了。我说没关系,我拿出一小盒凉油,叫她们每个人都抹在脸上、手上。我刚把那小盒托在手心,忽然觉得像电影定格一样,我的三个伙伴,六只眼睛一下就都盯在小红盒上:

"呀! 这就是中国的神油啊!"

"这就是起死回生的上帝油啊!"

说真话，我的俄语没那么好，这是后来我叫玛莎帮我查字典弄明白的。当时，她们三个，一会儿闭上眼睛装死，一会儿在鼻子上抹点油，又"嚯"地站起来。我忍不住笑了，心想，国内一个不起眼的小盒凉油，在这儿却这么金贵。听说中苏刚恢复邦交的时候，一盒凉油就可以换他们一个军用望远镜。我也觉得有点儿心酸，拉脱维亚离我的国家太远了，不然我真想给他们每人一大把。

我叫她们多抹，然后就把小盒交给婉丹拿着。达玛拉赶紧一通嘱咐。婉丹把那小盒放在胸罩里，一转身就消失在树林里。这个喊着要教我采蘑菇的老师，一次也没有告诉我怎么找蘑菇。但她也挺忠于职守，估计着凉油不凉的时候，会"噗嚓噗嚓"赶回来，用她的长手指，在我们每个人脸上横七竖八地抹上几道凉油，然后就像被狗咬屁股一样地钻到树丛里去了，一边走，一边喊着嘱咐我："跟住达玛拉，别丢啦——"

4

达玛拉拉着我，虽然旁边没有人，她也把嘴凑到我的耳朵边说："婉丹，她们拉脱维亚族女人，天生的'苦大累'，是有名的'养汉族'。男人除了生孩子外，什么也不干。不过现在可得'风儿'啦，都当'头儿'。你看婉丹那头发钢丝似的，卷多少卷儿也不如我们俄罗斯人好看。"

那天我才知道拉族、俄族人的区别。拉脱维亚族人真的不如俄罗斯人好看，而且大多头发是直的。

婉丹蹿回来时，只要达玛拉母女稍稍离开我，也会跟我说一通。她冲着达玛拉背影撇一下下巴颏："俄罗斯人。占领者。现在撤了。连气（天然气）都掐。"

接着就是什么，俄国熊的大熊爪子，就知道踩到别人的燕麦地里。

"俄国熊掐燕麦穗，叼一个，丢一个。"

不同民族的语言也有相同之处。想起汉语的"狗熊掰棒子"，我忍不住笑了。看我笑了，婉丹像拿了奖一样，她又学着喝酒的样子："俄族男人各个是酒罐子，喝了酒还就躺在大街上。哼！"

我刚到拉脱维亚，大使馆工作人员就告诉我这里国情特殊。前苏联解体,拉族、俄族矛盾尖锐。看婉丹说得那么气愤,我真担心她和达玛拉打起来。

5

中午吃饭时我们聚到一块儿了。一张大桌布铺在草地上,大家各自拿出自己带的饭。她们带的是奶酪、面包,我带的是茶鸡蛋、糖馒头。我知道他们爱喝牛奶,馒头里放的是牛奶糖。我的饭一摆上,一下汇聚了六只眼睛。本来鸡蛋每人两个,糖馒头每人一个。还没来得及吃,又来了两个凑热闹的,也是采蘑菇的。我知道他们这儿有句歇后语:"中国食品——在魔术袋里。"他们好奇。我把我的一个糖馒头和一个鸡蛋给了一个看嘴的人,婉丹掰了半个糖馒头和一个鸡蛋给了另一个人。

那时,我看到达玛拉把自己的那份儿悄悄地塞给了婉丹,婉丹把自己带的面包和奶酪悄悄地塞给了达玛拉。她们俩谁都没说话,只是交换着一种特别温柔的目光。想到两个女人刚才誓不两立的样子,我真不能把她们和现在联系在一起。

啊,猪八戒照镜子——两面太不一样啦!

6

饭后我们又开始采蘑菇了。我的收获不是蘑菇,而是她们俩一会儿这个给我灌一耳朵,一会儿那个给我灌一耳朵的故事。

她们原来都在一个玻璃制品厂工作。婉丹是检验师,达玛拉是车间副主任。1991年苏联解体,俄族撤走,工厂一下倒闭了。婉丹愤愤地说:"俄国人说走就走了,许多人没了工作,真不知怎么活。"

她们一个月只有28个拉特(相当五十多美金)的补助金。(我一个人在拉的生活费,包括车费就有50拉特。)

瘦弱的达玛拉话声不高,但那里有许多伤痛:"拉脱维亚独立,我们俄族人也没了国籍,没有护照。苏联解体真是灾难。"

玛莎告诉过我,她们不久就要去俄罗斯的西伯利亚了,回她外婆家。

听她们的话,我不断抬起头,从那密密的树缝间看看天,因为我觉得心里有些透不过气。她们都是多好的人啊。

达玛拉说："看着你的脚底下,那蘑菇不是都长在外面。你看哪里的草皮拱起来,你扒吧,那里一定有蘑菇。"

果然,我竟发现了一小片。哈!真漂亮啊!棕红色,上面还有小黑点,像大瓢虫。我一个不留地全采下来。一上午,我也没发现几个。

"快来看呀,我采到蘑菇啦——"

我兴奋地喊玛莎。我的"保安"早不知哪儿去了,她到处跑的时间比采蘑菇的时间要多得多。一会儿想给我抓一只小松鼠,一会儿说给我找野草莓吃。只有达玛拉一直不离我的左右,她怕我丢了。

达玛拉一看见我的蘑菇,在胸前画开了十字。婉丹赶过来一看,也接着猛画。玛莎跑回来了,十字倒是没画,却一个劲儿地喊上帝。

原来,我采的是毒性最大的"肿头蘑"。蘑菇汁碰到哪儿,哪儿就肿起来。吃了,头肿,活不了。三个人手忙脚乱地把我本来就不多的蘑菇都埋了(因为我把毒蘑菇和原来采的都放在了一起)。她们又拉着我,找了块干沙地,用沙子给我搓手。

达玛拉一边给我搓,一边查看我的手有没有破的地方。婉丹的大嘴快碰到了我的鼻子,不停地说着:"记住,你的手没洗前,不许摸你的嘴。"说着她向四周看了看,又神秘地对我说:"还有你的屁股。"

遭了!她一提屁股,大家都想"方便"去。

7

玛莎神情郑重地对我说,在森林里方便,那是最不方便的事。一个是蚊子,一个是蛇。哎哟,我最怕蛇了,说要坚持到回家。

达玛拉过来安慰我,说无论是下蛋还是下雨,手里有个棍就不怕。这里的人真有意思:他们把大号叫下蛋,小号叫下雨(大概她们都便秘)。

玛莎手脚麻利地给我们每人折来一根长树枝。于是,我们又找了块通风、又隐蔽的地方,要集体下蛋或下雨。她们坚持一起痛快,不过我还是坚持躲起来。

大家用手里的长树枝打着周围的草丛。玛莎扯着嗓子喊,教我和她们一块儿大声朝着地上喊:"赐福给你啦——赐福给你啦——"

真没办法。

我大笑着,喊吧。想想,她们说得也对。也算是对大树林的恩赐了。

我就这样,一会儿一惊一乍地吓个半死,一会儿又笑得肚子痛。

那天,我真的长了不少学问。走在树林里,玛莎说,她妈妈,还有婉丹阿姨,只要看看树干,就知道哪是东,哪是西。树皮深棕色的就是朝阳的东面。我看了半天也分不出来,只看见阴面有苔藓。玛莎说,她也不行,但她可以预测明天下不下雨。说着,玛莎采了一个松塔给我,告诉我,明天一定是晴天。她说松塔瓣儿张着,一定是晴天;松塔瓣儿合拢起来,那一定要下雨了。小家伙知道的还真不少。

玛莎还告诉我,如果你听见有沙沙的树叶声,你立刻离开那棵树,而且要横着跑,因为那一定是蛇。不过,我也不知朝哪边跑,因为我不是听见树叶的沙沙声,就是她们的叽叽声,总之我的耳朵没闲着。

8

日头西斜了,我们来到树林边上。

远处一碧蓝天在西边的天际变幻出一片红霞。那霞光穿过枝干的间隙斜射在地上,映出一束一束玫瑰色的光束,使你感到周围的一切都如此生动。

一株株高挺的云杉在霞光里镶上绯红的亮边。微风中,摇曳的枝叶把那亮光搅得晃来晃去,像对你伸着胳膊打招呼。连地上的小草也顶着亮尖,挺胸抬头地叫你注意他们,好像在说:"喂!也看看我!"

一切都像有生命一般。

我们几个不由得舒展开了,贪婪地吸着树林中清爽的空气,没有去过树林的人绝对没有这种享受。特别是走在有阳光的树林中,呼吸着树林里散发着树脂味道,还有树叶淡淡的清香,你会觉得整个身心都像洗涤过一样,神清气爽,心旷神怡。至今我都觉得,去哪里也不如在那里享受。

达玛拉解下头巾抽打着身上的土,提醒大家该回家了。如果天黑了,那是很容易迷路的。

我们忙着打点着自己：我头上呼扇呼扇的围裙变成了披肩。婉丹拿下了头上包着的白色纱巾系在了腰上，露出了卷着发卡的头。她一边说凉快，一边说今天多亏有了神油，没被咬疙瘩，说着拿出了那盒凉油要还给我。我早就忘了，说送给她了。婉丹没客气就把它给了达玛拉，达玛拉不要，两人让来让去，直到我说一定再拿一个给婉丹，达玛拉才收下。我又一次看到她们交换着一种特别温柔的目光。

9

我们是从树林外的大路返回的。婉丹收获最大，足足有一小塑料桶，达玛拉半小桶，玛莎不少，不过都是什么浆果呀、野草莓，还有葛藤条……她说奶奶会给她编一个非常漂亮的小篮子。我，当然没法提了。不知为什么，我瞪着眼，就是看不出蘑菇来，而且一上午好不容易采到的，也都倒了。所以我拎包里没几个，但大家坚持要叫我的"保安"替我拿包儿。

"三个女人一台戏"，我们还多了一个小女人，可见我们这儿多么热闹。本来人迹不多的大路，因为我们而生机勃勃。

婉丹两个壮实的胳膊上一边儿拎着一个小桶，她不让达玛拉拿。瘦弱的达玛拉不时地给婉丹拿下扎在身上的苍耳。精力充沛的玛莎仍然像踩了弹簧一样，蹦蹦跳跳地跑在我们前边。那时我们突然发现：我们一直找不到的黄油，竟粘在她扭来扭去的屁股上。

笑声也随即像爆米花出锅，一下"砰"地爆出声来，把惬意和快活撒了一路。

10

回来好像比去时快，不知不觉我们就到了家。玛莎把我的提兜还给了我，我忽然发现那包一下鼓胀起来。我看见婉丹和达玛拉交换了一个会心的微笑，转身就朝她们家走去了。

她们给了我一提兜蘑菇！我心中一下腾起一层热浪，心里又隐隐地发痛。要知道，她们一个月只有 28 个拉特（50 多美元）。

我每次下班,在终点站都有人在地上摆上一小堆瓜果、蔬菜或鲜花什么的,卖了来换他们的牛奶、面包钱,他们风里雨里都坐在小木凳上。一小堆鲜蘑菇,差不多二两左右吧,卖40个萨梯姆(6.4元人民币),18个萨梯姆可以买一大可乐瓶牛奶,够两个人喝一天的。(那里就牛奶便宜。)

她们给了我一提兜蘑菇啊!我喊住了她们,表示坚决不要。她们表示如果不要,她们就躺在地上不起来,说着就表演给我看。哎哟,这真跟小孩撒泼一样。这里的人真的特别真心,没办法,我收下了蘑菇。不过,我也表示,如果她们不进屋和我一起吃晚饭,我也会跟她们一样。

于是,我们的采蘑菇队伍又进了我房间。欢声笑语又像爆米花出锅,"砰砰"地一会儿一爆地扬满整个房间。她们特别爱笑,笑声也特别大,谁也想不到她们正处在对立的两个民族营垒。

那天,我们招呼着什么"完蛋"(婉丹)和"大妈啦"(达玛拉)。她们叫着我"何老鼠"。我们一块儿干这个,拿那个。玛莎还一定要把汉语的"馄饨"一词学会,不过,都说成了"浑蛋、浑蛋",让人听了没办法不笑。

我也叫她们笑得肚子疼。我总是说错话,一会儿说什么阴性的丈夫,一会儿又把阳性的词加到老婆上。搞不清。俄语生词都分男女,拉语就更难说了。我们的饭更是热闹:我教她们包蘑菇肉馅馄饨;她们教我摊西葫鸡蛋饼。婉丹和达玛拉使劲地剁着西葫,嘴里说着:

"剁你,戈尔巴乔夫。剁你!"

原来,俄语"西葫"的发音和"戈尔巴乔夫"一样。那天,我才知道,无论是俄罗斯人,还是拉脱维亚人,对苏维埃联盟共和国的解体,心中都有一种说不出的味道……只是我研究语言,不懂政治,不知如何去评价。我想还是俄罗斯总统普京说的好:"不为苏联的解体而惋惜,那是没有良心;试图恢复过去的苏联,那就是没有头脑。"

一个史无前例的特别的时代过去了……

我又一次看到婉丹和达玛拉那么默契,那么亲近。她们一边干着,一边传递着一种特别真挚的温情的目光。

你和我，

心连心，

同住地球村。

……

你和我，

心连心，

永远一家人。

我渴望着……

那天，我蒙眬地觉得，战争绝不会始于民间。

于拉大公寓

再来一次

1

五月了。春天姗姗来迟,她终于鼓起勇气,叫小草挺起了腰,抬起了头,手拉着手驱赶着片片的积雪。大地一片片地绿起来,然而雪却不肯退去,有时甚至依然有鹅毛大雪铺天盖地而来,似乎发着狠地要把绿色重新覆盖起来。

一天,我去上班,照例在终点站坐上电车等待发车。

我坐在敞开的车门边,看着车外灰蒙蒙的天,像铺棉絮一样大把大把地把雪片铺向大地,车外又变得一片雪白。谁能相信这已是五月啦!我好奇地看着窗外。

车内鸦雀无声,这里没有国内那种热闹、喧哗。人们说话好像怕吵醒谁一样,轻声地说,轻声地笑。坐在我身旁的一只小狗也一声不出,睁着一双水汪汪的大眼睛看东望西。忽然,车外传来一个孩子的哭声,我看见一个瘦弱的女孩正向车内呼叫着:"爸爸——回家吧——爸爸——回家吧——"

车内毫无反应,我不知谁是孩子的爸爸。好一会儿,孩子仍站在车下。飞雪在孩子鬈曲的金发上镶了一个白边儿,像一顶毛茸茸的雪帽。孩子仍在哭,她那长长的睫毛上落着雪花,大颗大颗晶莹的泪珠从眼里滚落下来。我的心叫孩子哭得隐隐发痛。

这时,一位老爷爷向我对面的一个卷发人说了一句什么。只见那个卷发人站起来,照着老人前胸"嗵"就是一拳。我当时的火一下蹿到了天灵盖。我在国内就好打抱不平,出了国,还是"外甥打灯笼——照旧(舅)"。那时我已经能听懂不少俄语了。从他们的争吵中,我知道这个卷发人就是孩子的父亲。我气愤地一下夹到他们俩中间，冲着卷发人大声地威胁他说：

"伊肖拉斯(俄语音：你再来一次)！"

我立刻嗅到一股呛鼻的酒味。卷发人的舌头早已冰冻了一样，眼睛也变得呆滞。糟糕！是一个酒鬼！我立刻后悔，假如这个酒鬼真的"再来一次"，我的脸会立刻肿起来。怎么上课呀？于是，我立即改口：

"为什么？为什么？你是年轻人，他是老人。为什么你不管你的孩子？你是父亲吗？你是好人吗？"

我大声地反复问着他(那时我也不会说更复杂的俄语)。不知什么原因，这个壮壮的大汉，竟乖乖地坐回了他的座位。我忽然发现他有一双特别蓝的眼睛，眼睛里闪着特别孤苦的目光，我的心竟有些抖了。

我下车拉上了他的女儿，车也开了。伴着那破旧的电车"咣当咣当"的声音，我和那小女孩有了如下的谈话：

"叫爸爸做什么？"

"没有吃的。"

如果不是我亲耳听到，我真不相信。我把我的午饭给了孩子，真后悔没多带点儿。

"你几岁了？"

"六岁了。"

"你上学了吗？"

"没有。"

"你的妈妈呢？"

"没有了。"

"她到哪儿去了？"

"不知道。她不要我们了。"

"她死了！"爸爸粗声粗气地插话。

我明白了，这又是一个单亲家庭，拉脱维亚的单亲家庭很多，我的10个学生里面7个没有爸爸，他们的爸爸当了兔子。拉脱维亚人管弃家的人叫"兔子"。但"女兔子"第一次听到，我对这个卷发人忽然有了一点儿敬意。

2

那天我们谈了不少,我知道他没有工作,才28岁。他原来也是拉大的学生。当我告诉他,我就在拉大任教,他非常兴奋。他解开他的皮夹克,露出了印有拉脱维亚大学字样的运动衣叫我看。而我注意到的是,此时,仿佛所有活力一下回到他的身上。他的蓝眼睛一下跳出了火花。

我立刻鼓励他,叫他好好生活下去,但我不知道怎样叫他找到工作,真想为他出份力。

我得下车了,不仅因为我到站了,还因为挨了一拳的老头儿一直用一对深情的目光包裹着我,又硬是拉起我的手,行亲吻礼。天呀,这是什么风俗? 我赶忙下车。

卷发的小伙子向我示意告别。当我看着那张一直转向我的脸,我又一次觉得他是那样年轻,我不知怎样帮助他,只是握起拳头,举过头,示意他加油。

临开车,他指着自己,特意告诉我,他的名字:"奥——列——格。"

奥列格!我少年时就把这个卫国战争中英雄的名字铭刻在心中了。我一下记住了小伙子的名字。《青年近卫军》一书,我们年轻时几乎没有人没读过这本书。在莫斯科卓娅墓前,我还知道,奥列格被德国法西斯枪杀前,一只眼睛还被他们挖去。在他胸前,法西斯用刀刻上了五角星。因为奥列格宁肯死去,也不肯交出他手中的近卫军旗。

想到那个英雄的奥列格为今天付出的奋斗和牺牲,我心里又苦苦的……

3

很长一段时间,每当我走到车站,总要找一找他。我想,跟他说上几句鼓励的话也好啊,但一直没有再见他。又过了多久,我没算过,我只记得天热了,又凉了;冰化了,又结冰了,下雪了。

一天下课,我的学生说,有人送给我两张音乐会的票,叫我一定去听。说是那个和我打过架的奥列格给的。

夏日,草地就是年轻人的演奏台。

那天我才知道,在拉脱维亚很少有人劝架。劝架也一定不劝醉汉的架。而我不但劝了,还敢叫人家再来一次(打一拳)。学生说,那个奥列格特别敬佩我。我说呢,那个瘦老头为什么眼缠着我不放,向我频送秋波。我哈哈笑起来,心里又很感动,因为我知道里加(首都)音乐会票很贵。

音乐会在城东的音乐厅举行。那天上演的是德国大诗人和剧作家席勒的最后一部重要剧作——《威廉·退尔》。席勒的《阴谋与爱情》写得就荡气回肠,《威廉·退尔》又由意大利著名音乐家罗西尼改编为歌剧。罗西尼,代表着意大利音乐艺术的高峰。

难得啊!《威廉·退尔》在欧洲极有影响力。

故事发生在14世纪。占领瑞士的奥地利总督肆意欺压人民。他别出心裁地在市中心竖起一根长竿,竿顶挂着一顶奥地利军帽,勒令行人必须向帽子鞠躬。

一天,农民射手退尔经过此地。他坚决抗命,不鞠躬。总督得知,给退尔的儿子头顶放上一个苹果,命令退尔用箭射之,如射中,就可免罪。退尔射中苹果。总督又命退尔射他自己的儿子,退尔不从。总督大怒,命手下再次逮捕了退尔。

在押解退尔的途中,他们乘坐的小船驶到湖中央时,可能是有上帝相助,忽然风浪大作,小船眼看要翻。奥地利官兵都吓得慌了神。退尔趁机夺回弓箭,一箭射中总督,退尔跳入水中,逃脱虎口。

后来瑞士百姓拥戴退尔做反抗奥地利统治的首领。威廉·退尔成为瑞士的民族英雄。他不畏强暴,领导瑞士人民英勇抗击奥地利侵略者,在欧洲历史上颇有影响。

拉脱维亚独立不久,上演了许多这样歌颂民族英雄的音乐、歌舞剧目,意义是显而易见的。但我不明白奥列格叫我看的意思,奥列格是俄族人啊,后来我问起他这件事。

"不,我不是俄族人,我是波兰人。历史上波兰也占领过拉脱维亚。我也曾是苏联人。但拉脱维亚才是我的祖国。"

他异常平静地回答我。然而我的心却不平静……

4

到剧院时就更不平静了。

去国外,就是想听原创的音乐、看原创的文化,能听罗西尼的大作真叫我兴奋。可进了剧院,开头,我看台上的时间,不比看台下的时间长。因为听音乐的大多是孩子,最小的至多三四岁,可爱极了。说实话,无论我在俄罗斯、在北欧、在美国……凡文化场所,净是孩子。人家的素质教育真值得我们学习。

我问小家伙们,听得懂吗?

小家伙个个冲我在嘴巴上拉拉锁。

我静下来,一听,哈,真是,由于票上是拉语,我的学生们拉语也不好(原来他们国语是俄语)。我还以为,上演的是《威廉·退尔》歌剧,而实际是《威廉·退尔》序曲。序曲比歌剧本身更为有名。那天,真有做了上帝宠儿的感觉。

序曲分四个乐章,连续演奏,章章精湛、震撼。这在歌剧序曲演奏中真是罕见(一般序曲都是一个乐章)。

诗可以诗中有画,王维的"大漠孤烟直,长河落日圆"所勾勒出的画面历历在目。听音乐也可以如此。

第一乐章,你在那长笛声中,可以感受大自然的宁静,可以看见一望无际的碧野上的油菜花……

第二乐章,你在急促的定音鼓声中,可以看见乌云聚集,雷鸣电闪,感受暴风雨一样艰苦卓绝的斗争……

第三乐章,悠扬的萨克斯奏出美妙非凡的牧歌,向你展示暴风雨过后阿尔卑斯山的恬静,在你心田中撒满甘醇和美好……

第四乐章,小号合奏出热情而又清脆的进行曲,叫你仿佛也走在英勇抗击侵略者的行伍之中,告诉你斗争刚刚开始……

好的音乐如激励人奋发的号角,如叫你走进洗净心灵的天堂。

序曲演奏完毕,人们都在激动之中。

5

而叫我最为不平静的是音乐会后的加演。

在国外听音乐和国内不同。国内,加演的节目都放在正剧前;国外在后。听不听,自由。有时可以走光。因为音乐会常常有一些民间歌队表演。

那天,演出的是一个叫"流浪汉"的歌队。他们演唱的大多是自编的歌曲。学生告诉我,有奥列格演出,我的心一下提了起来。他们的音乐厅大小同大教室一样。没有一个人退场,我真希望奥列格找到希望。

乐队出场了,全是年轻人。歌队的吉他手是奥列格!

奥列格的一双蓝眼睛今天特别明亮。学生告诉我,奥列格现在在酒吧演唱,并不断有剧院邀请他们演出。学生还说,奥列格还特别嘱咐她告诉我,他的女儿现在又上学了。

我真高兴!

奥列格他们的音乐有些苍凉,声音特别辽远、悠长,典型的拉脱维亚民歌特征。可学生说,一看就知道,他们哪族人都有。

听着,真觉得心里有一股激情在鼓荡。学生一句句给我翻译歌词:

母亲啊！您只给我一个小手指的爱，但我还在母亲的热怀。

命运啊！为什么这样多变，又多彩？

昨天我在伏尔加河上航行，今天我在道加瓦河（拉脱维亚第一大河）边徘徊。

我该怎么生？我该怎样爱？

母亲啊！您只给我一个小手指的爱，但我还在母亲的热怀。

命运啊！原来就是这样多变，这样多彩！

我想起在车上奥列格对我讲的话：

"昨天我那么大，2240万平方公里；今天我这么小，只有6.4万平方公里。我不是拉脱维亚人，又属拉脱维亚国家……"

真是难呀……可总要站起来！是呀，正像奥列格他们所唱：

昨天我还在道加瓦河边徘徊，今天我在这儿站起来。

太阳在头上，坚冰总要化开……

听唱歌，我还从没有那么激动过。为激情的乐曲，更为那唱歌的人。

演唱完了，全场站立起来鼓掌、欢呼。我知道那里有许多人的鼓励。我和大家一块儿使劲地鼓掌，我又大声地冲着奥列格喊开了：

"Once more！Once again——（再来一个！再来一次。公开场合不能用俄语。）"

这回我可不怕了。

于里加

两个惊叹号

电车站上，两个大女孩：一个高高壮壮，像个大可乐瓶；一个瘦瘦小小，像瓶边的感叹号。

隆冬，人们都包裹在厚厚的大衣里，两个大女孩却热火朝天地吃冰激凌！两个人吃一个！可能是因为天冷，冰激凌粘舌头。两个人两手圈成喇叭状，一边互相哈气，一边吃。一会儿猫腰，一会儿跳起脚来，亲亲热热，真叫人好笑又羡慕。

我爱搭话。一问，两人竟也是拉脱维亚大学的学生。知道是一个学校的，大家立即亲热起来。高个儿的女孩好像总有点害羞，小个儿的女孩却很冲：

"我什么也不拍。天掉下来，我顶着。"

高个儿嘟囔："别忘了，我比你高！"

我们说着、笑着。很快我知道，她们是国际政治系的学生，也是去占领博物馆。博物馆，任何一个我都不落。她们是为写论文来找资料的。指导论文可是我的强项！

然而当我一进博物馆大厅，我立即觉得强不起来了。展厅里，斯大林的照片和希特勒的照片并列挂在一起——都是占领者。我第一次知道人的情感可以那么繁杂地搅在一起。要知道，我是一个60年代的知识分子，伟大苏联的光辉一直照耀我的青少年时代。震惊、困惑、难以接受……毫无次序地在我心中翻腾。我也不知该如何接受。

两个好得吃一个冰激凌的好朋友，自告奋勇为我做解说员。哎，别提多糟糕了！她们在同一张照片前，会南辕北辙，有时还会疾风暴雨，吵得鸡飞狗跳(拉展览馆里人很少，有时也有小狗看展览)。后来我才知道，高个儿的是拉族人，我叫她毕格(big，大)；小个儿的是俄罗斯族人，我叫她雷特儿（little，小，她们名字实在难记），她们几乎都是反义词。

1

历史上，美丽的拉脱维亚、立陶宛、爱沙尼亚都曾被瑞典和沙皇俄国侵占。这些地方地处波罗的海的海口，地理位置重要。1918—1920 年间三国也曾短暂独立，但 1939 年苏德秘密协定，将三国划归苏联。1940 年苏联出兵占领了三国。苏德战争爆发时，又被德国占领。二战后，三国又并入苏联。从此经历了一段令世界注目的全新岁月，但他们各自作为一个民族，却被绑上了一个大民族的雪橇，走着酸甜苦辣都有的路。我看展览的路也第一次这么不轻松。

那是一张满是烛光的照片。

学生告诉我，烛光在拉脱维亚圣诞节有特别的意义。苏联解体前，拉脱维亚只过元旦，圣诞被视为西方的节。

1988 年，拉脱维亚自第二次世界大战后，第一次过圣诞节。圣诞夜，拉脱维亚人同时熄灭电灯半小时，在自家的窗前燃起一支支蜡烛。他们以这种特殊的方式，祈望自己民族的新生。

我不明白。毕格（拉族人）抢着给我翻译：

为了征服占领国，苏联对曾抵抗过苏军的拉脱维亚人进行镇压。把他们送进强制劳动营，有的流放到西伯利亚。到 1949 年 3 月，有 4.3 万人（拉总共才 200 多万人）被流放到西伯利亚。拉独立后的第一任总统也在流放之列。直到 1953 年斯大林去世后，幸存下来的人才被允许回来。另外，苏联采取向波罗的海国家大量移民的政策，以改变这一地区的民族构成。

毕格说："原来拉族人占 75%，现在才占 52%。"雷特儿的外婆就是从俄罗斯移民过来的。

透过展览，三国对苏德条约的痛恨，甚至可以触摸得到。而拉脱维亚的反苏、反俄情绪更强烈。

那天我明白了，学生为什么不让我在大街上说俄语。

2

　　我去过立陶宛、爱沙尼亚,看到他们争取自由的纪念碑和雕像。在许多建筑物上,也可以看到"波罗的海之路"的宣传画。拉脱维亚也有。

　　"波罗的海之路"是指手持烛光的长长的人链。

　　1989年8月29日,波罗的海三国200万人,手牵手筑起一道烛光的人链。那烛光熠熠闪烁,点点绵延,穿越了三国,在悠长的波罗的海海岸点起希望的光链。波罗的海三国人民,以这点点烛光表述他们心中的夙愿——再造一个自己民族的里程碑。

　　毕格告诉我:"那时,拉脱维亚什么事,都要通过苏联联邦政府,连车票的价格也一样。自由、平等在哪里?"

　　幸福生活在哪里?

　　为了这新的生活、新的时代,苏联人民也在苦苦寻找。

　　1991年,前苏联总统,这个建立新体制,又被新体制挤出历史舞台的

　　我们这一代人,从小就崇拜英雄。见到他们是我一生的荣幸,他们中间或许就有卓娅的同学。

戈尔巴乔夫,无奈地发表电视讲话,宣布他的辞职与苏联的解体。一盏曾经照耀了整整一代人的社会主义明灯骤然熄灭了。

我是一介书生。我不能评说,也不能说清,苏联的解体是历史的进步,还是倒退?它复杂得难以捋出头绪。然而有一点,民族问题绝不是苏联解体的催化剂和导火索。

毕格告诉我,她妈妈总说:"苏联像一个难伺候的凶巴巴的穷婆婆。"

我理解了拉脱维亚人的情绪,却不愿把贬义词冠于苏联之上。

3

1991年8月22日,拉脱维亚终于宣布独立。他们的车票价格,终于可以自己说了算了。

然而,小雷特尔委屈地比比画画地说:

"可是我们国家,从这么大,占世界1/6呀!2000多万平方公里,变为这么点小,6万多平方公里;人口原来2.8亿,现只有200多万了。一个超级大国,变为一个开车两小时就可以从南开到北的小国。唉……"

毕格说:"可是我们毕竟独立了。"

雷特尔说:"独立前,圣诞节时,拉族人在窗口点燃蜡烛;独立后,换成了我们俄族人在窗口点燃蜡烛。"

窗前烛光燃烧着俄罗斯人对那个伟大时代的眷恋和对新生活的期盼。

在多民族的拉脱维亚,小小的烛光啊——担负了怎样的负载?

雷特儿说:"我们俄族人,不光是俄族人,只要是非拉脱维亚族人,没有拉脱维亚护照,就没有工作,也没有选举权。我不会拉语,现在我必须通过拉语考试,才能拿到拉脱维亚国籍。"

毕格:"可是你们有了选举权,当官的又都是俄国人了。俄国人都受过高等教育,拉脱维亚人以前大都是乡下人。苏联时期,都得说俄语,拉语都不能说……"

两个吃一个冰糕的亲密朋友,现在各自两手叉腰怒目而视。我们的大衣都留在衣帽间。现在,两个只穿着呢子短裙的女孩像两个夯翅的小母鸡。她们的头，一个向下，一个向上。鼻子对鼻子，脸对脸，啄起来了。吵的什么，我一句也听不懂。我的身体像块冰糕冻在那里，而我的心却在拉脱维亚的大地上徘徊……

4

那是我在拉脱维亚见到的最有前苏联色彩的场面。1997年5月9日反法西斯胜利日，在里加胜利广场（苏联时期修建的）。那里矗立着二战纪念方尖碑。碑的两旁是苏联红军的英雄群像，雕像前放满了鲜花，空地上摆着用鲜花编织的斧头镰刀图案。到处摆放人们对那永逝的一切的怀念。

在斧头镰刀的旗帜下，集合着数千人。他们高举着列宁像，也有斯大林像，高举着写有共产主义万岁的横幅标语。最为引人注目的是苏联反法西斯战争中的老战士，他们胸前佩戴着一排排的勋章。一个老妇人，她胸前有27枚勋章，她17岁参军，从东部战场，一直打到柏林。我给英雄们拍了照，他们还特别叫我给一个系着红领巾的少先队员拍照，照片里老英雄们的表情意味深长。到会的人都很激动，我也一样，只感到热血在心头奔

独立纪念碑下，是为祖国与自由而集合起来的拉脱维亚人。

流。

一位位老英雄走上讲台。那些从战火中走过来的人们,记忆带着他们似乎回到了燃烧的惨烈岁月。我的学生给我做了如下的翻译:

"忘记过去吗?不!我们都曾是苏联人。苏德战争是人类历史上最残酷的战争。为了赢得这场战争,我们苏联人民付出了世界上从来没有过的惨重代价。我们2700万血肉同胞永远长眠在历史的那一头。"

"看看事实吧!谁的功绩大?苏军共歼灭德军607个师,盟军只歼灭了德军176个师,盟军哪一场战役能与苏德战争相比?诺曼底登陆吗?不能。"

"把斯大林和希特勒并列起来吗?我也是拉脱维亚人,希特勒对我们的居民做了什么?对我们一半人进行德意志训化,剩下的不是消灭,就是流放。希特勒叫我们失去1/3的人口。忘了集中营吗?"

我作为一个中国人都不能忘记。

在我住的里加市东南,十多里的密林中,就是法西斯的集中营。我和我爱人去那里看过。门是一块巨大的斜着架起的条石,中间巨石上刻着:"入了此门,大地亦为之呻吟"。入门就可听到一个节拍器打出"咚咚"的声音,像一颗巨大的心脏在跳动。那节拍器也敲击着我们的心。陈列室展览当年集中营的惨状,让人触目惊心。

连同里加城及各处解运到此的各族战犯和犹太人,有十多万人在这里被屠杀。具体多少,谁都说不清了。

老英雄们的话激昂如当年反击的炮火:

"谁杀害吉卜赛人?南斯拉夫人?谁要消灭犹太人?谁夺去数百万人的生命?不是共产主义,是纳粹主义。"

"共产主义,最终摧毁了法西斯,使欧洲摆脱了纳粹的瘟疫。这是历史不争的事实。"

伴有"乌拉——乌拉——(万岁!)"的喊声,掌声,像暴风雨一样,一阵阵席卷了会场。

我在那里,也第一次真切地听到了俄语的国际歌。那激越了一个时代的歌,点燃着你周身的热血,给人的鼓舞终生难忘。

但那一天,我也看见广场周边有警察,也有人在慷慨辩论。

没过几天,有人去炸苏联胜利纪念方尖碑(碑基的一角,炸坏了)。

为什么?后来我听一个拉族邻居说,她去过军事法庭,旁听苏联士兵的强奸案。

此案在拉的数字叫人吃惊,我也不愿说。因为我还知道另外一个光荣的数字:苏军在二战中牺牲的战士1500万。

…………

上天啊,为什么总有遗憾?总有龌龊?为什么把人的心涂抹出这么多种不同的颜色?

国界、族界难道是分割人心的吗?

5

在拉讲学期间,我到处走访。去白俄罗斯,那是因我最喜欢的一本书《船长与大卫》的主人公萨尼亚就是明斯克人,我特意拜访明斯克。

在那里,列宁的雕像仍然矗立在议会大厦前,主要街道也还是列宁命名的。还有乌克兰,都有比较多的原苏联色彩。但一交谈,知道那里已没有了怀念和崇拜。

波罗的海国际语言会议上,东欧学者对苏联一律颇有微词。苏联的大国、大党沙文主义,中国早就饱尝苦果。我明白,波兰更是厌俄。我去这些国家,包括俄罗斯的彼得堡,基础设施都非常陈旧和落后。辉煌的都是历史留下的伟绩——教堂富丽堂皇。

我还在一个俄罗斯汉学家报告里听过:"是的,'社会主义、共产主义有可能提前到来'的理论叫我们吃了苦头。但平等、自由、富强,难道不是我们的追求吗?"

但拉脱维亚人说:"奋斗了几十年了,现在怎么样?苏联给了我们什么?依然穷困。"

"我们拉脱维亚第一次独立时曾和英国一样。"

我不止一次听到过,那天我从毕格那又听到了这句话。

两个讲解员一直旗帜鲜明,话语铿锵。

拉族大个子发着怒气:"不能独立,又不能发展。"

俄族小个子发着怒气:"我们自己还不知道怨谁呢?"

是啊,怨谁呢?也许那个最美丽的理想太高远了,走起来就格外艰巨、曲折、漫长……

不知为什么,我总觉得,人们总是要追求美好的。为什么不?你看现在这个世界……

6

雷特儿生气了。我们还没到衣帽间,她已冲出门去。

门廊,我抱着大个子的衣服,大毕格抱着小雷特儿的衣服。

馆外不知什么时候下起了大雪。一片片羽毛状的雪花把天变得混浊、阴暗。风一会儿把那雪片卷成圈,一会儿撒成片……

……
而今我谓昆仑,
不要这高,不要这多雪。
安得倚天抽宝剑,把汝裁为三截?
一截遗欧,
一截赠美,
一截还东国。
太平世界,环球同此凉热。

那时,我真想一截遗拉脱维亚,一截赠俄罗斯。

我和拉族学生毕格守在门口。毕格使劲地抱着雷特儿的防寒服。她用一种十分委屈的眼神看着我,又生气地冲着门外说:

"冻死你,叫你冻成冰糕。"

"我看你还是先别冻成冰糕。"

我把大个子衣服给她披上。好一阵子,小雷特儿快瑟缩成团了,蔫蔫地回来了。

大毕格一下精神起来。她一边狠狠地说着,一边飞快地冲过去,把手里的外衣裹在小雷特儿的身上。小雷特儿似乎还点着炮捻:

"哼,要不是看老师,我才不回来呢。谁理你呢!哼——"

她一边使劲哼着,一边滚进大个子的怀里。

两个女孩相拥着走了。在风雪里,像两个一大一小的惊叹号……

走了,又返回来,她们把论文稿塞给了我:《战争中的民族融合》两个长长的签名并列在题目下。

我心里也真的画出一个大惊叹号:两个人都是第一作者?!头一次看见。而我烦闷的心一下平静下来,也像吃了一块大冰糕,又高兴起来。

雪,飘飘洒洒,播洒着寒冷,也播洒着洁白……很快天和地分不出颜色了。迷茫中,两个惊叹号晃动着,远去了。

惊叹这多颜色的世界?也一定会给这个世界惊奇。

注:

后来我的拉脱维亚女儿(还有文章说她)给我资料:拉的第二任总统在反法西斯战争胜利 55 周年前夕,发表讲话说:"我拉脱维亚高度评价美国、苏联、法国和英国等盟国为战胜法西斯所做出的贡献",并"谴责新法西斯主义意识形态"。

哈,别说我吹牛,我总有那么点预见性。

历史也真有意思……

草于里加老城图书馆

拉脱维亚大总统的小故事

　　说总统，那是个严肃的话题。我是一介平民，没有足够的水平去评论人家一国之君。我不过是在首任总统贡蒂斯·乌尔马尼斯执政时，做了几年他的暂住臣民，和他的百姓一块柴米油盐酱醋茶；一块儿感受执政者的雨露光亮。

　　拉脱维亚共和国是一个多难的国家。1991年9月6日才真正独立。

　　1993年7月7日，贡蒂斯·乌尔马尼斯由议会直接选举为拉脱维亚共和国首任总统。1996年6月18日在100名议会议员中，贡蒂斯·乌尔马尼斯又以53票连任。

　　在他连任期间，我在拉脱维亚大学任教，讲学两年。我有幸受国家教委的直接派遣，成为我国和拉脱维亚共和国建交后，第一任大陆文化教育使者。因为是"第一"，所以格外艰难，也格外地受到重视。

　　于是我有机会受到总统的接见，有机会和他的

拉脱维亚独立前的总统博物馆

秘书面对面交谈,也有机会接近了解总统的为人。当时,我就很想写写这位总统,但我并不在总统身边工作,所以印象是零存的,写的也只能是凤毛麟角,但这些小故事都是出于总统臣民之口。

小故事一

乌尔马尼斯的家族,在1939年诞生了一个壮实的男孩。他叫贡蒂斯·乌尔马尼斯。他是二战前拉脱维亚最后一任总统卡尔利斯·乌尔马尼斯的侄孙。

然而,他的皇族生活只维持了一年。

1940年,苏军进驻拉脱维亚。

那时,小贡蒂斯随家人被流放到西伯利亚。他虽刚刚一岁学步,但一样也逃脱不了时代的凄风苦雨。

在他们去西伯利亚的途中,饥饿、劳顿折磨着贡蒂斯一家人。小贡蒂斯几乎要饿死。

一天夜里,几个俄罗斯妇女偷偷送来了土豆和酸黄瓜。其实这些人自己也在饥寒交迫之中。贡蒂斯后来说:"俄国上层想消灭拉脱维亚,俄国人民却救活了我贡蒂斯。"

在西伯利亚,贡蒂斯随家人被流放期间,贡蒂斯的父亲被抓到古利基茨监禁。妈妈抱着小贡蒂斯去见父亲时,他的父亲早已因劳累和食物不足死去了,那年是1942年。

贡蒂斯随家人在冰天雪地的西伯利亚被流放了整整6年。

1946年贡蒂斯和奶奶、母亲一起回到拉脱维亚,回到他的出生地——里加城斯特列涅克斯大街。贡蒂斯到里加的那天,贡蒂斯的妈妈想回家拿一点东西,开门的是一个俄国军官,那人说:"要么拿东西回西伯利亚,要么立即走开!"

从1944年,里加城1/4的住房都住进了俄国军人,原住户(拉脱维亚的上层)都被扫地出门。

(了解了这些,现在我可以明白了,为什么拉脱维亚政府,不给在拉的俄退役军人公民权。也明白了,我曾经是军人的爱人,为什么花了半年的时间,才得以拿到入拉签证。)

小故事二

后来,贡蒂斯跟奶奶和两个叔叔生活。1950年奶奶一家又被赶出里加,那是因为斯大林扩大的肃反运动。贡蒂斯一家颠沛流离,母亲只好改嫁,贡蒂斯便和母亲及继父度日,也随之改从他继父的姓。

1955年贡蒂斯年满16岁,长大成人了。他和家人几经斗争,想改回自己的姓氏。一次,在父母出门时,他找出护照,终于改回他自己生父的名姓,重新成为乌尔马尼斯。

虽然如此,但只要有人问他:"你和前总统有什么关系?"他都说,"没有。"贡蒂斯那时,大概从没想到他将来要做总统。贡蒂斯对于学校活动并不积极,但到了年龄,他还是加入了共青团。

拉脱维亚那时仍在俄联邦中。而且那时,斯大林虽然逝世了,但社会仍然恐怖。

乌尔马尼斯从小就是有勇气的人。

中学期间,贡蒂斯的学习成绩不错,差不多都是4分、5分(5分为满分)。毕业时,老师说:"你一定要上大学,我相信你的生命中注定有许多大事叫你去完成。"

贡蒂斯真的去考大学,先考地理系,但没考取。

小故事三

贡蒂斯去考经济专业。

说来有意思,考试前贡蒂斯走到一个座位:"我可以坐在这儿吗?"

同桌是一个漂亮的姑娘,叫阿依娜。高个儿的贡蒂斯开玩笑:"你答题时把答案给我看看。"

贡蒂斯这回得到的不是微笑,而是拒绝。

可是有意思的是:阿依娜不肯帮他作弊,后来却答应嫁给了他。

阿依娜说:"他一脸憨厚叫我难忘。"

他们有了三个儿女。这是后事。

贡蒂斯考取的是拉脱维亚大学经济系(即我支教的大学)。1963年他从经济系毕业,当年,他又去部队服役(拉脱维亚的男大学生都必须服兵役,然后再工作)。服役后,他便在拉脱维亚经济部门及日常服务系统工作。1968年他分到了住房(那时我国也是分配房子)。

从此他一干就是20年。这20年他作为一个拉脱维亚的平民百姓,走过拉脱维亚的每个城镇、乡村,他是那样地了解人民的生活。贡蒂斯说:"如果没有这20年的生活,我未必会成为拉脱维亚的总统。"

总统的臣民告诉我:贡蒂斯,1965—1998年曾是拉脱维亚共产党党员。1991年、1996年他两次作为农民联盟代表,当选并连任两届拉脱维亚共和国总统。他们说这些真是如同念稿子一样,什么事,在哪一年,说得一清二楚。

我是一名教师,心思所向全在学生。对于政治,用心甚少。至今,我只能说,我在感觉着政治,拉脱维亚的政治实在很复杂。

那时正是苏联刚刚解体,拉脱维亚独立不久。国家在转型,拉的一切也在变革之中,整个16个苏联的加盟共和国,都在动荡的时代大潮之中。波罗的海三国(拉脱维亚、立陶宛、爱沙尼亚)又是那次变革的前沿。

贡蒂斯·乌尔马尼斯可以说是一个临危受命的国君。

"天何以降大任于斯人?"

独立后的拉脱维亚为什么选择了贡蒂斯·乌尔马尼斯?

我问过我在拉的许多朋友。

他们年龄和职业不同,但都没人正面回答过我。他们说的更多的是对美好生活的憧憬,和曾经有过的美好和不美好的回忆。但他们常常提起一个叫"卡尔利斯"的总统。称他的时期曾是拉历史上经济发展的黄金时期。这位总统就是二战前拉脱维亚最后一任总统,是贡蒂斯·乌尔马尼斯的叔爷。

人们总是沿着历史传统的思维行事。

为了写总统，我参观了这位前总统的故居。

前总统故居是在草地上的一幢坡顶房屋，没有任何特别之处。屋内的装饰陈设也很朴素，房间不多，只有办公室、接待室等，没有任何豪华的痕迹，只有发黄的照片诉说着历史的曾经。

那天，叫我记忆深刻的不是总统的故居，而是那里的讲解员。

那是一个中年女同志。我使用"同志"这一称呼，是因为她真是和我志同道合的人。那天展览馆只有我一个人参观。每一处陈列、每一幅照片她都极为认真地讲解。

尽职的博物馆工作人员，她身旁是拉脱维亚传统的壁炉，上面是传统的吊灯。

她说的是拉语，我没有带学生，我不懂拉语。所以我除去自己看到的照片，什么也没听明白。我只能礼貌地微笑和点头，而心里想着：

我下回上课，千万不能拖堂。

那时，我明白了，为什么我的学生举手时，把手表朝着我。当时我真希望讲解员快点下课。

没有语言的渡船，我只有请求读者原谅了。

但那一天，我真的很感动。有这样敬业的人民，拉脱维亚一定有希望。

不过我还是能够告诉大家，这位总统在位时是军人独裁政权（我至今不明白），但客观地讲，拉脱维亚的经济文化得到了一定的发展。人民生活水平及国民生产总值、外贸出口，那时都位居欧洲前列。拉族人称那时是他们的黄金时代。

1942年前总统卡尔利斯·乌尔马尼斯病逝。

现任总统贡蒂斯·乌尔马尼斯，第一任任期只有3年，后又连任。人们坚持拥戴现任总统，那里也有人们对他叔爷——卡尔利斯·乌尔马尼斯的肯定，特别是他在发展拉脱维亚经济上的贡献。

几位老人告诉我："那时拉脱维亚是独立的，经济几乎赶上了英国。"

我讲这些，那是因为朋友们总是这样无不惋惜的感叹。我特别感到，那里充满了拉脱维亚人民改变生活窘迫现状的渴望。

我还要说一个小故事

一次，我和邻居们到库库莎的草地赏景，散步。

那时我知道，我的周围原来住着的不光是俄族人和拉族人，还有黑头发、深眼窝的茨冈人，毛发重的女人都像长了胡子一样的波兰族人，头发直直的瑞典族人……那天不知怎么就说起了总统。

他们抱怨生活长久未得改善，但他们没人抱怨总统。

他们说："叫他（贡蒂斯·乌尔马尼斯）干吧，叫他试一试。他的家族为拉脱维亚做过贡献。"

"他毕竟经历过苦难。"

"他在公众面前是能说服人民的。"

"看得出他在努力发展经济。"

"他敢于提出自己的看法，也深入民众。"

我说：我在教堂、大街、中心广场都见过他的身影。

但那天不知怎么的，总统的臣民竟吵起来了。

一个俄族人说："总统只是一个指挥，演奏一场壮丽辉煌的乐曲，还需要一支卓越的乐队。而政府班子换了3次，变来变去只是换换职位，没有更优秀的人加入进来。现在拉脱维亚有几乎一半人不是公民（当然没有选举权）。如果都成了公民，政治形势会变好。"

拉族人立即反驳："哈，如果都成了公民，政治形势一定会变，但不一定变好。"

拉族人说："前苏联时（拉独立前），俄族人的社会地位、受教育的层次、经济状况等大多比拉族人高。如果他们获得公民权，那么政府高级领导层可能又都是俄族人的天下了。"

拉族人讽刺俄族人："世上要有十瓶酒，九瓶都是被俄国男人喝的。"

"俄国人骂人可以骂出七个层次。骂人都当歌唱。"

俄族人说拉族人："我们爱唱歌，你们（拉脱维亚）哪有音乐？民歌都是喊叫出来的。"

"世上最懒的人就是拉脱维亚的男人。他们把女人又当老婆，又当老娘。"

几个非俄罗斯族和拉族人，忽然站起身来，真的唱起来：

> 我们不要吵啦
> 我们越吵越穷啊，
> 我们就爱一个总统吧
> 我们累啦……

我看到的和我感到的：

我的朋友们真的特别有意思。初到拉脱维亚，我真的不能分出他们谁是俄族人，谁是拉族人。然而一讨论起国事，他们立即泾渭分明。

他们的唇枪舌剑，每次都叫我感到隐隐的痛心和遗憾。我把中国的"煮豆燃豆萁"的古诗告诉了他们，他们才安静下来。

在大街上，我也常看到俄族人为人权抗议、示威。在胜利广场，我又看到卫国战争胜利纪念碑被炸去一块，听说是拉族人所为。

当时，真不明白这到底为什么？我和我爱人都喜欢交朋友。朋友甚多，学生甚多，哪族人都有。我们一会儿担心拉族的朋友，一会儿又担心俄族的朋友。一颗心真不知如何分配才好。

我对于这个君临困苦的一国之君，有许多的同情。因为在他的国家，我看到了他的艰难。

从报上知道，拉脱维亚有一半人在贫困线之下。我天天看见在冰雪中站立乞讨的人，心里备觉压抑。真的渴望拉脱维亚经济繁荣，人民生活快些改善，也特别渴望他们民族团结，渴望他们国家昌盛。我和我爱人的好朋友，好几个都移民欧洲了。那时，拉的人口每年以7%递减。除了市中心，去哪里，都是一种萧条、零落的感觉。

从报上还得知，他们的议会也总是风云不断。

这真是"为民者难，为君者也难"。

也许为此，我对贡蒂斯总统有许多敬意。因为后来在报上知道，总统在不断提出发展经济的新意，总统还不计前嫌又有远见地提出修改公民法。放宽俄族人及其他族人加入拉脱维亚国籍的规定，因为此举，议会中还有两个政党的代表提出叫总统辞职。拉族人是被异族干预怕了。

可贡蒂斯·乌尔马尼斯总统还是连任两任总统，可见他代表着大多数的民意。

拉脱维亚各族人都喜欢点燃蜡烛，点上他们的企望。

我和我爱人在拉生活了两年,感到了、也真切地看到了那里的变化:破损的路修了;路上的车变新了、变多了;旧有的建筑开始粉刷修建;商店的商品在增多。另外,拉脱维亚的国门好像也在悄然开启。中国、瑞典、芬兰、德国等许多国家的投资公司在那里建立……

　　贡蒂斯·乌尔马尼斯总统和他的人民,正在用他们的智慧和汗水,在铺设一条拉脱维亚自己的改革之路。我不由得想起拉脱维亚著名诗人莱恩斯的诗句:

　　　…………

　　　苦难的拉脱维亚,

　　　我们呻吟、挣扎。

　　　但我们挺起了我们的胸膛,

　　　穿过黑暗和沼泽,

　　　我们的双手将托起我们的太阳。

　　　…………

　　我和我的爱人都倍感欣慰,在那努力争取托起朝阳的无数双手中,也曾有过我们的手。我们真诚地希望拉脱维亚托起朝阳,希望拉脱维亚繁荣、富强。

　　　　　　　　　　　　　　　　　　一稿于拉脱维亚大学

后记

我终于写后记了。这本书本该早出了,因中间夹个出了一本教学法的书,课例又抽了我三个集子有关教学篇目,这样,直到今日,才重整旗鼓。交到百花,没想他们很讲效率,很快给我回信,而我的序还没着落。想让我一直仰慕的副校长陈洪作序,我听过他的讲座,看过他的书,早就敬重他的才学,刚鼓足劲开口,他又去了美国。没想,回来,他欣然答应。当我拿到了序,我又汗颜了。他有几句话很重,我觉得求序贸然了。陈洪校长现是天津文联主席,教育部中文教指委主任,还有 6 个兼职,位高、位重,又特别忙。现在想来,我只有努力出好我以后的作品,答谢校长对我的鼓励和厚爱。这是我在这里首先想说的。

在后记里,我还有如下四个部分:

我还想告诉读者:

1.我写这本书的情结。我用我的文章《一个语言文化使者的阅读》完成。

2.我收录了一位旅游作家白杨和我的《美文》责编孙婷早给我写的文章。她们,一个不断发来她的文章和她周游世界的信息,叫我看世界的波澜,增添我生活的色彩,给我鼓劲;一个给我园地,催要我的稿子,叫我感受着活着还有人需要的快乐。在这里,我一定要告知她们,我真心地感谢她们对我的激励和帮助。

3.我登了读者来信摘抄。

我的散文因为在《美文》有专栏发表,我能收到全国各地的反馈。还有我的学生,打球的,游泳的,学钢琴的,走步的朋友……他们不但叫我学习了他们生动的语言,还叫我知道了他们的审美心理、阅读需求。他们也从各个角度端来镜子,叫我看到自己。

我在第一个集子说了,现在我仍重复:这些人都是我的老师。这个集子,拉脱维亚给我灵感,我的这些老师们,给我鼓励,也叫我总有新的激情。我在这里,诚心地谢谢我的这些老师们。

我这个集子,我自己就视为珍贵。因为它再不可重复了。岁月温柔又残酷地撕下你生命的一页又一页。在拉脱维亚的那种特定的时期,特别生活已经成为曾经。拉大曾邀请我回去,我多想看我的学生,我的朋友们,但生活的激流推得我没有时间,奔涌的大浪也没有回头的河道。这里的文章叫我再写,真的写不出了。这样,我奉献给读者的是我的孤品,生命中的孤品。

人生的大书总有精彩的几页,异样,也特别深刻、强烈。那遥远的鲜花和冰雪的小国,在我的记忆里还在发芽。在拉脱维亚的生活感动了我,我也愿感动读者。我愿把鲜花和那冰晶的美也播在读者的心头。

最后,我特别感谢百花文艺出版社。他们出版了我的第一个集子《我的洋弟子——蓝眼睛黑眼睛》;现出版《我的洋插队——魅力波罗的海》;当然我还希望出版《我的洋游——快乐走天下》。

感谢李勃洋社长,感谢张纪欣社长,他们积极、干练,叫你感觉到他们的使命感、事业心。

最后我感谢郭瑛主任,她认真,热情。我感谢她的敬业,敬重她为他人作嫁衣的那颗平静、无我的心。

我写这些绝非客套。我是从心里感谢这些为我的一本书,付出心血的人们。我在后记里写下他们,是因我的不愿忘记,以安抚自己感谢的心,也叫人们也知道他们的劳苦。

附上文章:

1.一个语言文化使者的阅读

2.白杨和孙婷文章

3.读者来信摘抄

何杰于南开园

2016年9月26日

一个语言文化使者的阅读

40 后的少年梦

梦不能分享，不能重合。40 后的梦却是惊人的相似。那是 80 后、90 后绝想象不到的。梦永远染着时代的颜色。

我的第一个梦做在 40 年前。那是 60 年代末，天津第二中学宽阔的大操场上，集合着一队队心里长满翅膀的孩子。在行列之中，站着一个清瘦的小姑娘。小姑娘的眼睛、小姑娘的心都系了台上，因为那个在主席台上就座的学生，不久将被派往苏联留学。去苏联啊！那对 60 年代的青少年来说简直就是最高的殊荣。他们多想去那有威武阅兵式的红场，看看庄严的列宁墓，看看克里姆林宫上的红星，看看卓娅的故乡，看看人类最美好的社会——共产主义……

孩子的心灵总是丰满的，因为那里挤满了梦。那时在小姑娘的心里飞翔的是一个雄伟的梦。

那个默默地站在那里，头发剪得像卓娅一样短短的小姑娘就是我。

我横着一条心要飞到另一个世界去看，去读，去问：问革命，问理想，问人生，问世界，问缤纷……

然而，当我飞向莫斯科时，那个一直飞翔在心的梦得以降落的时候，我已走过了青涩的年华，到了不惑之年。应是不惑的我，却生出那么多困惑。

20 世纪末，我有幸受命于国家高教委派遣，赴拉脱维亚大学任教、讲学，取道莫斯科。

当巨大的波音 747 飞机喘息着，载着我冲向蓝天的时候，我的心一下超载了。那里既有与我年龄不相符的激动，又有我久也不肯丢弃的追求。

我不知别人的梦，我的梦却是异样地顽固不化。那时，我才发现我的梦从来就没有稀释。初梦原来有那样浓烈的期盼，因为世界的奔走都在我想象之外。心中疑惑的积淀也层层叠叠。梦变得恍惚、迷离……

"另一个世界"向我展示的时候，苏联解体了。一盏伟大的社会主义明灯熄灭了。我从莫斯科转机，最后降落在波罗的海海边的一个小国——曾是苏维埃联邦共和国之一的拉脱维亚。

我终于看见了梦，竟不知所措。

梦的惊诧

差异是一种警醒。差异给人的感受强烈又深刻。差异是思想锋利的雕刀。

20世纪末，中国社会正经历着历史上前所未有的巨大变革。祖国的改革大潮惊涛拍岸，石破天惊。传统的、叛逆的、未来的一起轰轰烈烈地生长。而当我乘坐的小飞机像一片小树叶，降落在寂静的冰雪之中时，眼前的那种反差是非亲身经历不能言语的。

大使馆一秘在残破的洋灰路上开车，我的头几次被颠簸得碰到车顶。我看见了拉脱维亚的拮据。

"外国都好"的彩虹断裂了。原来梦总有朦胧，差异才是真实的。异国文化的差异可以像临渊的峭壁、大漠的风沙、滂沱的急雨叫你迷途，难以喘息。异国文化可以毫不客气地叫你休克。

你去做客，会有一只大狗伸着半尺长的舌头要亲吻你。天啊！参加聚会你不喝伏特加，会"呼啦"跪下一片。喝一杯，就有无数杯。男主人还一定要抱着你，送你回家。上帝！

会一点儿俄语，碰上拉族人，他不卖东西给你。学了一点儿拉语，说给俄族人，他冲你瞪眼睛。会英语，人家又不懂。拉脱维亚国情实在特殊。

上课，我总把自己丢了。面部一律像冰冻过一样的拉脱维亚人，死心眼。只要你问路，他就一定把你送到他认识的拉大，不管你觉出怎么不对也不行。后来才知道拉大有7个分校。

那时，我才知道文化休克有多么无奈。我们这一代人，早已在那扭曲的时代，走过了艰苦。而一个人身处文化不同的国度，在语言的荒漠中，那种艰辛却是你完全意想不到的。

这里到处是寂静。寂静得可以听到自己的心跳。下午三点就黑天了。到处是茫茫的积雪，只有远处厚厚积雪下，小木屋的窗闪着幽暗的灯光。只有踩着脚下的积雪，发出单调的"咯吱、咯吱"的声音伴我独行。有人时，那就是醉汉追你，有时几个人追你。

逃回住所，直到夜深都是惊魂未定。

"一里、二里、三里……"

我数着数，希望梦回祖国。每天都想打报告回国。然而，第二天，天还没亮，冰雪里，我又艰难举步赶到拉大，因为我的讲台上总有一束淡淡的小花说着学生对我的爱和期盼。

大使召见我。当我看见王凤祥大使身后的五星红旗，我的眼睛一下模糊了。大使见我的第一句话，我至今难忘：

"你是第一位祖国受命来拉脱维亚的文化教育使者。创建中华人民共和国的第一个汉语教学点，责任重大！"

我只感到热血在心头奔流。祖国的使命一下给我注入了生命的力量。

因为是"第一"，格外地受到重视，也格外艰难。我惊诧，出国教书和国内竟如此不同。

教师是一个辛劳又高尚的职业：抛洒汗水，濡沫心灵。

使者有崇高的使命：搭建文化交流的大桥，建造语言的通途。

我不惜汗水，更不愿有辱使命。人心在磨砺中坚强。迥别的异样叫我振奋。文学恰恰需要激情。

教师的职业给我一颗不肯倦怠的心。我是语言学者，祖国磅礴浩瀚的语言给我一支难以停滞的笔，一条奔涌的河。

心中早有巨轮多次往来，我写下了我远离祖国，去拓出一条文化航道时的风雨波涛，写下了我澎湃的心。

文化盛宴

拉脱维亚是一个难以猜出年龄，难以读出身世阅历的国度。那里有太多国家的足迹，也是一颗镶嵌在波罗的海的无价珠宝。

拉脱维亚是一个多民族的国家。6.4 万平方公里，270 万人口，到处却有叫你惊诧的文化盛宴。

拉脱维亚，似乎已不年轻。没有光鲜的容颜，没有"咄咄"的气息，仿佛一直沉浸在往事中；有太多的历史重负，太多的传奇、旧事，层层叠叠的铿锵，挤挤挨挨的遗迹。那是一种非叫你翻看的特殊魅力。

拉脱维亚人最早叫利沃尼亚人。拉脱维亚在 12 世纪就有记载，是东西方、南北方的港口、要道，有多个国家想拥有它，多元文化也在这里列阵集合。

德国的古城堡、瑞典门、俄罗斯的殿堂……可以看到砖石上灼痕斑斑,可以隐隐听到沙场征战,厮杀声声;可以听到盔甲刀剑的碰撞,号角的鸣咽……拉脱维亚岁月的深处,几乎都是没有散尽的刀光剑影。

曾经的篝火狼烟,曾经的悲怆之音。

拉脱维亚在大国征战的缝隙中艰难地生存,拉脱维亚的民族文化也在顽强地生长。

踏上拉脱维亚的国土,就仿佛进入时间隧道,如同回到中古时代。

草地、树林、披满青苔的古堡、经久失修的教堂、残破的雕墙画壁、石头墁路的小巷、古香古色的街灯……都在不经意地诉说远古的忧思。

曾经的朝代更迭,曾经的文化盛世。

我写下了我了解到的拉脱维亚文化的旖旎。

一个英国作家说"拉脱维亚是北方的小巴黎"。我想补充,这里还多了一点忧郁,多了一点思索。那不是每一个旅游者能看到的。忧郁和沉思都有一种深刻的美。

经久失修的洋灰路上,站立着现代的美元兑换亭。90年代末,在国内,电脑还如外星人的光临,这里却都使上电脑办公。我去邻居家,看到了家徒四壁,可一座普通的音乐学校里竟有42架钢琴。

拉脱维亚无序地负载着历史的标记。不用岁月的剥离,就可看见不远的前尘往事:

拉国是个重视记忆的国家,到处都有凝固着时代风雨的雕像:小镇里有列宁雕塑,大街上也有拉脱维亚自由独立纪念碑。斯大林的画像前有鲜花,也有抛去的西红柿……

独立纪念碑前,自焚过一个拉脱维亚大学的学生;波罗的海三国(立陶宛、拉脱维亚、爱沙尼亚)曾手拉手接起几百里长的人链。他们燃起蜡烛,宣誓着他们争取独立的火焰已经燃起。

曾经的揭竿而起,曾经的慷慨悲歌。

文化可以悲壮、惨烈,可以瑰丽、灿烂……

文学总要给人思索。我捧上这文化的盛宴,希祈一起找到丰赡的启迪。

我写下了我的惊诧,写下我在异国文化的大波大浪之中颠簸的心。

不辞的使命

我在拉脱维亚生活、工作了两年。心无旁骛地经历,感受,思索。

我受到过拉总统的接见,也曾和他的秘书、外长、上层交谈。拉脱维亚大学没有围墙,我和拉国的百姓一起衣食住行,一块儿油盐酱醋米茶;一块儿经受拉国转型的风雨泥泞。我看遍了拉国的"秦砖汉瓦",也去看过苏联时期宏伟的水电站。在二战德国的集中营,在乡间的黄土小路上……都留下我层层叠叠的脚印,还有怦然心跳的记忆。我把一次次的激动,小心折起,装在心里,写在书上。两度春夏秋冬,我几乎参加了当时所有的文化活动,感受着这里异国文化的脉动,和这里的人们一起喜怒哀乐,一块儿心跳。

> 我不曾意料拉托脱维亚人,冰冻一样的面容下掩盖的炽热。
>
> 不曾意料那里静谧下按捺的激烈;寂静中掩藏的风云雷电。
>
> 不曾意料艰难之下的丰盛文化和他们特有的民族心态。
>
> 更不曾意料异国人民对中华语言文化的渴求。
>
> 人生的大书,精彩的总有几页。
>
> 拉脱维亚的生活,我感受最为深刻。

　　在远离祖国的遥远国度,我才发现自己对祖国那种刻骨铭心的爱。拥有的,未必知道它的价值。我不是文化学家,我只是一个语言学者。当我置身国外,亲眼看到外国人对中华文化的渴求、追慕,我震惊了。

　　我,还有连同我偕行的爱人,我们自身的,只凭着炎黄子孙的血脉而传承的文化,都成了他们的珍宝。我感动不已。

　　我知道了一个出国教师的崇高使命。我的课堂不只在教室,我的学生也不只在拉大。我心怀着骄傲和虔诚向他们献上我的所有。那是意外的劳苦和享受。我和我的爱人一起抛洒汗水,收获友谊和真诚。

　　我不知是我们给他们,还是他们给我们。那种文化的弥合、交融都是那样自然又生动地发生。

　　中华民族文化悠久、灿烂、博大、泽被东西方。只要接触,你就可感知炎黄子孙的智慧、胸怀。我为我的民族骄傲。

　　我写下了,我在异国体验自己民族文化的激动,写下了我那种无法掩饰的爱和那些异国人对中华文化的真心追求。

　　我也写下了,我看到的瑰丽。来到波罗的海这个美丽的雪国,我立刻感到异国文化的冲击。这个在大国的缝隙中艰难生存的小国,让我看到一种性格,一种独特的小国民族文化。

拉脱维亚有和中国近代史相似的历史,然而又特别的不同。

拉脱维亚近代的占领者竟是曾经伟大的苏联。拉脱维亚独立了,国民人口近一半是俄罗斯原移民。这就造就了复杂又尴尬的文化现象。民族命运从来就是造就文化的深刻烙印。

都说东欧是处在天堂和地狱的交叉口。那里有天堂辉光的照耀,又有地狱炼火的灼烧。我看过美国,走遍了欧洲,我并不认为东西方、东西欧要以天堂和地狱作比。但是拉脱维亚近代文化带有典型的东欧国家的多元性,那里藏着一个特殊时代的印记,那里有更为艰难的人们寻梦的脚步。

多元是姹紫嫣红,是一种灿烂。冰雹雨雪、暮霭霞光都需要细细品读。我不是政治家,我还有太多的困惑。我在我的第一个集子中就说过了,文学需要良知,又印证良知。于是,我用诚实的文字写下我真切的见闻和切肤的感受。我写自己不辞的使命,还有我非在那里生活了两年,才能看出的一点端倪的梦。

深情拉脱维亚

教师的职业虽辛劳,也总能遇见幸福。

结业,学生为我开了盛大的谢师会(他们说从来没有过的)。拉大给了我感谢信:"感谢中国派这样高水平的教授"(见附件),并正式通知使馆,拉脱维亚大学将继续聘请中国大陆汉语教师。

拉脱维亚教学点终于建立了,悬浮的心终于放平了。

我永远忘不了那一天。我哭了。谁能知道我那两年的苦辣酸甜。

我永远忘不了那一天,天那样蓝,湛蓝湛蓝的。天上的白云那样白,大团大团的,像凸出来的浮雕,那样生动。天那么辽阔,无边无际,心可以像小鸟那样恣意地飞翔。

我从未那么真切地感到,事业给予人的幸福是其他东西都不能比拟的。

我如期回国了。朝朝暮暮在一起的人们要分别了。回国喜悦的心骤然生出许多难舍,隐隐地痛。两年,每一天洒下的辛劳、苦楚,仿佛一下长出了收获。真没想到,在机场有那么多人为我送行。我的学生、学生家长、朋友、同仁、邻居。鲜花、礼物、拥抱、脸颊上的吻和他们夺眶的泪都激荡着我的心。我说不出话来,只感到收获的幸福和离别的痛苦在我心中澎湃交会。

使馆都惊奇,来这么多人。朋友们说,王凤祥是中国国家大使,何老师夫妇是中国在这里的民间大使。

更没想到,拉脱维亚总统顾问秘书,将总统小照及总统亲自签名的书信,派人送到机场。拉脱维亚以他们国家极高的礼遇,表示对我工作的谢意(见附件和照片)。

人生总有记忆深刻的岁月。在那个遥远的冰雪小国,730 天与我的学生、朋友相濡以沫的日日月月,在我心中留下的是永远不灭的记忆。

我写下我们之间的深情,写下我在那里如涛如波的真切感悟,也写下我至今对他们的思念,写下拉脱维亚文化不寻常的灿烂。

我以此小书献给我世界各国的学生、朋友,也献给和我一样从事着崇高又辛劳教师职业的各国同行、学者。

追梦的心

语言文化是世界交流的通途,可跨越国界、模糊时空,融化民族心里的坚冰。

现在,世间还有那么多歧解和谬误,人世还有那么多隔阂和无奈。不知为什么,我总觉得,只要我们的心灵有一束阳光,只要我们的梦里有一点追求,我们这个世界就充满希望。我们世界汉语教师是文化殿堂的天使,我们是消除隔阂的勇士,我们是语言大桥的建造者。为这美好做点奉献,我们的人生就多么有意义。有一天,当人们真的明白了生命的真谛,回望无奈的历史,会沉下浮躁的心。当人们从无休的欲望和征战中,停下疲惫的脚步;当人们从冷酷无情的金钱世界,幡然转身;用我们的心建起心与心的通道:世界将变得多么清醇、美好。在异国文化的阅读中,我的少年梦还是这样顽固不化。

何杰 2013 年 7 月 20 日于南开园

与青春和美做伴

约莫六年前,当我还是报社的一个小编辑时,从摄影记者手中第一次见到了何老师。隆冬的季节,坐在办公室里都觉得冻人,照片上一群火样热情的花甲老人却只着泳装在水上公园湖里游泳。真厉害!于是因为冬泳的报道,我们结识了。

两年前的那个夏天,我离开天津旅居德国,何老师是我告别的最后一位师长。我们已经成了老朋友。至今仍记得她送我到路口时,那样深切的叮咛和长久的拥抱,以致后来每每念及国内,总要拿出来回味一番。

而在这之间的岁月,我们通信。

我称她"老何",她唤我"亲爱的小姑娘"。我给她写我的旅行,我的爱情,我的生活;她写给我,她的洋学生,她的拉脱维亚。所以这书里的许多人物,从来往信中,我便已经熟识了。

尕丹、小天鹅玛莎、茨冈人小塔还有韦大利都是我喜欢的。这些可爱的性格总有股挡不住的鲜活劲儿,真真是跃然纸上。伴随老何优美生动的描述,每次都看得有滋有味,不仅下饭,还每次都吃撑。真羡慕她有这么多有意思的小伙伴、大伙伴。这些小故事的幽默诙谐是那么真挚感人,常常让我想起他们的老师是何等有趣的一个人呢。

记得几个月前,我说要来一趟穿越欧亚(过中东)大陆之旅时,老何竟也兴致勃勃嚷着要参加,只可惜签证艰难,她才悻悻作罢,很是可爱。

我不知道除了老何,谁还会有这样的勇气想与我这个只身几乎跑遍全世界的背包客为伍?

只有老何。奥运,老何非要与我同行。从天津到北京,早晨6点就开始赶路。打的,赶火车,挤地铁,过安检,抢饭,抢水,最后我们竟以跑百米的劲头去抢座。我们还遇到一场大暴雨,但一晚上,她都大声呐喊助威,一直到精疲力竭。我问何老师:

"为的是什么？"

"经历与激情。"

她毫不犹豫地回答。

是，老何以她永不消减的激情写着她激情燃烧的文章，感动着我这样的一大群……

我又总是佩服老何的文笔。什么生活小事好像经由她的笔尖轻轻这么一拨动，立刻就转了面貌。文字从来都是清新活泼的，大概和她年轻的心态有关。我常常喜欢与老何手牵手走在一起，她的掌心与别人不同，是一种说不出的绵软感觉，温温热热的，像小姑娘。她的笑声也是，如少女一般。如果忽略那一头银发，怎么也不会想到有着如此天真心性的人，已是退休的大学教授了。或许只有这样一位青春洋溢的语言学家，才可以摒弃文艺的辞藻和精心的修饰，做到只用最简短的语句，就可把真实的情景情境再现得如此栩栩如生。

这种深厚的文字表现力和对语言娴熟的运用能力，是我终生需要去学习的。

年龄的痕迹一定要沾上发梢，可青春不离左右，年轻的学生们来来去去，老何竟自做着她最喜欢的工作，写着她最爱的人们。能够有幸拥有如此青春而童真的心态，才是这个世界上无与伦比的美丽吧。

有友如此，夫复何求？能读她的文章，夫复何求？快乐！

白杨于德国海德堡（旅游专栏作家）

2013 年 10 月 16 日

这世界由爱支撑

何杰老师的书要出版了。我这个做她的专栏快六年的年轻编辑自然感到由衷的欣喜，为她高兴又为她骄傲。

从 2008 年至今，何老师在《美文》(下半月刊)开辟的专栏"我和我的洋学生"中发表文章，从未间断。作为责任编辑，我每个月都要认真读何老师的文章。每个月都处在被感动和激励之中。我喜欢上了每个月读她文章的生活。

文章中的欢笑与泪水，误解与和解，都是那样温暖、明媚、真挚、热情，让我在纷纷扰扰的尘世中，亮了一双眼睛，开始能看清世界的真真假假，虚虚实实。文章给我启迪，我想，这才是我们寻常人渴望的读书生活吧。

记得第一次读她的文章《德国鬼子》时，幽默的语言自不必说，只是当我看到"如果人类把用于战争，或不得已而为之的自卫战争的经费，都用于谋求人类幸福,那世界将是一种怎样美好的情景啊! 我多么渴望国家与国家之间,人与人之间都消除占有的欲望,能平等、民主、友好地相处"时,心里便有豁然开朗之感。在何老师教过的学生中,有德国人、日本人、美国人、韩国人、巴基斯坦人……还有她曾在拉脱维亚任教时,接触过的拉族人。来自不同国家,不同民族,不同肤色,不同信仰的年轻人,汇聚在中国。一个中国老师,带着一帮说着混杂中、外语的洋弟子们,游览祖国的美好河山,讨论人情的是与非,论说世界的爱与恨。观点不同,日本人总爱挑刺儿;理由各异,美国人和德国人总有"过节"。拉族人有着强烈的民族自尊感……

何老师为我们打开一扇扇通向世界的窗。

在何老师笔下,我看到的是一个与新闻画面里,迥然不同的世界——这里有生动的爱和恨,形象的美与丑。媒体中,总说,有人总喜欢吵架,而有人则会对他人投去不屑的目光。但那个不管是与非、对与错,总是蛮横地用武力解决一切争端的世界,在这里却不见了。在这个求学的圈子里,肤色各异,语言大相径庭的年轻人们,都尝试着用宽容的心态对待异己;学着以平等的态度,看待世界纷繁复杂的人世。我想,这也许是他们来中国学习的最大收获吧!

何老师的文章为我们开启了一个多情多彩的世界。

矛盾,无时不有;纷争,无刻不停。俗语说,有一千个读者,就有一千个哈姆雷特。然而只有沟通,才是解决之道,像何老师和她的洋学生们一样。试着说出自己的话,表达出自己的情感,尝试着理解他人的爱与痛苦,摒弃偏见和粗暴。

何老师的文章总是给读者健康和阳光。

在何老师给我的系列文章中,她在拉脱维亚的教学生活,无疑是令人印象最为深刻的一组。

对于拉脱维亚的了解,我想国人大多处于懵懂状态。在看何老师文章之前,我这个 80 后的编辑,对于苏联印象都十分模糊,更不用说拉脱维亚了。接手何老师专栏后,当我读到何老师在拉脱维亚的一系列故事时,我便对这个波罗的海小国产生了一种特殊的情感。

拉脱维亚是一个历史悠久、文化艺术气息浓郁的国度,然而也是一个在大国缝隙下艰难求生存的小国。

何老师笔下的拉族人,倔强生硬的外表下包裹的是一颗单纯热情的心。"甜菜大叔"的罗曼蒂克,茵什卡的"仇恨",玛莎的机灵调皮,拉族邻居们对一个中国老师的热情……一个个鲜活生动的小人物拼接出了完整的拉脱维亚。

这是一个充满矛盾纷争的世界,却永远有爱,无时无刻。这也永远感动着我。

若是何老师的文章仅限于感动我一人,自是不足为奇,然而每每收到的读者评刊来信中,总有人提到当期最爱看的栏目是"我和我的洋学生"。这便足以让编者和作者欣慰。

这是怎样一种情感积聚起来,使读者甚为喜爱这个栏目。甚至不断有来信催问何老师的文章有没有集结成书,何时出版。

有读者评价何老师的文章是"用至纯、至真、至情、至诚的文字书写"。这几个"至"贴切而恰当。书中一字一文所富有的气息,让我们感到生活的趣味。用生活经历积淀成一篇篇美妙的文章,遇到一些情节,有时激动,有时感动,有时会陷入深深的思考。字里行间充满爱与真情,作者不时把自己对拉脱维亚和拉族人的观感穿插进去,自然而然,不显生硬。

最让我这个编者以及读者津津乐道的,是作者语言内功的深厚。作为语言专家,何老师并没有摆出豪华的阵容,来彰显自己专业上的优势。相反,本书语言质朴,不带一丝铅华,不雕琢、不造作,摒弃了华丽的辞藻,剔除了深奥难懂的语义,用简朴的语言为我们打开一扇大门,内里呈现的,却是一个繁花似锦的世界。在这淡而暖的行文中,不时跳出来一句幽默的歇后语、俗语,让人又情不自禁地乐呵起来,开怀一笑,更加爱不释手。

何老师给人展开的是一个爱的世界。

何老师曾在《天上掉下来的婚礼》最后写道:

> 我忽然明白了,爱的坚实、巨大,那是用生死去定义、用岁月度长久;无国无界,无古无今。无论尘世变迁,时光流逝,爱是亘古不变的人生主题。

我也忽然明白了,沟通也罢,谅解也好,那深藏背后的,是一份深沉的、巨大的爱的力量。

是爱,让《联合国餐馆》里的各国学生热闹欢笑;是爱,让古老的隆德拉宫依旧散发着迷人的魅力;是爱,让"黑咖啡"韦大利深深爱着自己的祖国和民族;是爱,让德国姑娘"小豆豆"说出"叫疼痛留在岁月里,永不重复"的至理名言来。

这是多么伟大的一种力量啊!

何杰老师的一篇篇文章让读者的心,因有了爱的充盈,而感动,而丰富,而广阔。

这种爱,不是抽象的对上帝的爱,对人类的爱,而是化为点点滴滴对生活的爱,对友人的爱,对无论哪个民族的尊重,对无论何种肤色的彼此的关怀。这世界,才因此有了生命的气息。

我想,爱,许是我们存在于世的唯一理由吧。

虽然这世上还有战火纷飞,生死离别的痛苦,但在艰难里,依旧保有爱的火种不灭。那么,即使真有末日来临,万事终归化为乌有,剩下的爱,也足以使人类积蓄力量,负笈前行。

愿每个人心中都充满爱,一切安好。

《美文》责编　孙婷

2013 年 4 月 6 日于西安莲湖巷

附录三：
读者来信摘抄

何杰老师，你好，从网上看了你的散文。

我很欣赏你的散文，清秀、朴实、自然，不招摇，不浮躁，不故弄玄虚，不装腔作势。

网上有人说，现在的人们，已经浮躁到极点；文章超过一千字就不读，视频超过五分钟就厌倦。我们正在文化荒漠上前行。你的文章，就是这荒漠上一处青青的绿洲，给人春天的气息。希望你坚持写下去。

既然不能给世界创造巨大财富，那就为生活添几许快乐吧。快乐自己，也快乐别人。

盼望早日见到你的集子。

白欢龙 （音乐理论家作曲家）

敬爱的何老师：

您好，我是汉语言专业的学生，我叫杨喆。拜读您的文章以后，心里很感动。我虽然是这个专业的学生，可其实我并不知道做一个对外汉语教师要怎么去做。看了您的文章，我才真正开始了解这个职业，明白它意味着什么。您怀着一颗赤诚的心，成为洋学生的良师益友。您不光教他们汉语，更关心他们的生活。您的文章有些像冰心的风格，温情、温暖，饱含着人文关怀，那是跨越国界和种族的关怀。

谢谢您！谢谢您的文章，让我更加了解、更加热爱我的职业。如果我有幸能够成为一名对外汉语教师，我一定也要像您那样，以中华文化的魅力去感染洋学生，用良师益友的关怀去温暖世界！期待您的下一部作品！

南大本科学生　杨喆

何教授您好：

偶然读到您的文章。真真的好，特别喜欢。文章诙谐、幽默，像小溪流水一样娓娓道来，十分亲切，而且很有知识性，人物形象也特别生动。读了，就像看见一样，活生生地在眼前。

篇篇都有吸引力。看了开头，放不下，还想看下去。很久没读到这样的文章了，朴实又感动人。

我真的喜欢您的文章。平和，没有大理论，却给平凡琐碎的生活中的小事，赋予浓浓的诗情画意。故事读起来叫人感觉生活那么美好，有劳累，可是又有意思。篇篇叫人感动，又叫人很向往。

谢谢您。

晨练练友　王芸

至纯至真

这是一本书，又是一个世界。一个充满生活气息，充满情趣的世界，一个教我们学习和思考的世界。

跃动在纸上的文字，给我展现出了一个个不同的生活画面，叫我向往。在这里你会看到不同肤色的人，不同国家的人，了解不同国家的风俗习惯、文化，特别是何老师的教学生活让我激动不已。文章中有师生的欢笑，又有冲突、矛盾，但是经过时间的积累，矛盾和隔阂总会化解。那是因为这里有一颗真诚的心。文章处处有掩抑不住的真情。他们用最真实的事实，和最真诚的心去面对一切。文章用至纯、至真、至情、至诚的文字书写。像《小林千大泉》，他们用最真诚的心交流。不管你来自哪个国家，不管你的肤色如何，真诚把大家连在了一起。

文章一字一句充满生活的气息，让我们感到趣味盎然。作者用她自己亲历的经历，积淀成一篇篇美妙的文章。

文章的情节，读时叫你激动，叫你感动，又会叫你深深地思考。这里的字里行间充满了爱和真情：有老师对学生的爱，也有同学与同学之间的友谊；这里有人与人之间相处的真心，更有作者对祖国的热爱："我渴望着祖国的强大，渴望祖国形象的完美。"文章许多处都表达出作者那份深沉、厚重的爱。这些真的给予我深深的思考。这里还有对生活的热爱，对人生的思考。点点滴滴，给予我们的是不同一般的认识和思索。

作者展现的世界是真诚、真挚和爱，是生活的美好，是热爱生活……需要我们慢慢思考和体会,这或许就是我一直负笈而前的动力。

陕西教育学院　段园园

谢谢可爱的何老师

不知道您是教授。谢谢您那么热情地帮助我。您一点儿也不老,更不是爱管闲事的老太婆,而是热心善良、美丽可爱的小姑娘,因为您有一颗善良年轻美丽的心。

看了您的美文,真叫我激情满怀。

我觉得何老师用质朴实在而不浮华的笔触,记录旅居海外时身边发生的种种事儿。这些事,或是惊险万分,让看到这些小故事的我真心为您捏把汗;或是色彩斑斓,小故事里描绘的不同国家的不同背景文化,让我大开眼界、大饱眼福;或是蕴含哲理,温馨平实的笔调中是您对人生、自然、生命真诚的体悟。当然,这些事有苦有甜、有泪有笑,何老师用过来人的经历给予我启迪,这种愉悦的阅读享受仿佛是给饥渴的心灵灌溉甘甜和美好。

走出国门,远远离开父母亲朋。从最初拿到心仪学校 offer 的欢欣狂喜,到回归理智,对远行的隐忧担心,种种思念,种种要适应。天啊! 真的要学会像何老师一样坚强勇敢,坚定自信。

真想早一点拿到您的集子,给我鼓舞和力量。

我们同学中间都传阅着一本《普罗旺斯的一年》。英国彼得·梅尔"一把椅子,一缕时光,一颗摆脱焦灼的心,成就经典",在全球掀起读法国普罗旺斯热。而您的书,一个眼神,一张课桌,一颗真诚的心,您写下的是一个遍布世界的洋学生的世界。您用的是更为生动、诙谐、幽默、质朴的语言,燃烧的却是挚情。写下的是不同国家生活趣味、风情故事、不同文化、不同的自然环境,平实之中展现的是一个不一般的世界。

我们中国也有《普罗旺斯的一年》。您的文章比《普罗旺斯的一年》提出了更深的思考。

盼早日读到您的书。

祝好!

李好　于荷兰格罗宁根大学
2015 年 9 月 6 日